Sissi Flegel
Immer wieder Maja

Sissi Flegel

Immer wieder Maja

Roman

Silberburg-Verlag

Sissi Flegel, geborene Oesterle, wuchs in Isny im Allgäu auf. Sie arbeitete als Lehrerin und Lehrerausbilderin, bevor sie sich voll und ganz ihrer großen Leidenschaft widmete: dem Schreiben. Sie veröffentlichte zahlreiche Romane für Kinder und Jugendliche, wofür sie Preise und Auszeichnungen erhielt. Sie ist unter anderem Autorin in der bekannten Jugendbuchreihe »Freche Mädchen«. Seit einigen Jahren schreibt sie auch Unterhaltungsliteratur für Frauen, die dem Teenager-Alter entwachsen sind. Sissi Flegel lebt in der Nähe von Stuttgart, ist verheiratet und hat einen erwachsenen Sohn. www.sissi-flegel.de

1. Auflage 2017

Umschlaggestaltung: Christoph Wöhler, Tübingen.
Druck: Gulde-Druck, Tübingen.
Printed in Germany.

ISBN 978-3-8425-2024-0

Für Romy

E-Mail von Maja an Adrian, 20. Februar, abends

Lieber Adrian,
Ski fahren muss in diesen Tagen herrlich sein! Ich habe mich kundig gemacht: Über Davos lacht die Sonne von einem wolkenlosen, tiefblauen Himmel, der Schnee ist, wie könnte es dort auch anders sein, meterhoch, und wenn du dich in deinem Hotel nicht rundum verwöhnen lässt, ist dir nicht zu helfen: Die Bedingungen für einen perfekten Winterurlaub könnten nicht besser sein!

Obwohl ich dir aus dem tristgrauen Stuttgart schreibe, kann ich zu deinem Glück sogar noch etwas hinzufügen. Die Provenienz der Jugendstilvasen aus der Sammlung Achim Otter konnte ich klären. Du kannst sie unbesorgt zur Auktion geben. Das freut mich für dich und das Auktionshaus!

Morgen holt mein ehemaliger Mann seine letzten Besitztümer ab. Dann gehört das Haus (wieder!) mir allein. Zusammen mit meiner Putzhilfe werde ich es entrümpeln und von Grund auf saubermachen. Danach werde ich eine Flasche Schampus (keinen Sekt!!!) köpfen, nur noch ins Bett fallen und am nächsten Tag mein neues Leben beginnen. Meinem Ex weine ich keine Träne nach. Im Gegenteil – ich bin voller Tatendrang, Adrian!

Komm mit heilen Knochen zurück und sei herzlich gegrüßt von deiner Mitarbeiterin und Freundin

Maja

E-Mail von Nicki an Maja, 21. Februar, abends

Liebe Mama,
gestern habe ich den Mietvertrag für eine bezahlbare, sehr hübsche, sonnige Wohnung mit Blick auf den See unterschrieben – ich bin überglücklich, denn sie (die Wohnung!) ist genau das, was ich mir vorgestellt habe.

Und um das Glück vollzumachen, habe ich mich endgültig von Bernd getrennt. Du hast ja so recht: Eine Schwangerschaft ist heutzutage kein zwingender Grund, um zu heiraten, vor allem, wenn man, so wie ich, genau weiß, dass man den Mann nicht liebt. Du siehst, liebe Mama, ich beherzige deinen Rat. Jetzt, wo ich den tollen Job in den gräflichen Gärten der Mainau bekommen habe, kann ich das Kind auch alleine großziehen, und ab und an wirst du doch mich und dein erstes Enkelkind besuchen, nicht wahr? Trotz deines Halbtagsjobs solltest du dazu Zeit haben, denn Tom ist in Südamerika, und da du endlich geschieden bist, musst du dich um Papa nicht mehr kümmern, der hat ja jetzt seine neue Familie. Ist echt ein Witz, dass er in seinem Alter noch ein Kind gezeugt hat, das ungefähr zur selben Zeit wie sein erstes Enkelkind zur Welt kommen wird.

Du weißt, ich liebe Papa, ich habe ihn immer bewundert, aber dass er in seinem Alter diese junge Tussi – sie ist ja nur sechs Jahre älter als ich! – heiraten musste, verstehe ich einfach nicht. Wenn ich mir vorstelle, ich müsste mit einem über 50-Jährigen ins Bett, bekomme ich eine Gänsehaut. Himmel aber auch! Aber okay, die süße Leonie steht eben auf Hängebacken und faltige Haut. Und, nicht zu vergessen, auf einen nicht unvermögenden Mann an ihrer Seite.

Nein, ich werde *nicht* über sie herziehen. Sollen die beiden doch glücklich miteinander werden. Und mit ihrem Kind. Und ich werde auch die Beziehung zu Papa nicht abbrechen, obwohl ich Tom verstehe, der nach dem ersten Blick auf seine Stiefmutter zu Papa sagte, er werde erst wieder mit ihm sprechen, wenn Leonie ihm den Laufpass gegeben hätte. Er ist sich absolut sicher, dass sie das früher oder später tun wird. Er beruft sich dabei auf eigene Erfahrungen, obwohl er ja erst neunzehn ist.

Hat er was von sich hören lassen? Ich vermisse meinen Bruder.

Das Baby wächst und gedeiht nach Plan, aber es strampelt nicht. Meine Ärztin sagt, am Anfang vom dritten Monat könne man das noch nicht erwarten. Stimmt das?

So, jetzt ist's aber genug.

Ganz herzliche Grüße von deiner Tochter

Nicki

WhatsApp von Thomas an Maja, 25. Februar, abends

Hi Mum,
wir sind gut in Santiago gelandet. Philipp und ich brechen morgen mit dem Jeep auf, hoch in die Atacama in ein verlassenes Goldgräbercamp. Falls du beim Entrümpeln auf den alten Plattenspieler stößt – den möchte ich. Dito die Platten. Nicki ist einverstanden.

Melde mich bald wieder. Pass auf dich auf.

LG Tommy

E-Mail von Dr. Adrian Hölzl an Maja, 28. Februar, abends

Geliebte Maja,
das Hotel, der Schnee, der strahlendblaue Himmel über Davos – ohne dich, Liebste, ist alles nichts. Ich musste einfach nach Hause, ich bin wieder hier in Stuttgart! Leider konnte ich dich telefonisch nicht erreichen, ich weiß, du hast deinen freien Tag. Trotzdem bitte ich dich, nachdem du die Mail gelesen hast, zu mir zu kommen. Ich muss dich sehen, dich in

meine Arme schließen, muss spüren, dass es dich gibt, dass du kein Traum bist!

Gerade ist eine Dame bei mir gewesen, die mir ein wunderbares Teeservice zur Auktion überlassen hat. Massives Silber, Kanne, Milchkännchen und Zuckerdose. 17. Jahrhundert, angeblich ununterbrochen im Besitz der Familie.

Bevor ich es in den Katalog aufnehme, möchte ich, dass du die Provenienz untersuchst. Die Dame kommt aus einer Stadt im Allgäu, wo, wie ich aufgrund einer kurzen Recherche feststellte, ein Münchner mit Hilfe örtlicher Kumpane und einschüchternder Maßnahmen die Bevölkerung um ihren wertvollen Besitz brachte. Es wäre fatal, wenn die Dame in eine unangenehme Untersuchung hineingezogen würde – sie machte mir einen achtbaren Eindruck. Gut gekleidet, alte Perlenkette, teure Uhr.

Da du ja aus dem Allgäu kommst, wäre das doch ein Auftrag nach deinem Herzen. Obwohl das meine bluten würde, wenn du für eine Woche oder so aus Stuttgart verschwinden würdest. Ich liebe dich, Maja, ohne dich ist jeder Tag ein verlorener.

Weißt du, dass in meinem 63-jährigen Körper das Herz eines Jünglings schlägt? Mir ist, als würde ich zum ersten Mal in meinem Leben lieben. Das ist wunderbar.

Ich umarme dich! Komm, so schnell du kannst.

Immer der Deine

Adrian

SMS von Axel Renz an Maja, 2. März, morgens

Maja,
mein weißer Plattenspieler der Firma Braun muss noch in unserem Haus sein. Ich hole ihn mitsamt Schallplatten morgen ab. Hoffe, du bist gegen 19 Uhr daheim.

Axel

SMS von Maja an Axel, 2. März, mittags

Nein, bin ich nicht. Es ist auch nicht mehr *unser* Haus. Es ist meins. Solltest du entgegen deiner mündlichen Versicherung doch noch einen Hausschlüssel besitzen, wirst du ihn nicht benützen. Als Richter wirst du wissen, dass dies ungesetzlich wäre.

Maja

Brief von Ines an Maja, 2. März

Liebste Maja,
seit ewigen Zeiten haben wir nichts mehr voneinander gehört! Ich finde, das muss sich ändern, schließlich waren wir allerbeste Freundinnen und sind von der ersten Klasse bis zur Zehnten, wo ich genug von der Schule hatte, auf einer Bank gesessen. Mein Gott, was hat sich seither doch alles getan … Wir müssen uns unbedingt treffen!

Weshalb ich dir heute schreibe: Unser Hochwürden ist nicht mehr der Jüngste; seit wenigen Monaten unterstützt ihn ein junger Vikar (er heißt Fidelis) mit dem klassischen Gesicht einer griechischen Statue – er ist viel zu schön für den Job! Wie ein Rattenfänger lockt er mit seinem charmanten Lächeln die Mädchen sowie die alten Ratschkacheln von Bad Argenried scharenweise in die Kirche. Ich übertreibe nicht. Es heißt, der Verbrauch an Weihrauch sowie Messwein sei sprunghaft angestiegen. Er teile an besonders eifrige Kirchgängerinnen sogar bunte, von ihm signierte Heiligenbildchen aus, die von den verzückten Mädchen gesammelt, geküsst und in den BH gestopft würden, damit sie dem glühenden Herzen nahe seien. Ach, wenn ich doch auch noch so jung wäre …

Doch auch mir liegt der schöne Vikar am Herzen: Er liebt Bücher, bestellt und kauft alle bei mir und ist daher einer meiner besten Kunden. Und genau aus diesem Grund schreibe ich dir: Heute traf »Raubzüge – Allgäuer Geschichten aus dem Dritten Reich« für ihn ein. Als ich das Buch in Händen hielt, musste ich einfach die Schutzfolie entfernen – und was entdeckte ich? Du hast das Vorwort geschrieben!

Mein erster Gedanke war: Mit der hast du die Schulbank gedrückt. Mein zweiter: Schau im Telefonbuch nach! Und siehe da, ich habe dich darin gefunden! Wie schade, dass du nicht mehr um die Ecke wohnst!

Maja, ich bin ja so stolz auf dich! Hast Kunstgeschichte studiert. Bist Provenienzforscherin geworden und schreibst kluge Artikel.

Ich gestehe, dass ich erst mal gegoogelt hab, was genau ein Provenienzforscher tut, aber so ganz habe ich es nicht kapiert. Könntest du mir wohl auf die Sprünge helfen? Möglichst hier in Argenried (seit ein paar Jahren *Bad* Argenried!, unser Städtchen hat ein Upgrade erfahren!), bei einem Kännchen Bergkräutertee oder einem Espresso in Resls Café und Backstube gegenüber meinem »Bücherwurm«!

Besuchst du nicht ab und zu deinen Vater? Er scheint noch recht fit zu sein, geht zwar am Stock, was jetzt im Winter, wo die Wege doch recht vereist sein können, nur vernünftig ist, und wenn wir uns zufällig über den Weg laufen, reden wir übers Wetter, die depperten Touristen und, natürlich, über dich.

Erinnerst du dich noch an Babette? Sie saß zwei Bänke vor uns, hatte lange, blonde Zöpfe, war schon damals recht gut beieinander, aber sie hatte ein so sonniges Wesen. Sie schaffte mit knapper Not den Hauptschulabschluss, und alle Lehrer trauten ihr nur eine (wegen ihrer barocken Figur zweifelhafte!) Karriere als Kellnerin in einem Touristenschuppen zu. Sie hatten unrecht. Babette ist eine erfolgreiche Geschäftsfrau geworden und das lebende Beispiel dafür, wie wenig Noten aussagen: Schräg gegenüber von meinem Bücherwurm betreibt sie ihren »Heustadl«, einen sehr erfolgreichen Beautysalon. Ich bin eine ihrer Kundinnen und muss sagen, dass sie mit ihren Kräutersalben und -cremes wahre Wunder bewirkt. Im Gegenzug kauft Babette alle Zeitschriften bei mir – mit Büchern hat sie's nicht so. Ich habe kaum eine Falte im Gesicht, was gut ist, denn ich habe einen neuen Lover, der mich ebenfalls unendlich verjüngt. Er ist nicht ganz so alt wie ich, will heißen, deutlich jünger, was die ledigen, aber frommen Ratschkacheln im Ort mit giftigem Neid kommentieren, wie du dir denken kannst. Doch davon mündlich mehr!

Jetzt bimmelt die Ladenglocke, und ich muss mich um meine Kunden kümmern. Damit du mir rasch antworten kannst, habe ich meine Mailadresse und Handynummer aufgeschrieben.

Für heute Servus – sei herzlich umarmt von deiner treuen Freundin

Ines

E-Mail von Maja an Ines, 3. März, mittags

Liebe Ines,
gerade habe ich deinen Brief aus dem Kasten geholt, ihn gelesen und mich so darüber gefreut, dass ich einfach sofort antworten muss.

Es ist gut möglich, dass ich in nächster Zeit nach Argenried (*Bad* Argenried – ich kann mich noch nicht so richtig daran gewöhnen, dass unser Städtchen zum Kurort aufgestiegen ist) kommen werde, denn ich soll der Provenienz eines silbernen Teegeschirrs nachgehen. Die Eignerin wohnt in oder nahe Kempten. Dann treffen wir uns zu einem ausgiebigen Schwatz – versprochen!

Jetzt möchte ich dir aber doch rasch das Wichtigste über meinen Job berichten: Bevor ein Objekt, ein Gemälde zum

Beispiel oder, wie bei meinem augenblicklichen Auftrag, eine silberne Teekanne zur Auktion kommt, muss sichergestellt sein, dass es vom Besitzer entweder rechtmäßig erworben wurde oder ein verfolgungsbedingt entzogenes Kulturgut aus der NS-Zeit ist. Um es wissenschaftlicher auszudrücken: Der Schwerpunkt meiner Arbeit liegt in der systematischen Erforschung des Vorlebens der Dinge. Früher erforschten Kunstwissenschaftler den Weg eines Kunstwerks bis zurück ins Atelier oder in die Werkstatt. Wenn sie nachweisen konnten, dass sich das Werk durchgehend in namhaften Sammlungen befunden hatte, sprach das für Authentizität und Qualität. Seit dem Fall Gurlitt geht es nicht mehr nur um Fragen der Echtheit und Qualität. Nun geht es auch darum, ob ein Werk politisch verfolgten Eigentümern entzogen wurde oder, vermehrt seit den Kriegen im Nahen Osten, um Werke, die aus Plünderungen stammen.

Es geht um Aktenstudium, um Aufkleber, Stempel, Sigel, Kennzeichen und Auktionsnummern, um die Schicksale der damaligen Eigentümer und um die Aktivitäten der profitierenden Händler. Manchmal kann man die ursprünglichen Besitzer nicht mehr ermitteln, und manchmal muss man an die moralische Verpflichtung gegenüber den Opfern appellieren – leider nicht immer mit Erfolg!

Meine Tätigkeit verlangt nicht nur kunsthistorische Kenntnisse, sondern auch detektivisches Gespür. Deshalb liebe ich meine Arbeit ganz besonders!

So. Ich hoffe, das Wichtigste geschrieben zu haben.

Was mein Privatleben angeht: Ich bin geschieden, aber ich habe (auch) einen Lover. Er ist der Besitzer des Auktionshauses, für das ich arbeite, ist seit Jahren Witwer, sehr gebildet und kultiviert. Er liebt mich von ganzem Herzen und würde lieber heute als morgen heiraten, nur ich will (noch) nicht – die Scheidung von Axel muss ich erst noch verdauen, bevor ich mich wieder binde.

Nicki, meine Tochter, arbeitet als Biologin auf der Mainau, und mein Sohn Tommy ist nach bestandenem Abitur auf einer Tour durch Südamerika.

Ich freue mich auf Argenried, besonders aber auf dich!

Sei herzlich gegrüßt und umarmt von deiner

Maja

PS: Viele Grüße auch an Babette!

E-Mail von Babette an Maja, 3. März, abends

Liebe Maja!
Ines hat mir deine Grüße ausgerichtet, vielen Dank. Und sie hat mir deine Mailadresse gegeben. Wenn du uns besuchst, bekommst eine Heustadl-Beautybehandlung gratis. Wegen alter Freundschaft. Ich hab auch einen Lover, aber heiraten will ich ihn nicht. Er guckt aufs Geld und auf den Hintern meiner Mitarbeiterin namens Dite. Ich habe auch einen Mitarbeiter, Ansgar, der ist schwul. Er sammelt alle Pflanzen für unsere Schönheitsprodukte. Sogar Luitpolda, das ist die Haushälterin von unserem Hochwürden, ist eine geschätzte Kundin. Sie lässt ihre Hühneraugen von uns behandeln.

Pfiat di und Servus!

Deine alte Schulfreundin

Babette

Im Heustadl ist Diskretion Ehrensache!

E-Mail von Henriette an Maja, 5. März, abends

Liebe Maja,
herrliches Wetter, perfekt präparierte Pisten, gführiger Schnee – Zermatt sorgt wie immer bestens für seine Skifahrer. Nur noch eine knappe Woche, dann sind wir wieder in Stuttgart. Schade. Aber ich freue mich auf dich! Steht unser Haus

noch? Du hast versprochen, in unserer Abwesenheit danach zu schauen.

Liebe Grüße von deiner Nachbarin und besten Freundin

Henriette

PS: Auch Clemens sendet dir Grüße!

E-Mail von Maja an Henriette, 5. März, abends

Liebe Henriette,
wie ich dich beneide! Das letzte Mal war ich vor einigen Jahren mit Axel in Zermatt, seitdem bin ich nicht mehr auf den Skiern gestanden. Für mich, die ich im Allgäu geboren bin, ist das so schmerzlich wie eine Amputation. Wie ein fehlendes Glied vermisse ich es, bei strahlendem Sonnenschein einen steilen Hang hinunterzuwedeln. Im kommenden Winter wird das anders, das schwöre ich!

Ich habe mich endlich aufgerafft, alles auszumisten, was Axel bei seinem Auszug großzügigerweise zurückgelassen hat, als er mit seiner schwangeren Geliebten zusammenzog: ausgeleierte Badehosen, Hemden mit ausgefransten Krägen, einzelne Socken, alte Briefe und Unterlagen ... Es kam einiges zusammen. In einer Margarineschachtel stieß ich auf unsere Liebesbriefe. Ich habe sie wieder gelesen. Das war ein Fehler. Zu viele Erinnerungen kamen hoch: die Studentenzeit in Tübingen, der Tag, an dem Axel in der Mensa mit mir zusammenstieß, sodass sein Gulasch samt Kartoffelbrei auf meiner Jeans und, schlimmer noch, auf meinen schicken neuen Schuhen landete, und wie er mich zur Wiedergutmachung zu einem Kaffee und danach zu einer Stocherkahnfahrt einlud – das war im Frühling, die Kastanien fingen gerade an zu blühen – und wie wir uns dabei ineinander verliebten. Ich erinnerte mich daran, wie wir mal nachts in sein Zimmer schlichen, weil seine Wirtin keine Damenbesuche erlaubte, und wie das Bett zusammenkrachte, worauf er sich erneut auf Zimmersuche begeben musste, was, wie du weißt, in Tübingen auch damals schon keine einfache Sache war ...

An alles erinnerte ich mich. Ich konnte nicht anders, mir liefen die Tränen übers Gesicht. Dass unsere gemeinsame Zeit – immerhin etwas mehr als ein Vierteljahrhundert – so enden musste!

Die Zeit ging so rasch vorüber, Henriette. Wie oft ging es turbulent zu, mit Hauskauf, Umbau, dem Anlegen des Gartens, dann der Geburt der Kinder und dazu noch Axels Karriere als Richter. Mit Einladungen und allem, was man eben als verantwortungsbewusste Ehefrau unternimmt, um einem ehrgeizigen und erfolgreichen Mann den Rücken freizuhalten. Als Thomas und Nicki in die Grundschule gingen, habe ich mit Freuden wieder gearbeitet; zuerst in der Staatsgalerie, dann bei Hölzl im Antiquariat – das sind jetzt auch schon wieder ein paar Jahre! Und ich habe mich mit einigem Erfolg, wie ich sagen kann, in die Problematik der Provenienzforschung eingearbeitet! Aber es ist ja eigentlich unnötig, dir das zu schreiben, du hast das alles miterlebt!

Wenn ich so die letzten Zeilen lese, stelle ich fest, dass Axel und ich ein für unsere Zeit typisches Leben führten: Haus, Kinder, Karriere. Und dann ... Scheidung.

Aber ich habe mir ganz energisch vorgenommen, nicht zu jammern. Die Zeit des Selbstmitleids ist endgültig vorbei. Ich schaue nach vorn und werde mich wie Münchhausen am Schopf aus dem Sumpf ziehen, schließlich habe ich einiges, wofür ich dankbar sein kann.

Nicki hat ihren Traumjob. Dass sie sich von Bernd hat schwängern lassen, ist bedauerlich, aber immerhin hat sie sich von dem egozentrischen, arroganten Kerl getrennt und freut sich jetzt auf das Kind – ich ebenso! Und wenn Tommy von dieser Südamerikareise zurückkommt, wird er bestimmt wissen, ob er Schreiner werden oder doch studieren will, und wenn ja, was. Mir ist das eine so lieb wie das andere. Hauptsache, er ist mit sich im Reinen.

Als ich Kunstgeschichte studierte, hätte ich mir nicht träumen lassen, auf welch faszinierendem Gebiet ich mal tätig sein würde: Provenienzforschung! Ich glaube, damals war das Wort noch nicht mal erfunden, geschweige denn, dass man sich der Spätfolgen des Kriegs annahm! Ich muss mal nachforschen, wann das Thema überhaupt spruchreif wurde. Komisch, dass ich mir die Frage erst jetzt stelle. Jedenfalls ist die Tätigkeit genau das, was ich mir wünsche. Mit ihrer Hilfe werde ich Axel vergessen.

Und dann hab ich ja auch Hölzl! Er liebt mich, wie Axel mich nie geliebt hat. Dafür bin ich natürlich sehr dankbar, aber genau das ist mein Dilemma. Erinnerst du dich an Goethes Gedicht »Willkommen und Abschied«, das mit diesen Zeilen endet:

Und doch, welch Glück, geliebt zu werden!
Und lieben, Götter, welch ein Glück!

Als ich mich in Axel verliebte, dachte ich im Traum nicht daran, dass nur ich verliebt sein könnte – Liebe geschah gleichzeitig und war gegenseitig. Punkt.

Heute weiß ich, dass es, wie Goethe schreibt, ein Geschenk der Götter ist, wenn man wiederliebt. Tja. Die Götter haben nur Hölzl die Liebe geschenkt; mir haben sie lediglich Zuneigung gegeben. Und Vertrauen. Auch Bewunderung für das, was er weiß und leistet. Aber das ist zu wenig für ein gemeinsames Leben. Na, vielleicht wird aus dem ganzen Paket infolge einer geheimnisvollen Transformation doch noch Liebe … Ich würde es mir, vor allem aber ihm wünschen.

Übrigens hat mir Hölzl einen wunderbaren Auftrag in Aussicht gestellt: Um der Provenienz eines silbernen Teeservices nachzugehen, werde ich ins Allgäu fahren, allerdings erst, nachdem du wieder zurück bist. Ich plane mal ein verlängertes Wochenende ein, von Donnerstag bis Sonntagnachmittag, damit ich auch meinen Vater besuchen kann. Das Telefonieren wird zunehmend schwieriger, da er nicht mehr gut hört. Weil er nur eine Schreibmaschine besitzt – er weigert sich, einen PC zu kaufen –, beschränkt sich unsere Kommunikation auf Briefe beziehungsweise, von seiner Seite aus, auf Karten. Wenn ich darüber nachdenke: Die letzte kam vor einem Monat an!

Seit dem Tod meiner Mutter schaut unsere Nachbarin, die Margot Rupp, immer mal wieder bei ihm herein. Sie bewirtschaftet ihren kleinen Hof und hat nie geheiratet. Entweder weil sie zu arm war oder weil sie keine Schönheit ist und ziemlich derb daherkommt. Aber sie hat versprochen, mich anzurufen, wenn er Hilfe braucht. Du weißt ja, dass er um keinen Preis der Welt in ein Altersheim will. Zum Glück ist er, abgesehen vom nachlassenden Hörvermögen, noch recht fit. Allerdings meinte Margot neulich, er habe den Namen ihrer Kuh (sie heißt Kättere) nicht mehr gewusst, worauf er sehr wütend geworden sei.

Liebe Henriette, ich vermisse dich, deinen gesunden Menschenverstand, deine Klugheit – und unsere Gespräche übern Gartenzaun, in der Küche oder vorm Kamin.

Komm mit heilen Gliedern zurück!

Deine Maja

Brief von Maja an Titus, 6. März

Lieber Vater,
ich hoffe, du bist wohlauf und gesund!

Wenn es das Wetter zulässt, fahre ich übernächste Woche ins Allgäu und würde gerne von Donnerstag bis Sonntag in meinem alten Zimmer übernachten.

Dr. Hölzl hat mich beauftragt, der Provenienz eines antiken silbernen Teeservices nachzugehen. Die Eigentümerin wohnt in/bei Kempten, was bedeutet, dass ich tagsüber unterwegs sein werde. Trotzdem werden wir beide viel Zeit miteinander verbringen können. Wie wäre es mit einem Spaziergang entlang der Argen und den köstlichen Kässpatzen im Restaurant des Hotels »Hochgratblick«?

Ich freue mich auf die Tage mit dir und grüße dich herzlich.

Deine Maja

E-Mail von Ines an Maja, 6. März, nachmittags

Liebe Maja,
natürlich wirst du bei deinem Vater wohnen, aber einen Abend musst du für mich reservieren. Darauf bestehe ich – wir haben uns unendlich viel zu berichten!!!

Drei Tage und Nächte lang hat es unaufhörlich geschneit, die Schneepflüge sind der Massen kaum Herr geworden, doch dann hat das Wetter einen Purzelbaum geschlagen: Jetzt regnet es! Es ist nicht zu fassen! Wer klug ist, bleibt zuhause. Das ist schlecht fürs Geschäft, aber gut für meine Haut: Ich nutze die Flaute und lasse mich von Babette verschönern!

Deine Ines

E-Mail von Adrian an Maja, 7. März, morgens

Geliebte,
ich danke dir für den wundervollen Abend. Mein sehnlichster Wunsch ist, du würdest auch das nächste Wochenende mit mir verbringen, bevor du ins Allgäu aufbrichst. Ich brauche etwas, wovon ich während deiner Abwesenheit zehren kann. Bitte denke über uns beide nach. Ich weiß wohl, dass dich die Scheidung mitgenommen hat und dass du Zeit brauchst. Aber wir beide sind nicht mehr die Jüngsten – wer weiß, wie lange uns noch eine gute, gesunde Zeit vergönnt ist. Sollten wir die nicht nützen? Liebste, es ist wieder einmal Goethe, der mein Empfinden auf den Punkt bringt:

Fühle, was dies Herz empfindet,
Reiche frei mir deine Hand,
Und das Band, das uns verbindet,
Sei kein schwaches Rosenband!
Ewig der Deine
Adrian

E-Mail von Maja an Henriette, 10. März, frühabends

Liebe Henriette,
nur noch zwei Tage, dann bist du wieder aus Zermatt zurück! Mir fehlen dein kühler Kopf und deine besonnenen Ratschläge, denn Adrian bedrängt mich so mit seiner Liebe, dass es mir direkt die Luft abschnürt. Ich kann doch nicht mehr tun, als ihn um Zeit zu bitten und ihm zu sagen, ich würde ihn schätzen, aber nicht lieben???

Wie kommt es nur, dass sich ein Mann über sechzig wie ein testosterongesteuerter Teenager benimmt?
Deine Maja

SMS von Henriette an Maja, 10. März, zehn Minuten später

Weil er weiß (oder ahnt oder fürchtet), dass es die allerletzte Testosteronausschüttung vorm Finito ist!
Henriette

SMS von Maja an Henriette, 10. März, drei Minuten später

Wie kann ich den Fluten entkommen?
Maja

SMS von Henriette an Maja, 10. März, zwei Minuten später

Rette dich ins Allgäu!!!
Henriette

E-Mail von Maja an Henriette, 11. März, morgens

Liebe Henriette,
das Schicksal hat zugeschlagen. Ich kam vorher gerade ins Büro, als das Telefon klingelte und Margot Rupp, die Nachbarin meines Vaters, in den Hörer schrie – sie schreit immer, weiß Gott, weshalb –, mein Vater sei gestürzt und liege jetzt im Argenrieder Krankenhaus. Sie war so außer sich, dass es dauerte, bis ich Genaueres erfuhr. Demnach habe es im Allgäu heftig geschneit, danach geregnet, über Nacht sei dann die Temperatur weit unter den Gefrierpunkt gesunken, worauf am Morgen Wege und Straßen mit einer spiegelglatten Eisschicht überzogen waren. Was mein Vater erst bemerkte, als er – er wollte die Zeitung aus dem Kasten holen – am Boden lag.

Zum Glück hat Margot sein Rufen gehört und den Notarzt alarmiert. Der stellte einen verstauchten Knöchel und etliche Prellungen fest, ließ ihn aber vorsichtshalber doch ins Krankenhaus fahren. Jetzt steht fest, dass er wahnsinniges Glück gehabt hat und, nach nur einer Nacht, morgen entlassen wird. Was bedeutet, dass ich heute nach Argenried fahren werde.

Adrian ist am Boden zerstört. Er hat mich zwar nicht wieder mit Goethe traktiert, dafür aber die Sekretärin zur Post geschickt, die Tür abgeschlossen (mit dem Schlüssel!!!) und anschließend aus seiner Aktentasche ein kleines, mit dunkelblauem feinem Leder überzogenes Etui herausgeholt.

Mir schwante Schlimmes, und tatsächlich! Im Etui befand sich ein hinreißender Ring mit einer von Diamanten eingefassten Perle – spätes 19. Jahrhundert, eine wundervolle Arbeit.

Hölzl hat versucht, mir den Ring über den Finger zu streifen. Er hätte auch gepasst, doch ich sagte, Perlen würden Tränen und Unglück bedeuten, das wisse er doch. Worauf er meinte, es seien Tränen seiner Sehnsucht, und ob ich ihn nicht endlich, bevor ich wegfahren würde, hoffen ließe ... ob ich ihn nicht ein kleines bisschen lieben würde ... und so weiter und so fort.

Henriette, er hat mir leidgetan. Aber ich habe mir auch leidgetan: Weshalb kommt die Liebe so oft zur falschen Zeit oder von der falschen Person?

Und wenn mal Person sowie Zeit stimmen: Weshalb ist sie nicht von Dauer?

Oder, da sie offensichtlich ein Verfallsdatum hat, weshalb endet sie dann nicht bei beiden zur selben Zeit? Ich denke da natürlich an Axel und mich ... Das wäre wenigstens gnädig.

Henriette, das Leben ist schon bescheuert, aber die Liebe setzt ihm (dem Leben) die Krone auf.

Deine Maja

PS: Schade, dass wir uns verpassen: Bevor du ankommst, bin ich weg. Passt du bitte auch auf mein Häuschen auf?

SMS von Maja an Ines, 11. März, mittags

Liebe Ines,
mein Vater ist gestürzt. Ich fahre heute noch nach Argenried. Rufe dich dann an – wäre schön, wenn du kurzfristig am Abend Zeit hättest.

In Eile
deine Maja

SMS von Ines an Maja, 11. März, zehn Minuten später

Liebe Maja,
stehe dann mit Argenrieder Bier und einem Vesper (schätze mal, dein Vater hat nichts im Haus und du keine Gelegenheit, etwas einzukaufen) vor deiner Tür!

Deine Ines

WhatsApp von Maja an Nicki, 11. März, früher Nachmittag

Liebes,
nach einem Sturz, der schlimmer aussah, als er war, fahre ich jetzt nach Argenried, um deinen Großvater morgen früh aus dem Krankenhaus abzuholen. Ich bleibe übers Wochenende, da ich die Gelegenheit für eine Recherche nütze. Lass mich wissen, wie es dir geht!

Deine Mami

E-Mail von Adrian an Maja, 11. März, nachmittags

Meine Liebste,
der Wetterbericht, den ich halbstündlich abhöre, meldet heftige Schneefälle. Ich bin krank vor Sorge um dich: Hättest du doch meinen Wagen mit Allradantrieb statt deines Golfs genommen – wegen des Teeservices gerätst du in Lebensgefahr! Ich mache mir die größten Vorwürfe. Bitte melde dich.

Immer der Deine
Adrian

E-Mail von Maja an Henriette, 12. März, spätabends

Liebe Henriette,
als du heute Morgen anriefst, war ich gerade im Krankenhaus, konnte also nicht reden. Jetzt ist es kurz vor Mitternacht. Be-

stimmt schläfst du schon, aber ich muss dir unbedingt berichten (und dabei meine Gedanken ordnen!), was alles auf mich einstürmte: Henriette, mein Vater ist nicht mehr der Alte, und ich wusste es nicht!

Doch zuerst: Wie gut, dass ihr heil nach Hause gekommen seid. Für euch wie für mich war die Fahrt kein Vergnügen. Schneefall und miserable Sicht von der Alb bis ins Allgäu, die Pflüge sind kaum durchgekommen. Aber als gebürtige Allgäuerin schrecken mich schneebedeckte Straßen nicht, mich beunruhigen nur die leichtsinnigen Raser aus dem Flachland – und nun auch der Zustand meines Vaters.

Als ich ihn abholen wollte, saß er angezogen auf seinem Bett. Ich grüßte den alten Mann im Nachbarbett und umarmte dann Titus, der zögerlich und so, als sei er sich nicht ganz sicher, fragte: »Bist du das, Maja?«

»Natürlich«, antwortete ich, weil ich dachte, wie das Gehör hätten auch seine Augen nachgelassen.

»Die Schwester«, erklärte er dann, »hat alles gepackt. Es fehlt nur noch das Waschzeug.«

Wir gingen in das Badezimmer. Auf der Ablage über dem Waschbecken standen sein Waschbeutel sowie zwei Gläser mit je einer Zahnbürste und -pasta sowie ein drittes Glas, in dem ein Gebiss schwamm. Er steckte seine Zahnbürste und die Tube in seinen Beutel, fischte das Gebiss aus dem Wasser, warf es mit einer blitzschnellen Bewegung ins Klo und betätigte dann die Spülung.

Das alles ging so rasch, dass ich nicht eingreifen, sondern nur empört rufen konnte: »Was tust du da?! Das Gebiss gehört nicht dir!«

Worauf er richtig triumphierend meinte: »Das Ding hat mich immer so damisch angebleckt!«

Früher hätte sich mein Vater niemals an fremdem Eigentum vergriffen. Er, der immer nach dem Grundsatz lebte: Was du nicht willst, das man dir tu, das füg auch keinem andern zu, und mich mit dem Lied »Üb immer Treu und Redlichkeit« nervte – war für mich von einem Augenblick zum anderen zu einem Fremden geworden.

Aber das war nur die erste Überraschung, zu Hause ging es dann weiter. Höchst ordentlich, ja fast pedantisch, war er schon immer gewesen, und nach dem Tod meiner Mutter putzte und pflegte er das Haus. Niemand hätte das besser machen können. Jetzt ist alles schmuddelig und verstaubt. In der Küche stinkt's, der Fußboden starrt vor Schmutz ... Ich erspare dir die Einzelheiten.

Wegen der schlechten Straßenverhältnisse war ich erst gegen Mittag ins Krankenhaus gekommen, er hatte bereits gegessen, war müde, wollte ins Bett, eine Wärmflasche und einen Kamillentee.

Er weigerte sich, die Hände zu waschen, da er von der Schwester am Morgen unter die Dusche gestellt worden war. »Das war genug Wasser für den ganzen Tag.«

Ich brachte ihm den mit einem Löffelchen Honig gesüßten Tee ans Bett. Er roch daran. »Renata«, sagte er dann, »wie dumm von dir, du hast vergessen, dass ich keinen Honig mag.«

Henriette, er hat mich, seine Tochter, mit seiner Frau verwechselt!

Und dann machte er das Maß voll, indem er meinte: »Wecke mich pünktlich um sieben. Meine Aktentasche ist zwar gepackt, aber bei dem schlechten Wetter brauche ich länger, um ins Gymnasium zu kommen, und ich will nicht unpünktlich sein.«

Als ich die Küche aufräumte, kam Margot, die Nachbarin. Ich war noch so entsetzt, dass ich sie geradezu anschnauzte (was mir umgehend leidtat): »Mein Vater ist ja dement! Warum hast mir nichts davon gesagt?«

Worauf sie gleichmütig in schönstem Allgäuer Dialekt antwortete: »Des isch normal. Älle alte Leut werdet wirr em Grind.«

Demenz als Normalität im Alter – ich bitte dich!

Später kam dann noch Ines, eine Schulfreundin. Zusammen putzten wir die Küche, danach setzten wir uns an den (sauberen) Holztisch, vesperten, tauschten Erinnerungen aus und kamen dann auf Titus zu sprechen.

Von ihr erfuhr ich, dass er vor kurzem in Pantoffeln, im Schlafanzug und Morgenmantel eine Zeitung und frische Brötchen gekauft hatte, worüber sich seine ehemaligen Schüler sehr gewundert haben, denn Titus war ein höchst geachteter, in meinen Augen fast krankhaft korrekter und auch gefürchteter Lateinlehrer – und nun schlappte er mit Pantoffeln an den nackten Füßen, wirren Haaren und völlig unangemessen gekleidet durch die Fußgängerzone!

Das kam auch Hochwürden zu Ohren, worauf er meinen Vater besuchte. Angeblich wollte er Titus bewegen, ins hiesige Altersstift zu ziehen; da er aber bei seinem Besuch einen völlig normalen Eindruck machte, unterhielten sie sich über die Kirchenväter im allgemeinen und Augustinus im Besonderen.

Ines sagte, Titus' Ausflug im Schlafanzug sei Stadtgespräch gewesen, und Luitpolda, Hochwürdens Haushälterin, habe ihr das Übrige erzählt. Tatsache sei, meinte Ines, dass Titus nicht mehr allein leben dürfe.

Sie hat Recht. Das Stift St. Bartholomäus hat einen guten Ruf. Morgen werde ich mich erkundigen, ob dort für Titus ein Zimmer frei ist. Wenn ja, werde ich ein, zwei Wochen brauchen, bis ich hier alles organisiert habe. Ich muss mir auch überlegen, ob ich das Haus verkaufe oder erst mal vermiete. Ines meinte, seitdem Argenried ein Bad und staatlich anerkannter Kurort geworden sei, seien die Preise rapide gestiegen.

Ich mache mir große Vorwürfe, dass ich meinen Vater seit vergangenen Sommer nicht mehr besucht habe. Aber ich schwöre dir, Henriette, ich habe nichts von seiner Demenz bemerkt. Du weißt, dass er nicht nach Stuttgart kommen wollte, und wenn wir telefoniert haben, benahm er sich wie immer. Für die Rupp waren seine gelegentlichen Aussetzer eine völlig normale und daher nicht beunruhigende Alterserscheinung. Trotzdem. Als einziges Kind hätte ich mich um ihn kümmern müssen. Meine Scheidung ist da keine Entschuldigung.

Jetzt trinke ich noch ein lauwarmes Bier – Ines und ich mussten den völlig verschimmelten Kühlschrank abtauen und auswaschen. Die Flasche ins Freie zu stellen, hab ich versäumt –, dann geh ich ins Bett. Zum ersten Mal seit Beginn meiner Ehe schlafe ich wieder in meinem Mädchenzimmer. Mein Gott, was ist aus meinen (in Anlehnung an Goethe!) Mädchenmorgenjugendträumen geworden! Wollte mich schon in den Schlaf heulen, als ich mein früheres Lieblingsbuch im Regal entdeckte: Jane Eyre von der Brontë. Gefällt mir noch immer, ich werde es noch mal lesen.

Herzlich
deine Maja

E-Mail von Maja an Adrian, 13. März, kurz nach Mitternacht

Lieber Adrian,
du hast dich umsonst geängstigt, ich bin gestern gut in Argenried angekommen, habe heute meinen Vater abgeholt und nach Hause gebracht. Jetzt ist es mitten in der Nacht, doch bevor ich ins Bett gehe, kurz das Wichtigste: Mein Vater ist dement, er soll/darf/kann nicht mehr allein im Haus wohnen. Zum Glück gibt es im Ort ein Altenstift, das einen vorzüglichen Ruf genießt. Ich hoffe, ich kann ihn bewegen, dort einzuziehen, zu mir nach Stuttgart will er ja nicht.

Du wirst verstehen, dass ich nicht schon nächsten Sonntag zurückfahren kann. Ich nehme allerdings an, in der kommenden Woche Zeit für die Recherche zu finden. Im Grunde genommen bin ich sogar froh darüber, denn sie ist weit weniger emotionsgeladen als die Sache mit meinem Vater, die ja in seinem wie auch in meinem Leben eine Zäsur darstellt.

Sei nun herzlich gegrüßt von

Maja

E-Mail von Adrian an Maja, 13. März, morgens

Liebste,

das sind leider betrübliche Nachrichten. In Gedanken bin ich zwar stets bei dir, aber in so schweren Zeiten ist das nicht genug: Mein Platz ist an deiner Seite, deshalb habe ich nächste Woche von Samstag auf Sonntag mit Rücksicht auf die frommen Allgäuer und deinen Ruf ein Zimmer im Hotel Hochgratblick gebucht.

Ich liebe dich von ganzem Herzen.

Dein Adrian

WhatsApp von Maja an Nicki und Tommy, 13. März, mittags

Liebe Nicki, lieber Tommy,

schlechte Nachrichten: Euer Großvater Titus hat einen verstauchten Knöchel, ist leider dement und muss betreut werden. Bis ich eine Lösung für ihn gefunden habe, wohne ich in Argenried. Ihr fehlt mir sehr!

In Liebe

eure Mami

E-Mail von Maja an Henriette, 20. März, abends

Liebe Henriette,

was ist nur mit dir los? Gehst du nicht mehr ans Telefon, haben die Baumaßnahmen in der Stadt sämtliche Kabel gekappt, ist ganz Stuttgart 21 in einem riesigen Krater versunken oder infolge eines Tornados, Schneesturms oder Erdbebens von der

Außenwelt abgeschnitten? Und hast du auch noch dein Handy verlegt?

Egal. Obwohl es schon nach elf am Abend ist, will ich dir kurz berichten, was hier passiert ist.

Ich habe letzte Woche das Stift St. Bartholomäus angesehen und war sehr angetan von den Einrichtungen und den Schwestern, die sich um die Betagten kümmern. Der Preis ist hoch, aber angemessen, und für Titus wäre ein Appartement – zwei Zimmer, Kochnische, Bad und Südbalkon mit Sicht auf den Hochgrat – frei.

Doch er will nicht!

Als ich ihm vorsichtig und mit liebevollen Worten den Umzug nahebringen wollte, reagierte er völlig panisch. Wurde schneeweiß, dann knallrot, bekam Herzrasen, Atemnot, pinkelte in die Hose und kippte völlig weg, sodass ich vor Schreck und Entsetzen seinen Hausarzt anrief, der schon eine halbe Stunde später vor der Tür stand. Dr. Semmering ist ein alter, rundlicher Herr mit roten Apfelbäckchen und herzhaftem Humor. Er begrüßte Titus mit den Worten »Na, mein Lieber, willst heut ernsthaft den Löffel abgeben?« und wandte sich dann nach einem scharfen Blick auf meinen Vater an mich: »Der Cognac befindet sich im Schreibtisch, unterste Schublade.«

Tatsächlich. Da standen zwei Flaschen Chantré, eine leere und eine fast volle. Dr. Semmering füllte ein Wasserglas bis zur Hälfte, Titus kippte den Cognac mit geübtem Schwung hinunter und kehrte prompt ins Reich der Lebenden zurück. Mir traten fast die Augen aus dem Kopf. Der Arzt tätschelte Titus die Wange und empfahl ihm, als intelligenter Mensch möge er doch bitte seine Wünsche mit Worten und nicht mit unsinnigem Theater kundtun, ergriff meinen Arm und schob mich in die Küche.

Dort fragte er mich, was denn geschehen sei. »Nichts«, antwortete ich wahrheitsgemäß. »Ich hab ihm nur empfohlen, ins Stift zu ziehen. Ich kann ihn nicht mehr allein im Haus lassen, aber da ich in Stuttgart wohne und arbeite ...«

Semmering hatte die Cognacflasche mitgebracht. Er schenkte sich ein Glas ein (offensichtlich ist er hier zuhause!) und ergänzte: »... war für ihn die Aussicht, ins Stift ziehen zu müssen, wie ein Dolchstoß ins Herz. Oh je!«

»Ich kann ihn doch nicht sich selbst überlassen!«

»Wie wäre es mit einer tüchtigen Haushälterin?«, entgegnete er. »Oder, noch besser, wenn Sie bis zu seinem Ende bei ihm bleiben würden?«

»Wie? Einfach so und das jahrelang?«

Er stärkte sich mit einem zweiten Cognac. »Von jahrelang hab ich nichts gesagt.«

»Sondern?«

Um es kurz zu machen, Henriette: Mein Vater hatte offensichtlich mehrere kleinere Gehirnschläge, weigert sich aber, das Rauchen und Trinken aufzugeben, denn er behauptet, seit dem Tod meiner Mutter sei sein Leben nicht mehr lebenswert. Im Klartext: Er steuert ganz bewusst sein Ende an. Warum also soll er sich noch der Mühe eines Umzugs unterziehen, wo alles getan würde, um ihn am Leben zu halten?

Semmering sagte, Titus habe ihm strikt verboten, mich von den Hirnschlägen zu informieren; er ist erleichtert, dass er endlich mit mir sprechen konnte, und legte mir nahe, für einige Monate hierherzuziehen, unter anderem auch, um mir später mal keine Vorwürfe machen zu müssen.

Das geschah am Freitag.

Gestern erschien Hölzl – der hat mir gerade noch gefehlt, dachte ich zuerst. Tatsächlich aber war er mir eine große Hilfe. Er unterhielt sich lange mit Titus (es gehört zu seiner Form der Demenz, dass sich Phasen der Orientierungslosig- und Vergesslichkeit mit völliger Klarheit abwechseln) und meinte, als wir später an der Argen spazieren gingen, ich müsse hierbleiben. Unbedingt, und obwohl ihm meine Abwesenheit das

Herz brechen würde – er würde so oft wie möglich ins Allgäu fahren.

Frühlingsanfang, liebe Henriette, und das ist bei mir der Stand der Dinge: Statt Tauwetter und einsetzendem Wachstum Stillstand! Mein Gott aber auch ...

Ruf mich an und hilf mir, eine Entscheidung zu treffen!

Deine Maja

WhatsApp von Tommy an Maja, 21. März, spätnachmittags

Hi Mum,
krass. Für mich ist Opa Titus immer noch der coole Lateiner. Oh Mann, was hatte der für Sprüche drauf. Nicht bloß *carpe diem*. Als ich die Klasse wiederholen musste, sagte er völlig verblüfft und verständnislos: »Das glaube ich nicht. Ich hielt dich nie für einen Feigling.«

»Das bin ich auch nicht«, hab ich protestiert.

»Oh doch«, meinte er so deprimiert, als hätte ich ihn maßlos enttäuscht. »Über eins musst du dir im Klaren sein: ›Faulheit ist die Furcht vor bestehender Arbeit.‹ Sagte Cicero vor rund 2000 Jahren, und ich teile seine Meinung, lieber Enkel.«

Das reichte mir.

Wir befinden uns mitten in der Wüste, nachts ist es schweinemäßig kalt.

Willst du, dass ich nach Hause fliege? Ich tu's für dich und Titus.

LG Tommy

WhatsApp von Maja an Tommy, 21. März, eine halbe Stunde später

---

Danke, ich weiß dein Angebot zu würdigen, aber nein, ich komme allein zurecht. Genieße Chile und pass auf dich auf!

Deine Mami

E-Mail von Nicki an Maja, 22. März, abends

Liebe Mama,
gestern hab ich zum ersten Mal mein Baby gespürt! Glaub ich wenigstens. Vielleicht war es auch nur eine Blähung. Ob Junge oder Mädchen, lässt sich per Ultraschall noch nicht eindeutig feststellen.

Wir schneiden die Hecken, denn auf der Mainau ist es längst nicht so kalt wie bei dir. Das mit Opa tut mir leid. Kennt er dich noch? Weiß er, dass sein erster Urenkel auf dem Weg ist? Sag es ihm. Das ist doch ein Grund, das Leben wieder lebenswert zu finden. Und setz noch eins drauf, indem du ihm sagst, falls es ein Junge würde, bekäme er seinen Namen, nämlich Titus, oder, wenn es ein Mädchen wird, den der Großmama Renata.

Ich besuche dich im Allgäu, sobald die Straßen nicht mehr so rutschig sind. Hab nämlich kein Geld für Winterreifen.

Ganz liebe Grüße von
deiner Tochter Nicki
(mit langsam sichtbar werdendem Babybauch!)

E-Mail von Maja an Henriette, 23. März, nachmittags

Liebe Henriette,
nochmals vielen Dank für deine Zeit vorhin am Telefon. Ich hadere zwar noch immer mit meinem Schicksal, denn jetzt, nachdem der Ex endgültig und die Kinder zumindest vorübergehend aus dem Haus sind, hätte ich endlich Zeit, mal wieder nach London und/oder Paris zu fahren. Oder, was ich schon seit langem vorhabe, das Baltikum zu erkunden.

Wenn aber Titus' Zeit begrenzt, ich meine: absehbar ist, muss ich mich wohl oder übel ihm widmen. Es ist nicht einfach, mit ihm auszukommen. Er ist listig und verschlagen. Sobald ich ihm den Alkohol und die Pfeife verstecke, tigert er ruhelos im Haus herum und nervt mich so lange, bis ich mürbe werde. Er wäscht sich nicht gern, er bekleckert sich, er ... ach, Henriette: Früher hab ich zu ihm aufgeblickt, er war hochintelligent, kultiviert, belesen, er war ein wunderbarer, inspirierender Gesprächspartner. Und jetzt? Manchmal hat er Augenblicke, ja sogar Stunden, in denen er ganz der Alte ist. Dann, als würde jemand einen Schalter umlegen, behauptet er dermaßen absurde Sachen, bei denen mir die Haare zu Berge stehen: Was er alles zuwege gebracht, welche Erfolge er eingeheimst habe, wie er mit seinem Pferd (er hatte nie ein Pferd!) über die Felder geritten sei – es ist unfassbar. Oder wie er den Garten gestaltet, welche Marmeladen, welche Säfte er gekocht habe ... Dinge, die einzig meine Mutter erledigt hat.

Doch es gibt auch Erfreuliches zu berichten. Gestern standen zwei alte Schulfreundinnen vor der Tür, Ines, die die örtliche Buchhandlung, und Babette, die einen Beautysalon namens Heustadl führt. Wir saßen vorm Kamin, leerten zwei Flaschen Wein und drei Tüten Kartoffelchips mit unterschiedlichen Geschmacksrichtungen (die hatten sie mitgebracht) und unterhielten uns über alte Zeiten. Und natürlich erfuhr ich den neuesten Klatsch aus dem Ort. Du weißt schon: wer heiraten muss, weil ein Kind unterwegs ist, welcher Klassenkamerad was geworden ist, wer den Job geschmissen hat – es gibt nichts, was die beiden nicht wissen. Babette sagt, wenn sie einer Kundin ihre einzigartige Gesichtsmaske aufgetragen hat, macht sie deren Nägel. Dann muss sie keine einzige Frage stellen – die Kundin erzählt ihr alles, auch die intimsten Dinge. Aber natürlich, versicherte sie, schweigt sie wie ein Grab. Neben ihren tollen Cremes und Wässerchen sei absolute Diskretion ihr Geschäftsgeheimnis.

Ich hab versprochen, in den nächsten Tagen zu einer Gesichtsbehandlung zu ihr zu kommen.

Ines, meine andere Schulfreundin, hält sich einen etliche Jahre jüngeren Liebhaber namens Florian. Florian hat ein Theologie- und Philosophiestudium abgebrochen, hat dann in einer Kneipe gejobbt, war unter anderem Taxifahrer, fuhr Pakete aus und führte schließlich, als Nachtwächter verkleidet, Touristen durchs nächtliche Kempten. Dort lief er meiner Schulfreundin über den Weg, und bald darauf zog er bei Ines ein. Natürlich ist er arbeitslos – wohl ein Euphemismus dafür, dass er arbeitsscheu ist! –, führt aber den gemeinsamen Haushalt. Der Mann interessiert mich, Ines macht nämlich einen ausgesprochen glücklichen und zufriedenen Eindruck.

Lass dich umarmen, liebe Henriette, von

deiner Maja

PS: Hab ich erwähnt, dass Babette schulisch gesehen ein Grenzfall war? Jetzt bewundere ich sie wegen ihres Geschäftssinns und Erfolgs!

E-Mail von Maja an Adrian, 23. März, abends

Lieber Adrian,
du musst am kommenden Wochenende nicht schon wieder die lange Fahrt ins Allgäu auf dich nehmen. Ich komme ein paar Tage nach Stuttgart. Muss die Heizung zurückschalten, den Kühlschrank abtauen, die Zeitung abbestellen sowie einen Nachsendeantrag für meine Post beantragen, Kleidung einpacken und, und, und.

Und das alles mit einem schlechten Gewissen. Es fällt mir schwer, mich mit den Tatsachen abzufinden. Natürlich hänge ich an meinem Vater, ich weiß auch, dass ich Verantwortung übernehmen muss, aber mein Leben findet nun mal in Stuttgart statt.

Können wir Samstagabend zum Essen ausgehen? Der Gedanke an Knödel, Schweinebraten in Biersauce oder Kässpatzen bringt mich um.

Herzlich

Maja

E-Mail von Adrian an Maja, 23. März, zehn Minuten später

Geliebte Maja,
gerade habe ich für uns einen Tisch im YoSH bestellt. Wirst du die Nacht bei mir verbringen? Bitte! Ich fiebere deiner Ankunft entgegen.

Dein Adrian

E-Mail von Maja an Ines, 24. März, morgens

Ines,
es tut mir so leid, aber ich brauche deine Hilfe, denn gerade rief Margot Rupp an. Sie war im Stall, hat ihre einzige Kuh versorgt und gesehen, dass Titus mal wieder im Schlafanzug unterwegs war, diesmal Richtung Argen, was bei einer Temperatur von zehn Grad minus – das kurz vor Ostern, mein Gott, was für ein langer Winter! – nicht empfehlenswert ist. Sie hat ihn heimgeführt und mit einer Wärmflasche ins Bett gesteckt.

Ich fahre heute nach Stuttgart, weil ich einige Dinge erledigen muss, packe gerade und sitze in einer halben Stunde im Auto. Könntest du bitte ein paar Tage nach meinem Vater schauen? Womit ich mich für diesen Liebesdienst revanchieren werde, weiß ich noch nicht, aber ich tu's, versprochen!

In Eile
deine Maja

E-Mail von Maja an Adrian, 28. März, abends

Lieber Adrian,
bin gut in Argenried angekommen. Nochmals vielen lieben Dank für den wunderschönen Abend mit dir. Tut mir leid, dass ich nicht über Nacht geblieben bin.

Ines und ihr Freund Florian haben Titus wunderbar versorgt. Es scheint, dass er außer einer Erkältung keinen Schaden genommen hat. Er liegt brav im Bett, ich habe mein Auto ausgeladen, die Kleidung in meinen alten Schrank gehängt und das Suppenhuhn, das wir in der Stuttgarter Markthalle besorgt haben, auf den Herd gestellt – eine kräftige Hühnersuppe, sagte meine Mutter immer, sei so gut wie Penicillin.

Es schneit schon wieder, der Winter im Allgäu nimmt und nimmt kein Ende. Wegen Titus kann ich nicht aus dem Haus, und damit ich die Zeit sinnvoll nütze, schreibe ich der Eignerin des silbernen Teeservices einen Brief. Ich möchte sie in der kommenden Woche besuchen. Die Frage ist nur, wer in dieser Zeit auf meinen Vater aufpasst.

Herzliche Grüße
aus dem tief verschneiten Voralpenland
Maja

Brief von Maja an Frau Willand, 29. März

Sehr geehrte Frau Willand,
ich bin Mitarbeiterin von Dr. Adrian Hölzl, Stuttgart, dem Sie vor kurzem ein silbernes Teeservice zur Auktion überlassen haben.

Zunächst sollten einige wenige Fragen geklärt werden. Da ich mich vorübergehend in Bad Argenried aufhalte, würde ich gerne bei Ihnen vorbeischauen. Bitte nennen Sie mir Tag und Uhrzeit, gerne auch per Telefon, wann Ihnen mein Besuch passen würde.

Mit besten Grüßen
Maja Renz

E-Mail von Maja an Adrian, 29. März, abends

Lieber Adrian,
Ines ist mit ihrem Freund, einem wunderbaren Rührkuchen und einem genialen Vorschlag zum Tee gekommen: Florian spielt mit dem Gedanken, sich zum Altenpfleger ausbilden zu lassen. In Zeiten langlebiger Rentner ist das eine gute Idee, allerdings hat er keinerlei Erfahrungen und will erst mal sehen, ob er sich für den Job eignet. Was bedeutet, dass er sich für einen angemessenen Stundenlohn um Titus kümmern wird – vorerst mal nur für drei bis fünf Stunden täglich.

Ich bin Ines um den Hals gefallen! Der Gedanke, Tag für Tag im Haus eingesperrt zu sein, hat mich ganz unleidlich gemacht. Jetzt nehme ich meine neue Aufgabe mit mehr Zuversicht an.

Herzlich
Maja

E-Mail von Maja an Henriette, 30. März, abends

Liebste Henriette,
heute war Ines mit ihrem Freund hier, und nun fühle ich mich nicht mehr wie eine Gefangene im eigenen Haus, denn Florian ist ein Glücksfall!

Er ist groß, schlank, hat lange Haare, im Nacken zum Zöpfchen gebunden, und strahlt so viel Gelassenheit und Freundlichkeit aus, dass ich ihn sofort gernhatte.

Während wir in der Küche ein Bier tranken, saß Titus vorm Fernseher. Nach einiger Zeit setzte sich Florian neben ihn und streichelte seine Hand. Titus nahm keine Notiz von ihm. Nach dem Wetterbericht schaltete er den Apparat aus und fragte: »Wer bist du?«

»Ich bin Florian. Und du bist Titus.«

»Florian«, wiederholte Titus. Plötzlich wurde er unruhig. »Maja! Maja, wo bist du? Ich bin müde, ich will ins Bett.«

Florian half, Titus auszukleiden und zu waschen. Als er dann im Bett lag, sagte er: »Du da … du darfst morgen wiederkommen. Um acht Uhr beginnt der Unterricht, also sei pünktlich.«

»Ich werde pünktlich sein«, versicherte Florian ernst, worauf Titus antwortete: »Schön. Ich habe nichts anderes von dir erwartet.«

Es gefiel mir, wie Florian auf Titus eingegangen ist. Falls Titus Vertrauen zu ihm fasst, was ich annehme, wird er sich täglich von elf – da hat er Ines' und seinen Haushalt in Ordnung gebracht – bis gegen vier Uhr am Nachmittag um ihn kümmern. Doch zunächst kommt er drei Tage lang probeweise. Er will sehen, ob ihm der Job überhaupt zusagt. Wenn ja, müssen wir die Bezahlung noch aushandeln. Nun fehlt mir nur noch eine Putzhilfe fürs Grobe.

Erleichterte Grüße von
deiner Maja

E-Mail von Maja an Adrian, 31. März, abends

Lieber Adrian,
heute war ich bei Frau Willand, der Dame mit dem silbernen Teegeschirr.

Es war ein sehr angenehmer Besuch mit einem höchst erfreulichen Ergebnis: Wenn nur alle Recherchen bezüglich eines Besitzverhältnisses so einfach und reibungslos durchzuführen wären!

Doch der Reihe nach. Ich habe Frau Willand schriftlich gebeten, mich zu empfangen. Sie rief gleich nach Erhalt meines Briefes zurück und wir einigten uns darauf, dass ich heute um drei Uhr – jetzt ist es neun, ich habe Titus zu Bett gebracht – zu ihr kommen würde, bis dahin habe sie alle Unterlagen, das Silber betreffend, bereitgelegt.

Auf Grund bisheriger Erfahrungen machte ich mir keine großen Hoffnungen, weder was die Unterlagen noch Frau

Willand selbst betrafen. Das war falsch. Frau Willand ist eine kultivierte, gebildete Witwe, wohnt in ihrem Allgäuer Haus (groß, geräumig, geschmackvoll eingerichtet und sehr gepflegt), das der Großvater ihres Mannes erbauen ließ. Im Eingangsbereich hängen nachgedunkelte Stiche in kostspieligen Rahmen, die Ansichten irischer Städte zeigen: Galway, Limerick, Cork, Dublin ... Hinweise auf Irland setzten sich im Wohnzimmer fort, wo sich auf einem fürs Allgäu völlig untypischen Kaminsims zwei Porzellanhunde gegenüberstanden und hinter den Glastüren eines Mahagonischranks Waterford-Gläser und wunderbares Porzellan von Spode ausgestellt waren.

Das alles war aber nichts im Vergleich zur Bibliothek. Das war ein Raum, der den Namen wirklich mal verdiente! Regale vom Boden bis zur Decke, ein Chesterfield, tiefe Sessel mit langjährigen Gebrauchsspuren, ein an etlichen Stellen fadenscheiniger Perserteppich, ein Schreibtisch, die Oberfläche mit geprägtem Leder bezogen, Leselampen mit grünem Schirm ... Keinerlei bayrischer Alpenlook, dafür viele Gegenstände aus Irland beziehungsweise England. Der Grund: Frau Willands Schwiegervater hatte eine Irin geheiratet, ihr Mann John wuchs in Irland auf.

Zum Beweis zeigte sie mir Fotos der Großeltern und Eltern, darunter waren auch solche der Familien am Teetisch mit silberner Kanne, Zuckerdose und Sahnekännchen. Ein Foto zeigte die Gegenstände in Großaufnahme und trug auf der Rückseite den handschriftlichen Vermerk: »Für meine geliebte Tochter Anne. Ivy Hall, 1946.«

Frau Willand überließ mir auch die Kopie einer Auflistung der Gegenstände, darunter befand sich auch das silberne Teeservice, die ihr Vater ihr und ihren Schwestern noch zu Lebzeiten vermachte. Es muss ein kluger Mann gewesen sein, dem es offensichtlich gelang, Streitigkeiten nach seinem Ableben zu vermeiden. Wie löblich!

Lieber Adrian, die Provenienz ist zweifelsfrei geklärt. Wäre es nur immer so einfach!

Doch da ist noch etwas: Der Bruder des Schwiegervaters spielte während des letzten Kriegs offensichtlich eine unrühmliche Rolle, denn er soll vieles unrechtmäßig in seinen Besitz gebracht haben. Gemunkelt wurde darüber, doch ans Licht kam es erst während der Entnazifizierung. Deshalb habe ihr Mann John so gut wie keinen Kontakt zu seinem Onkel gehabt, und überhaupt sei er mit seiner Familie erst nach einem Schlaganfall des Vaters nach Bayern zurückgekehrt und ins väterliche Haus gezogen, wo der Vater bis zu seinem Tod gepflegt wurde.

Viktor Willand, der Bruder des Schwiegervaters, soll sich während der Nazizeit mit Freunden, seinen »Spezln«, und einem Münchner zusammengetan haben. Ich habe Frau Willand so verstanden, dass die Männer die Bevölkerung ausspionieren ließen – nicht nur Juden –, um sie mit erfundenen oder tatsächlichen »Beweisen« zu erpressen. Ich werde mich kundig machen: Die Sache interessiert mich.

Morgen schreibe ich dir, lieber Adrian, den ausführlichen Bericht. Für heute nur so viel: Du kannst das Silber unbesorgt im Katalog aufführen.

Herzliche Grüße

Maja

E-Mail von Sofferl an Maja, 1. April, morgens

Sehr geehrte Frau Dr. Renz,
hiermit bestätige ich Ihren Termin in unserem Heustadl: Morgen, Samstag, 11 Uhr.

Mit besten Grüßen

i. A. Sofferl Kunz

Im Heustadl ist Diskretion Ehrensache!

SMS von Ines an Maja, 1. April, vormittags

Liebe Maja,
kommst nach dem Heustadl bei mir im Bücherwurm vorbei?
Deine Ines

E-Mail von Maja an Henriette, 1. April, abends

Liebe Henriette,
heute war ich im Beautysalon meiner Schulfreundin Babette! Sie hat ihren Heustadl richtig professionell aufgezogen, mit einem dirndlbekleideten Sofferl am Empfang, einem Masseur namens Ansgar, der auch die Pflanzen für ihre wundertätige Naturkosmetik sammelt und die Cremes und Lotions zusammenrührt, sowie einer Dite (Aphrodite!), die bei besonderem Andrang stundenweise aushilft.

Der Salon befindet sich in einem alten Häuschen mitten in der Fußgängerzone, also in allerbester Lage, und ist, wie der Name schon sagt, einem Heustadel nachempfunden: Allerlei Geweihe hängen überm Empfangstresen, Netze mit Heu dekorieren die Wände, das graubraune Fell einer Allgäuer Kuh liegt auf dem Boden vor der niederen, rot bezogenen Sitzbank. Darauf prangen Kissen mit handgestickten Motiven: Es gibt den sterbenden Hirsch, den Geier in der Felswand, das Marterl am Wegesrand, den blauen Enzian neben der roten Alpenrose sowie den Jägersmann mit Gamsbart und Edelweiß am Hut. Das Highlight aber ist das auf naturfarbenem Leinen mit roten Kreuzstichen gestickte Motto »Diskrezion ist Ehrensache«.

Nein, das ist kein Schreibfehler meinerseits, Henriette!

Die gestickten Kunstwerke stammen von Dites Mutter Efgenia, einer Griechin. Die »Diskrezion« war ihr Geschenk zum Einzug; in güldenem Rahmen hängt es überm Tresen.

Während Babette mir die Gesichtshaut reinigte und dann die Nährmaske auftrug, berichtete sie, wie sie, natürlich auf

Umwegen, zum Heustadl kam – die Geschichte ist's wert, dass ich sie dir schildere.

Nach der Schule war sie zunächst im Gastgewerbe, danach in einem Fitnessclub als Trainerin und schließlich, als sich Argenried mehr und mehr zum Kurort mauserte, im Escort-Service tätig. Bald hatte sie eine Menge Kunden.

»Die Männer bekamen ja nur Salatblättchen und Körner zu futtern. Aber weil sie nun mal keine Hasen waren, wollten sie eben auch mal was Fleischiges. Ich hatte mit meiner barocken Dirndlfigur genau das zu bieten, wonach es ihnen gelüstete«, erklärte sie.

Bis dann der Horsti, ein Banker aus Wiesbaden, der immer mit einem Strauß Rosen ankam, ausgerechnet auf ihr den letzten Schnaufer tat. Dummerweise legten ihm die Männer vom Bestattungsdienst den Strauß in die gefalteten Hände, und als die herbeigeeilte Ehefrau die solcherart geschmückte Leiche sah, bekam sie einen Schreikrampf. Erst als ihr erklärt wurde, die Blumengabe sei ein Allgäuer Brauch seit der Steinzeit her, gab sie Ruhe.

Nach dem letzten Schnaufer vom Horsti war auch bei Babette die Luft raus; in München ließ sie sich zur Kosmetikerin ausbilden, lernte die Aphrodite kennen, nahm Kontakt auf zu einem alten Schulfreund, dessen Mutter gerade gestorben war, wodurch das Häuschen in der neu angelegten Fußgängerzone frei und von den beiden Frauen zum Beautysalon umfunktioniert wurde.

Henriette, du musst Babette und ihren Heustadl kennenlernen!

Herzlich
deine Maja

PS: Hab zufällig Jörg Winterstein getroffen, der mich als Fünfjährige aus der hochwasserführenden Argen gefischt hat. Mein Gott, ist der Mann alt geworden!!!

SMS von Ines an Maja, 1. April, zehn Minuten später

Hallo Maja,
statt wie versprochen zu mir zu kommen, hast du mit dem Winterstein Kaffee getrunken. Ich weiß, er hat dir mal das Leben gerettet, aber glaub mir, der Kerl *ist nix für dich*!

Servus
Ines

SMS von Maja an Ines, 1. April, eine Minute später

Ich will doch nichts von Winterstein. Was hast du gegen ihn?
Maja

SMS von Ines an Maja, 1. April, zwei Minuten später

Er ist so gut wie verlobt, was ihn nicht davon abhält, mit jedem Rock anzubändeln: ein Hallodri schlimmster Sorte! Also nimm dich in Acht, verstanden?
Ines

SMS von Maja an Ines, 1. April, zwei Minuten später

Du bist so besorgt wie eine Mutter: Ja, Mama, ich nehme mich vor dem bösen Wolf in Acht.
Maja

SMS von Ines an Maja, 1. April, zwei Minuten später

Du weißt, wie's dem Mädchen ergangen ist? Der Wolf hat es gefressen!
Ines

SMS von Maja an Ines, 1. April, 30 Sekunden später

Bin ich Rotkäppchen?
Maja

SMS von Ines an Maja, 1. April, 50 Sekunden später

Nein, aber eine unvorsichtige dumme Kuh!
Ines

E-Mail von Adrian an Maja, 1. April, spätabends

Geliebte Maja,
gerade habe ich deinen Bericht erhalten und gelesen. Es freut mich für dich, dass sich die Provenienz des Silbers so einwandfrei feststellen ließ. Was nun diesen Viktor Willand betrifft, muss das einer der Männer sein, über die ich gehört und gelesen habe – lauter üble Braune, die sich am Unglück und den widrigen Lebensumständen anderer rücksichtslos und kaltherzig bereicherten. Nach dem Krieg wurde zumindest Victor Willand (über die anderen konnte ich in der Kürze der Zeit nicht recherchieren) kurzzeitig inhaftiert, weil er Mühe hatte, den Wiedergutmachungszahlungen nachzukommen. Wie ich erfahren habe, zog er nach München und starb dort völlig verarmt. Es lohnt sich nicht, sein Leben zu recherchieren.

Ich kann gar nicht sagen, wie sehr du mir fehlst. Du bist Sonne und Mond für mich, weißt du das? Ohne dich kümmere ich nur dahin. Ich lebe nicht, ich vegetiere – was bedeutet, dass ich am Wochenende zu dir fahren werde. Du bist doch einverstanden? Es gibt auch etwas, das ich mit dir besprechen muss.

Meine Liebste, sei nun umarmt und zärtlich geküsst von
deinem Adrian

PS: Verzeih, ich vergaß zu fragen: Wie geht es deinem Vater?

E-Mail von Lucy Maletzke an Maja, 2. April, vormittags

Sehr geehrte Frau Dr. Renz,
Herr Winterstein bittet um einen Gesprächstermin und schlägt ein Abendessen im Hochgratblick vor. Würde Ihnen morgen, 20 Uhr, passen?

Mit bestem Gruß
i. A. Lucy Maletzke

E-Mail von Maja an Lucy Maletzke, 2. April, fünf Minuten später

---

Sehr geehrte Frau Maletzke,
ich bin einverstanden. Morgen um 20 Uhr im Hochgratblick.

Maja Renz

E-Mail von Maja an Adrian, 2. April, mittags

Lieber Adrian,
ich freue mich auf deinen Besuch heute, aber erwarte bitte nicht zu viel: Meinem Vater geht es bedeutend schlechter. Es gibt Zeiten, da erkennt er mich nicht mehr – er lebt völlig in der Vergangenheit. Ich bin ja so froh über Florian! Er ist mir eine unschätzbare Hilfe, er kümmert sich aufopfernd um Titus, geht auf jede seiner Launen ein und hat eine Geduld, die ich nie aufbringen könnte.

Bezüglich Viktor Willand: Gestern Abend habe ich mich im Internet umgesehen: Du hast recht: Der Fall ist abgeschlossen.

Du solltest mit mir in unsere Kirche gehen. Nicht unbedingt zum Gottesdienst, ich hätte nur gerne deinen Rat: Zwei schlichte, etwa mannshohe Sockel rahmen den Altar ein. Auf dem einen steht der heilige Florian zum Dank dafür, dass er die Kirche bei einem verheerenden Brand verschont hat. Das geschah im 18. Jahrhundert. Auf dem anderen betet eine Maria: eine für den Sockel zu kleine und obendrein mittelmäßige Arbeit aus der Schule der Nazarener – du weißt schon, dieser übertrieben seelenvolle, zum Himmel gewandte Blick! Ich denke, dass die ursprüngliche Statue abhandengekommen und die Maria ein sehr mieser Ersatz ist. Bevor ich aber anfange zu recherchieren – die Maria ist eine Schande für die barocke Kirche! –, hätte ich gerne deine Einschätzung.

Ich freue mich auf deinen Besuch.

Herzlich

Maja

SMS von Ines an Maja, 4. April, morgens

Stimmt es, dass du mit Winterstein gestern Abend im Hochgratblick gegessen hast? Maja, wie kannst du nur – ich habe dich gewarnt!!!

Ines

SMS von Maja an Ines, 4. April, fünf Minuten später

Es war sehr amüsant und ganz ungefährlich: Winterstein hat einen Rostbraten und nicht mich verspeist.

Maja

SMS von Ines an Maja, 4. April, eine Minute später

Das kommt noch, wart's nur ab!

Ines

E-Mail von Sofferl an Maja, 8. April, morgens

Sehr geehrte Frau Dr. Renz,
unser Ansgar hat Ihnen die Rosenölcreme zusammengerührt. Sie können sie morgen abholen.

Mit bestem Gruß
i. A. Sofferl
Im Heustadl ist Diskretion Ehrensache!

PS: Grüße auch von Babette!

E-Mail von Maja an Henriette, 8. April, abends

Liebe Henriette,
neulich habe ich mit Jörg Winterstein, der mir mal das Leben rettete, im Hochgratblick (Hotel und bestes Restaurant in Argenried) zu Abend gegessen. Er ist rund zehn Jahre älter als ich und das, was die Eingeborenen hier »ein stattliches Mannsbild« nennen, geschieden, Vater einer heiratsfähigen Tochter (laut meiner neuen Putzhilfe soll sie nicht hübsch, aber eingebildet und hochnäsig sein) und mit seinem Kieswerk der wichtigste Arbeitgeber des Orts. Angeblich hat er (neben Golf!) nur ein einziges Hobby: Als passionierter Jäger jagt er Röcke und Wildbret. In dieser Reihenfolge. Weshalb mich meine Schulfreundin Ines vor ihm warnte.

Ich fand ihn ziemlich interessant, wenn auch, wie bei einem Mann seines Kalibers nicht anders zu erwarten, reichlich von sich eingenommen. Du weißt schon: meine Firma, mein Haus, meine Jagdhütte, mein Porsche ...

Meinem Vater geht es nicht gut, aber zusätzlich zu Florian habe ich jetzt dank der Vermittlung von Hochwürdens Haushälterin Luitpolda eine Putzhilfe. Sie heißt Alwine, ist etwas über 60, trägt (angeblich) sommers wie winters einen kleingemusterten Kittelschurz, kämmt die dünnen grauen Haare stramm aus dem Gesicht und zwirbelt sie oben auf dem Kopf zu einem knopfartigen Dutt zusammen, den sie mit einer langen, ständig rutschenden Haarnadel durchsticht. Sie ist eine gute Seele, aber sie süffelt gerne. Luitpolda riet mir, den Meisterwurz, den Enzian, den Obstler, vor allem aber den Eierlikör wegzuschließen.

So, jetzt weißt du das Neueste ... Ach ja, Adrian besucht mich wieder am Wochenende.

Wie immer
deine Maja

PS: Noch etwas. Heute habe ich im Heustadl meine frisch angerührte Gesichtscreme abgeholt und bin dabei zufällig Jörg Wintersteins Sekretärin begegnet – eine beeindruckende Erscheinung! Sie trug Leggings mit Leoprint, dazu Stilettos und ein durchsichtiges Flatterhemdchen, hat lange blonde Haare und trägt ein unsichtbares Schild vor sich her: Ich bin die Sekretärin meines Chefs, den ich in Kürze heiraten werde.

Obwohl Sofferl mich mit meinem Titel, Dr. Maja Renz, vorstellte und sie aufgrund der Mails, die sie mir in Wintersteins Auftrag schrieb, meinen Namen kennen sollte, behandelte sie mich, als wäre ich aussätzig. Rümpfte das Näschen und rauschte in einer Wolke von Diors *J'adore* an mir vorbei.

SMS von Winterstein an Maja, 9. April, morgens

Hole dich am Sonntag ab. Fahrt an den Bodensee?
Jörg

SMS von Maja an Winterstein, 9. April, eine Minute später

Ausgeschlossen. Bekomme Besuch aus Stuttgart.
Maja

SMS von Winterstein an Maja, 9. April, 30 Sekunden später

Besuch absagen.
Jörg

SMS von Maja an Winterstein, 9. April, eine Minute später

Unmöglich. Wie wäre es kommende Woche?
Maja

SMS von Winterstein an Maja, 9. April, zwei Minuten später

Bin geschäftlich unterwegs. Sonntagabend möglich. 20 Uhr im Hochgratblick.
J. W.

E-Mail von Maja an Henriette, 10. April, spätnachmittags

Liebe Henriette,
Adrian hat sich gerade verabschiedet; er hat bis auf unbestimmte Zeit für die Wochenenden ein Zimmer im Hochgratblick gemietet. Dummerweise hat er mich wieder mit Heiratsplänen bedrängt. Nachdem er aber mit eigenen Augen gesehen hat, wie sehr Titus abgebaut hat, weiß er, dass mein eigenes Glück gerade nicht ganz oben auf meiner Wunschliste stehen darf.

Einerseits.

Andererseits bin ich mir völlig sicher, dass ich, würde ich ihn leidenschaftlich lieben, wenigstens mit ihm ins Bett gehen würde! Tu ich aber selten; er ist einfach zu rücksichtsvoll. Zu einfühlsam, um mich mit seiner Liebe zu überrumpeln. Schade … Er hat eine Menge Qualitäten, doch die liegen auf anderen Gebieten.

Heute ist er mit mir in die Kirche gegangen, wo wir uns den heiligen Florian und die kleine Maria anschauten. Ohne lange zu überlegen, bestätigte er meine Einschätzung, dass sie ein schlechter Ersatz für eine zum Florian passende Statue ist. Die Frage ist nun, wann das ursprüngliche Pendant abhandengekommen ist. Und ob es geklaut wurde. Wenn ja, von wem? Weshalb?

Ich liebe solche Fragen. Zuerst werde ich sie Hochwürden und seiner Luitpolda stellen, die beiden müssten Bescheid wissen. Es sei denn, der Verlust geschah vor ihrer Zeit. Was durchaus möglich ist. Aber dann müsste das in den Kirchenbüchern vermerkt sein.

Du siehst, liebe Henriette, wie mich die neue Aufgabe begeistert! Sie lenkt mich aber auch von dem gegenwärtigen Jammer mit meinem Vater ab: Du solltest sehen, wie er isst! Wie er sich bekleckert, schmatzt und schlürft! Und wie ungern er sich wäscht!

Das Schlimme ist, dass ich ihn immer mit dem wunderbaren Vater von früher vergleiche. Es geschieht gegen meinen Willen, ich kann nichts dagegen tun und leide dann unter meinem miserablen Gewissen. Titus kann ja nichts für seinen Zustand.

Verstehst du, weshalb ich mich auf die Recherche freue? Und darauf, dass ich heute Abend mit Winterstein zu Abend essen werde? Er strahlt eine solche Vitalität aus und verbreitet eine solche Lust am Leben, dass meine Probleme winzig klein werden. Ich liebe ihn dafür!

Moment mal: Natürlich liebe ich ihn *nicht*! Aber ich schätze ihn.

Sei nun herzlich gegrüßt und umarmt von
deiner Maja

E-Mail von Axel an Maja, 11. April, morgens

Hallo,
von unserer Nachbarin Henriette habe ich erfahren, dass du dich um deinen dementen Vater kümmerst. Maja, ich will meinen Plattenspieler samt Schallplatten. Bestätige mir in einer Mail, dass ich in unser Haus gehen und ihn holen kann.

Axel

E-Mail von Maja an Axel, 11. April, mittags

Bei deinem Auszug hast du alles, ich betone: *alles* mitgenommen, was dir wichtig war. Hast gesagt, der Rest würde dich nicht mehr interessieren. Daran halte ich mich.

Zu dumm für dich, dass du den Plattenspieler vergessen hast.

Maja

E-Mail von Maja an Tommy, 11. April, abends

Lieber Tommy,
du hast schon einige Zeit nichts mehr von dir hören lassen. Sind no news good news? Bitte schick mir wenigstens eine kurze Bestätigung!

Angehängt findest du eine Mail deines Vaters samt meiner Antwort. Der Plattenspieler gehört dir. Es sei denn, du hast das Interesse daran verloren. Wenn ja, teile du es deinem Vater mit. Ich will mit der Sache nichts zu tun haben.

Deinem Großvater geht es nicht besonders. Zum Glück kümmert sich der Freund einer Freundin stundenweise um ihn, was mich einigermaßen entlastet. Mach dir also um mich keine Sorgen, genieße die Zeit in Chile und die vielen Eindrücke, um die ich dich ein bisschen beneide!

Deine Mami

E-Mail von Adrian an Maja, 11. April, abends

Geliebte,
während der Fahrt zurück nach Stuttgart habe ich jede Sekunde an dich gedacht. Ich hatte und habe deinen Geruch in der Nase, meine Hände, die leider das schnöde Lenkrad hielten, spürten noch, wie weich und warm deine Haut war – Maja, du fehlst mir so sehr.

Ich zähle die Tage, die Stunden, ja fast die Sekunden, die vergehen müssen, bevor wir uns wiedersehen.

Ich weiß, wie sehr dich der Zustand deines Vaters belastet – wie gerne würde ich dir diese Sorgen abnehmen! Mich tröstet nur, dass ich dich in deinem schönen Elternhaus gut aufgehoben weiß. Wie herrlich es doch liegt, mit der Aussicht auf die Nagelfluhkette, den Säntis, den Hochgrat und wie die Berge alle heißen mögen! Die Moränenhügel mit den Tannen obenauf, die ins Grün wie hingetupften Weiler und Gehöfte, und dann auch die Wiese, die sich vor eurem Garten bis hinunter zur Argen erstreckt – im Frühling ist's im Allgäu einfach herrlich! Dazu die graubraunen zierlichen Allgäuer Kühe, das Bimmeln ihrer Glocken – ich wäre liebend gerne bei dir!

Maja, Geliebte, pass auf dich auf. Nimm jede Hilfe in Anspruch, die du bekommen kannst; so sympathisch und tüchtig Florian auch sein mag – vielleicht brauchst du schon bald eine professionelle Altenpflegerin. Lass mich wissen, wenn du finanzielle Unterstützung benötigst.

Ich liebe dich, Maja.

Immer der Deine

Adrian

E-Mail von Maja an Henriette, 11. April, kurz vor Mitternacht

Liebe Henriette,
ich kann dich beim besten Willen jetzt nicht mehr anrufen, aber ich muss meine Neuigkeiten unbedingt loswerden, sonst kann ich überhaupt nicht mehr schlafen.

Ich war gestern Abend mit Jörg Winterstein essen, und ich kann dir gar nicht sagen, wie gut mir das getan hat. Winterstein ist in Argenried geboren und aufgewachsen. Er hat früh geheiratet, ist aber seit Jahren geschieden, weil seine Frau mit seiner Entwicklung – er hat die Kiesgrube des Großvaters und

Vaters übernommen und zu einem der führenden Betriebe im Allgäu ausgebaut – nicht Schritt halten wollte oder konnte: Sie war kränklich und bekam bei jeder privaten oder geschäftlichen Herausforderung einen mysteriösen Ausschlag, der natürlich psychisch bedingt war. Schließlich reichte sie die Scheidung ein und ist seither gesund – was sagst du dazu? Natürlich hat Winterstein während der Ehe nichts anbrennen lassen, er hat auch auf seine Frau wenig Rücksicht genommen. Das gibt er ganz offen zu, aber er hatte eben auch eine harte Kindheit und Jugend. Die Eltern haben geschafft, er, das einzige Kind, ist so »nebenhergelaufen«. Er musste früh mithelfen und hatte zu funktionieren.

Jetzt hilft seine Tochter im Büro aus, will aber nach München ziehen, wovor ihm graut, denn dann lebt er allein im großen Haus (ich hab's bisher nur von außen gesehen).

Als ich sagte, er sei doch so gut wie verlobt, hat er gelacht und gemeint, das bilde sich seine Sekretärin nur ein. Das ist die im Leoprint und Flatterhemdchen. Im Übrigen sei das keine Frau für eine Ehe. Na ja ...

Danach berichtete er von seinen Reisen nach Skandinavien, von Ferien nördlich des Polarkreises, von Rentieren, vom Polarlicht, von den Schwierigkeiten, gute Mitarbeiter zu finden ... und plötzlich war es elf Uhr!

Florian hatte versprochen, bis zehn Uhr (ich dachte, länger würde ich nicht wegbleiben) auf Titus aufzupassen. Ich musste also schleunigst nach Hause. Trotzdem (du wirst Adrian nichts verraten!!!) küssten wir uns zum Abschied. Ausgiebig und voller Leidenschaft. Ich hatte völlig vergessen, wie sich richtige Küsse anfühlen, Henriette, schloss beschwingt die Haustür auf und – Titus lag nicht in seinem Bett.

Ich rechnete mit dem Schlimmsten, sah ihn ertrunken in der Argen oder auf der Wiese zwischen den Kühen im Schlafanzug herumirren, und fand ihn schließlich im Keller, wo er vorm Regal mit den Marmeladengläsern kauerte und verzweifelt den Namen meiner Mutter rief. »Ich weiß, dass Renata hier ist!«, klagte er ein ums andere Mal. Es dauerte, bis ich ihn nach oben locken konnte, mit dem Satz: »Renata ist beim Einkaufen, das weißt du doch.«

Henriette, meine Tage sind richtige Achterbahnfahrten. Und als ob das nicht genug wäre, begeistert mich Winterstein! Adrian ist rücksichtsvoll, aber Winterstein tut mir gut. Wo führt das nur hin?

Deine Maja

E-Mail von Henriette an Maja, 12. April, zwei Uhr morgens

Liebste Maja,
ich bin vorm Fernseher eingeschlafen. Bin aufgewacht, habe gleich deine Mail gelesen. Natürlich schweige ich wie ein ganzer Friedhof, und natürlich wirst du dich von Winterstein küssen lassen, wenn dir der Kerl guttut, und eigentlich beneide ich dich. Mein Mann pennt seit Stunden und hat komplett vergessen, dass es so was wie Liebe, Lust und Leidenschaft gibt. Leihst du mir Winterstein mal aus???

Deine Henriette

SMS von Maja an Henriette, 12. April, morgens

Jetzt noch nicht. Wie wäre es mit Adrian?

Maja

SMS von Henriette an Maja, 12. April, zwei Minuten später

Machst du Witze? Ein Scheintoter reicht mir.

Henriette

WhatsApp von Nicki an Maja, 13. April, morgens

Liebe Mama,
komme gerade vom Ultraschall. Es ist ein Mädchen!!! Ist das nicht wunderbar? Ich bin überglücklich.

Deine Nicki

WhatsApp von Maja an Nicki, 13. April, fünf Minuten später

Liebe Nicki,
ich freue mich riesig! Heute Abend rufe ich dich an.

Bis dahin alles Liebe von
deiner Mami

PS: Hat sich dein Bruder bei dir gemeldet? Ich habe ewig nichts von Tommy gehört.

WhatsApp von Tommy an Maja, 13. April, abends

Hi Mum,
Pa hat mir eine komische Mail geschickt. Er will seinen Plattenspieler plus Platten wiederhaben. Geht's noch? Sein Bier, wenn er sie vergessen hat. Ich glaub auch nicht, dass er sie will – es ist seine Tussi, die kapiert hat, was Beatles und Co. heute wert sind.

Wir sind jetzt nahe Antofagasta. Gestern ist ein Schweizer in der Brandung ertrunken. Wir haben ihn aus dem Wasser herausgezogen. Wiederbelebung war zwecklos. Voll krass, sag ich dir. Uns geht es bestens.

LG Tommy

PS: Nicki hat mir geschrieben. Der Hammer! Ich werde Onkel von einem Mädchen!

E-Mail von Maja an Adrian, 14. April, später Vormittag

Lieber Adrian,
ganz zufällig habe ich heute Morgen Luitpolda, die Haushälterin von Hochwürden, auf dem Kirchplatz getroffen und auf die Maria angesprochen. Zuerst ist sie meinen Fragen bezüglich der zu kleinen Statue auf dem zu großen Sockel ausgewichen, aber ich ließ nicht locker – sie musste mit mir in die Kirche gehen, wo sie dann auch bestätigte, dass die Maria nicht zum Florian passt und auf dem Sockel mal ein anderer Heiliger gestanden haben muss, aber seit wann, wisse sie nicht, da müsse ich Hochwürden fragen.

Mir war klar, dass sie nicht die Wahrheit sagte, und weil Luitpolda nicht mit einem vollen, sondern mit dem leeren Einkaufskorb unterwegs und deshalb nicht zu Hause war, bin ich gleich zu Hochwürden gegangen. Ich wollte ihn treffen, bevor sie ihn warnen konnte.

Mein Gefühl hat mich nicht getrogen: Auch Hochwürden ist meinen Fragen ausgewichen. Auf mein Drängen hin suchte er eine kleine Broschüre heraus, erschienen Anfang 1930, die die Geschichte der Kirche einschließlich einiger körniger Schwarzweiß-Fotos enthält. Eines davon zeigt den Altar. Auf den Sockeln rechts und links davon stehen ein heiliger Florian sowie, ganz eindeutig, ein heiliger Georg: Mit der Lanze in der hoch erhobenen Hand ist er im Begriff, einen sich aufbäumenden Drachen zu erstechen.

Das beweist, dass beide Statuen vor dem Krieg in der Kirche standen. Nach vielem Räuspern und Husten gab Hochwürden zu, dass sein Vorgänger die Maria gekauft habe, es gebe auch eine Quittung, aber wann und wie der heilige Georg abhandengekommen sei, also das wisse er nicht, das sei vor seiner Zeit geschehen.

Ich sagte ihm auf den Kopf zu, dass das nicht sein könne, denn gewiss sei in den Kirchenbüchern der Verlust vermerkt.

Das konnte er nicht leugnen. Ich sagte, das Nachschlagen würde ja recht schnell gehen, deshalb würde ich in wenigen Tagen wiederkommen. Er fragte, weshalb mich der abhandengekommene Heilige denn interessiere, und zuckte bei meiner Antwort merklich zusammen: »Weil die Maria eine miserable Arbeit und eine Schande für die wunderbar stimmige Barockkirche ist.«

Gehe ich von Diebstahl aus, stellen sich einige Fragen: Weshalb wurden nicht beide Statuen geklaut? War Hochwürdens Vorgänger ein Banause und sah nicht, dass die Maria zu klein und zu mickrig für den Sockel war? Oder hatte er nur zu wenig Geld für eine bessere Arbeit? Und schließlich: Warum wurde die Maria nicht längst ersetzt? Und warum weichen Hochwürden und Luitpolda meinen (berechtigten) Fragen aus?

Oh, die Sache ist interessant!

Ich grüße dich aus dem frühlingsgrünen Allgäu,

deine Maja

E-Mail von Maja an Henriette, 14. April, mittags

Liebe Henriette,
ich weiß, dass du heute deine Tochter in Wiesbaden besuchst, weshalb ich dich telefonisch nicht belästigen will. Aber ich fühle mich so mies, so egoistisch, so mitleidlos, dass ich dir unbedingt schreiben muss.

Weil ich ja noch nicht weiß, was ich mit dem Haus hier machen werde, wenn ... du weißt schon, wollte ich die Bühne entrümpeln, ging mit Mülltüten, Besen und Kehrschaufel nach oben und staunte nicht schlecht. Keine Spinnweben, kein Staub, keine kaputten Stühle oder sonstigen Dinge, die meine Eltern im Lauf der Jahre nach oben befördert haben.

Zuerst nahm ich an, dass mein Vater alle Erinnerungen an meine Mutter, an meine Kindheit, an unsere gemeinsame

Zeit weggeworfen hatte. So war es aber nicht; ich fand eine Schachtel mit meinen Kinderbüchern, eine andere mit meinen Spielsachen sowie eine abgeschlossene, sehr große Truhe. Den Schlüssel entdeckte ich in einer Schublade von Titus' Schreibtisch. Tatsächlich war alles, was ich vermisst hatte, in der Truhe: das Mokka-Service meiner Großmutter, der Schmuck meiner Mutter, die bestickte Leinenwäsche meiner Urgroßmutter, Fotoalben, die Familienbibel, Unterlagen, das Haus betreffend ... Und einen Briefumschlag, den mein Vater an mich adressiert und nicht zugeklebt hatte.

Ich las den Brief und fühlte mich hundsmiserabel. Damit du das verstehst, habe ich den Brief eingescannt.

19. Dezember

Liebe Maja, mein geliebtes Kind!
Ich habe den Dachboden entrümpelt, denn ich möchte nicht, dass dir nach meinem Tod viel zu tun bleibt. Alles, was unserer Familie wichtig war, findest du in dieser Truhe. Den Schrank habe ich nicht weggegeben; er ist nicht kostbar, war aber der Brautschrank meiner Mutter. Vielleicht möchtest du ihn behalten.

Was mir in meinem Leben Sinn und Halt gab, war deine Mutter und warst du. Diese Erinnerungen sind nicht zum Einpacken. Ich bewahre sie in meinem Herzen. Meine Bücher haben mir viel bedeutet; verfahre mit ihnen, wie du denkst, dass es richtig ist.

Geliebte Tochter, als du geboren wurdest, überlegte ich mir, was ich dir einmal überlassen könnte, das Aufschluss gibt über die Zeit, die wir zusammen verbrachten.

Aus diesem Grund habe ich, beginnend mit dem Tag deiner Geburt, Zeitungsausschnitte gesammelt. Du findest sie in einer grauen Mappe ganz unten in der Truhe. Heute, am 19. Dezember, dem Todestag deiner Mutter, habe ich den letzten Artikel aus der Schwäbischen Zeitung herausgeschnitten. Ich weiß nicht, ob er in die Sammlung gehört, mein Gedächtnis und mein Ur-

teilsvermögen lassen mich im Stich. Ich weiß auch manchmal nicht mehr, ob ich noch etwas tun muss oder bereits getan habe. Das Schlimmste aber: Irgendwann werde ich dich, meine geliebte Tochter, nicht mehr kennen. Nicht mehr wissen, wie sehr ich dich liebe. Keine Erinnerung mehr haben, wie herzlich ich von dir geliebt wurde.

Maja, noch weiß ich es und schreibe es nieder: Deine Mutter und du, ihr beide wart mir das Liebste auf Erden. Ihr habt meinem Leben Sinn gegeben, habt es lebenswert gemacht. Sehr lebenswert. Es vergeht kein Tag, an dem ich euch nicht dafür danke. Vergiss das nicht.

Heute, am 19. Dezember, dem Todestag deiner Mutter, schließe ich die Mappe. Möge dir die Sammlung zeigen, wozu die Menschen unserer Zeit fähig waren: Zum Mauerbau und zum Mauerfall. Zum Flug auf den Mond und zum 11. September.

Da ist noch etwas, mein Kind: Nicht immer kannst du das Böse verhindern. Mein Vater hat Schuld auf sich geladen, mein älterer Bruder war maßgeblich an der schlimmen Sache beteiligt, und ich in gewisser Weise auch. Deshalb habe ich von dem Tag an, an dem ich mein eigenes Geld verdiente, dafür gesorgt, dass ich das Unrecht werde sühnen können.

Mehr als 70 Jahre ist es nun her, dass unsere Familie an dem Unrecht beteiligt war. Falls die Erinnerung daran wie ein Geist aus der Flasche auftauchen sollte, hoffe ich um unserer Familie willen, dass du stark genug bist, dich ihm zu stellen – und vielleicht auch Wiedergutmachung zu leisten.

In großer Liebe
dein Vater

Glaub mir, Henriette, dass ich aus allen Wolken gefallen bin: Ich hatte und habe keine Ahnung, auf welches Unrecht sich mein Vater bezieht. Und dass er einen älteren Bruder hat – ich also einen Onkel –, wurde mir zeitlebens verschwiegen. Er könnte noch leben, Henriette!

Ich nahm mir sofort die Familienbibel vor. Da wird tatsächlich ein Claudius Renz aufgeführt, geboren 1930. Das muss der ältere Bruder meines Vaters sein, der 1934 geboren wurde. Der Großvater, Antonius, ist 1903 geboren.

Danach versuchte ich, meinen Vater an das Thema heranzuführen. Es war aussichtslos. Sein Geist wandert, meist befindet er sich in den ersten Jahren seiner Ehe. »Erzähl mir von Onkel Claudius«, sagte ich schließlich. Das regte ihn so auf, dass er im Haus herumtigerte und Unverständliches vor sich hin brabbelte. Aber ich gebe nicht auf; manchmal hat er nämlich einen lichten Augenblick.

Hier wird so viel unter den Teppich gekehrt. Hochwürden und Luitpolda schweigen sich über die verschwundene Statue aus, und meine Familie hat eine Leiche im Keller. Mein Gott, warum können die Menschen nicht miteinander reden!?

Verzeih, das ist eine lange Mail geworden. Sie hat aber geholfen, dass ich jetzt etwas klarer sehe.

In alter, sehr herzlicher Freundschaft grüßt dich

deine Maja

SMS von Ines an Maja, 14. April, früher Nachmittag

Warum gehst du nicht ans Handy? Komm in meinen Bücherwurm, es gibt Neuigkeiten, die dich betreffen.

LG Ines

SMS von Maja an Ines, 14. April, fünf Minuten später

Sag nicht, dass ich wegen Florian und meinem Vater kommen soll. Noch mehr Stress halte ich nicht aus.

Maja

SMS von Ines an Maja, 14. April, eine Minute später

Quatsch. Komm einfach so schnell wie möglich.

Ines

SMS von Maja an Ines, 14. April, später Nachmittag

Nein, ich geh nicht ans Handy, egal wie oft du es jetzt noch probierst. Nein, und nochmals nein, ich nehme keine Entschuldigung an. Ines, wie kannst du nur einen solchen Blödsinn glauben! Du solltest mich doch kennen! Du solltest wissen, dass mir Winterstein im Grunde genommen nichts bedeutet! Wenn diese Kuh, diese Sekretärin namens Lucy Maletzke, im Heustadl rumposaunt, sie würd mir die Augen auskratzen, weil ich ihr den Verlobten ausspannen und damit ihre persönliche Altersversorgung zunichtemachen würde, und du daraufhin meinst, mir die Leviten lesen zu müssen, kündige ich dir die Freundschaft auf. Unwiderruflich.

Woher weißt du den Quatsch eigentlich? Von Babette? Wenn ja, dann ist ihr Heustadl ein Mauschelnest allererster Güte. Dann kann sie sich ihr sauberes Motto »Diskretion ist Ehrensache« sonst wohin stecken. Sag ihr das.

Maja

SMS von Ines an Maja, 14. April, fünf Minuten später

Unsere Freundschaft ist mir heilig. Babette und ich meinen es nur gut mit dir.

Ines

SMS von Maja an Ines, 14. April, eine Minute später

Wer's glaubt.

Maja

E-Mail von Ines an Maja, 14. April, eine Stunde später

Liebe Maja,
okay, du willst es nicht anders: Ich springe über meinen Schatten und berichte dir ein unrühmliches Kapitel aus meiner Vergangenheit.

Ich hatte eine Affäre mit Jörg Winterstein. Zuerst trug er mich auf Händen, dann, das entwickelte sich langsam, machte er mich mehr und mehr klein. Mal war ich zu dick, mal zu dünn. Mal zu naiv, dann wieder zu berechnend. Mal konnte ich super kochen, dann wieder servierte ich ihm einen Fraß, den nicht mal eine Sau gefressen hätte. Seine Tochter, die Carola, war das Tüpfelchen auf dem i. Zuerst war sie zuckersüß, dann schwärzte sie mich bei ihrem Vater an. Ich erspare dir weitere Einzelheiten. Nur so viel: Es dauerte Monate, bis ich mich von ihm lösen konnte – frag mich nicht, weshalb das so war. Vielleicht, weil er's im Bett echt gebracht hat. Egal, ich hab gelitten wie ein Hund. Nach ihm habe ich mich zwei volle Jahre auf keinen Mann eingelassen. Dann lernte ich Florian kennen. Er hat nächtelang mit mir geredet, bis ich mich wieder selbst leiden konnte.

Noch was: Der Apfel namens Jörg Winterstein ist nicht weit vom Baum gefallen. Sein Großvater und Vater sollen früher den ganzen Ort terrorisiert haben, noch heute verdrehen die Argenrieder die Augen, wenn jemand diese Männer erwähnt.

Kapierst du jetzt, weshalb wir, Babette und ich, uns Sorgen machen? Man hat gesehen, wie ihr euch geküsst habt.

Ines

E-Mail von Babette an Maja, 14. April, frühabends

Liebe Maja,
es ist das erste Mal, dass ich die äußerste Diskretion im Heustadl verletzt hab. Weil du bist meine alte Schulfreundin, da

mache ich eine Ausnahme, und weil ich im Escort-Service tätig war und die Mannsbilder inwendig und auswendig kenne, auch den Winterstein, der keinen Rock in Ruh lässt, und weil ein solcher Mann sich nicht ändert. Niemals.

Nur jemand wie die Lucy wird mit so einem Kerl fertig. Die ist nämlich so ungut wie er.

Lass dir vom Ansgar eine Kräuterstempelmassage geben, dann legst dich ins Heubett, dann hast den Kerl vergessen und bist wieder wie neu.

Pfiat di

deine Babette

SMS von Maja an Ines, 14. April, abends

Ines,
lass uns das Thema Winterstein einfach ausklammern.

Maja

E-Mail von Maja an Babette, 14. April, abends

Liebe Babette,
danke für deine besorgte Mail. Ich greife deinen Vorschlag auf und bitte dich, mir vom Sofferl einen Termin bei Ansgar machen zu lassen. Morgen am Nachmittag würde es mir passen.

Deine alte Schulfreundin

Maja

E-Mail von Maja an Adrian, 14. April, kurz vor Mitternacht

Lieber Adrian,
Florian kümmert sich so rührend um meinen Vater, dass ich mir in ihrer Zweisamkeit manchmal wie ein Störenfried vorkomme. Er hat entdeckt, dass Titus gerne Memory spielt, was

ja auch ein Gedächtnistraining sein soll. Die beiden suchen stundenlang die passenden Karten zusammen.

Diese Geduld bringe ich nicht auf. Ich werde wild, wenn mich Titus mit Renata anredet; mir ist dann, als hätte er nur meine Mutter geliebt. Ich, die Tochter, wäre so nebenhergelaufen – was ja nicht stimmt, wenn ich an den Brief denke, den er mir zu Beginn seiner Krankheit schrieb: Wie sehr er mich liebe, und wie viel ich ihm immer bedeutet habe. Damals ahnte er oder wusste, wie sehr er sich verändern würde. Ich zeige dir den Brief, wenn du wieder kommst.

Dann ärgere ich mich über mich, was die Abneigung gegen das Befinden meines Vaters noch verstärkt: Es ist, als könne sich mein Verstand nicht mit meinen Gefühlen arrangieren.

Doch Florian kann mit Titus so fabelhaft umgehen, dass ich heute Vormittag (aus verschiedenen Gründen hatte ich eine Abwechslung dringend nötig!) in Kempten im Archiv war, wo mir eine bereitwillige Mitarbeiterin die Unterlagen über unsere Kirche heraussuchen half. Noch bin ich nicht auf Beweise eines Diebstahls gestoßen, allerdings entdeckte ich ein weiteres Foto, das zeigt, wer früher auf dem Sockel stand: der Drachentöter. Der heilige Georg.

Wenn also der heilige Florian die Kirche vorm Feuer verschonte, stellt sich die Frage, welche Hilfe der heilige Georg geleistet hat: Hat er den Ort vor der Pest bewahrt? Vor der Verwüstung durch feindliche Truppen? Vor Missernten, Hungersnot und Teuerung?

Meine bisherige Recherche bewies, dass beim Stadtbrand vom 15. September 1631 die Kirche verschont geblieben ist und »nur« das Kloster in Flammen aufging, und dass zwischen 1632 bis 1634 wiederholt die Schweden sowie die Kaisertreuen die Stadt überfielen.

Durch großzügige Spenden und dem Vermögen einer Adligen konnte zwar gute zwanzig Jahre später mit dem Wiederaufbau begonnen werden, doch wurde dieser durch

Pestepidemien und Streitereien mit der Abtei immer wieder unterbrochen. Ein Reichsprälat – im Professbuch »zweiter Gründer Argenrieds« genannt – und seine Nachfolger setzten die Arbeit zielstrebig fort. Einer von ihnen könnte den Georg und den Florian in Auftrag gegeben haben; zumindest der Florian stammt, wie ich feststellen konnte, aus der Zeit um 1715; das Werk wird einem Altarschreiner und Bildhauer aus Eglofs zugeschrieben. Sollte der heilige Georg aus derselben Werkstatt stammen, was ich annehme, wäre die Statue aus dem Hochbarock von beträchtlichem Wert.

Aber gibt es sie noch oder wurde sie zerstört? Eigentlich glaube ich das nicht; entweder ist sie in Privatbesitz, dann wurde sie von oder auf Wunsch eines Liebhabers sakraler Kunst während des letzten Kriegs geraubt. Oder aber sie befindet sich in einer anderen Kirche.

Was meinst du, Adrian? Hältst du das für möglich? Ich werde auf jeden Fall die Kirchen der Umgebung abklappern.

Herzlich

Maja

E-Mail von Sofferl an Maja, 15. April, morgens

Sehr geehrte Frau Dr. Renz,
heute um 16 Uhr hätte der Ansgar für Sie Zeit. Bitte bestätigen Sie uns telefonisch den Termin.

Mit besten Grüßen

i. A. Sofferl

Im Heustadl ist Diskretion Ehrensache!

E-Mail von Maja an Henriette, 15. April, vormittags

Liebe Henriette,
ich bin mitten in einen Zickenkrieg geraten! Jörg Wintersteins Sekretärin will mir die Augen auskratzen, weil ich mit ihrem

Fast-Verlobten Winterstein ausgegangen bin. Meine ehemaligen Schulfreundinnen Ines und Babette sind sehr besorgt um mich, weil eine Klatschbase aus dem Ort gesehen haben will, wie wir uns küssten.

Das weckt natürlich meinen Widerspruchsgeist! Henriette, ich, die biedere schwäbische Provenienzforscherin, eine Femme fatale! Wer hätte das je für möglich gehalten! Die Aufregung meiner Freundinnen und das Zickengehabe der Sekretärin sind einfach eine erfrischende Abwechslung in meinem derzeitigen Leben mit Seelenstress!! Ich halte dich auf dem Laufenden.

Deine Maja

PS: Winterstein hat seit dem bewussten Abend nichts von sich hören lassen. Warum???

E-Mail von Henriette an Maja, 15. April, 20 Minuten später

Liebe Maja,
der Kerl tut dir gut, also lass dich von ein paar Gänsen nicht beeinflussen.

Falls du aber kalte Füße bekommst (wegen Adrian), ruf mich an. Dann fliege ich ins Allgäu, weil: Ein richtiger Hirsch ist genau das, was ich mal wieder brauche.

Deine Henriette

E-Mail von Maja an Adrian, 15. April, mittags

Lieber Adrian,
es ist Freitag und du kommst heute Abend nach Argenried, aber es gibt Neuigkeiten, die ich dir berichten will, damit du während der Fahrt hierher darüber nachdenken kannst.

Also: Obwohl du mir auf meine Mail von gestern nicht geantwortet hast, bin ich gleich losgefahren, als Florian mit

Titus zum morgendlichen Spaziergang aufgebrochen ist. Meine erste Station war die Barockkirche Sankt Georg und Jakobus in Isny, die nach dem Dreißigjährigen Krieg als erster Sakralbau Oberschwabens erneuert wurde. In einer kleinen Broschüre ist zu lesen, das Innere sei »eine Sinfonie aus Form, Farbe und Licht«. Und weiter: »Sie (die Einrichtung) spiegelt in ihrer Lebendigkeit und zarten Abstufung die Farben des Allgäus wieder ... sie schenkt Fülle und verwandelt den Stil der *ecclesia militans* in den der *ecclesia trimphans.*«

Wie wahr! Ich bin ganz berauscht umhergewandelt, aber einen heiligen Georg habe ich nicht entdeckt. Übrigens: Gegenüber befindet sich die evangelische Nikolai-Kirche. Auch ihr Inneres ist wunderschön und in seiner Strenge wahrhaft erhaben. Doch einen größeren Gegensatz zur überschäumenden Sinnenfreude kannst du dir nicht vorstellen!

Ich fuhr dann weiter zur Pfarrkirche St. Martin in Eglofs, das ist ein kleines Dorf im oberen Argental. Von der Kirche heißt es: »Ein Haus aus Gloria schauet weit über alle Land!«

Es ist ein herrliches kleines Gotteshaus, dessen Ursprung bis ins 8. Jahrhundert zurückreicht. Doch wieder hatte ich Pech: Seitlich des Hochaltars stehen linker Hand Mutter Anna und Johannes der Täufer, rechts die Elisabeth und der heilige Joseph.

Die Suche hat also nichts gebracht. Ich überlege, ob ich nicht anders vorgehen sollte – hast du eine Idee? Jedenfalls lasse ich mich vom Ausgang der heutigen Recherche nicht entmutigen!

Herzlich

Maja

E-Mail von Adrian an Maja, 15. April, eine Stunde später

Geliebte,
wie habe ich mich über deine Mail gefreut! Ich will dir gleich antworten, obwohl wir uns heute Abend sehen. Nein, entmu-

tigen lassen wirst du dich nicht, dass entspricht nicht deinem Charakter. Du bist eine Kämpferin, manchmal zu deinem eigenen Schaden, aber wie arm wäre unsere Welt, wenn es Menschen, wie du es bist, nicht geben würde.

Nun aber zu dem abhandengekommenen Heiligen. In den Kirchen der Umgebung nach ihm zu suchen, ist ein erster Ansatz. Allerdings dürfte er dich nicht weit führen, denn warum sollte eine Statue geklaut und anderenorts sichtbar zur Schau gestellt werden? Dafür müsste es triftige Gründe geben. Selbst wenn wir berücksichtigen, dass vor rund 70 Jahren die Menschen noch nicht ganz so mobil waren wie heute, eines ist sicher: Neuigkeiten verbreiten sich schnell. Und wie aufregend wäre damals die Nachricht gewesen, dass der Heilige jetzt in der Kirche x im Ort y den Drachen tötet? Ich sehe die Allgäuer direkt vor mir, die Sensen und Dreschflegel schwingend ihren Georg zurückerobern!

Eine andere, allerdings unwahrscheinliche Möglichkeit wäre folgende Überlegung: Es gab immer wieder vermögende Familien, die sich aus Dankbarkeit und Frömmigkeit eine eigene Kapelle bauten – die Gegend um Kißlegg herum ist berühmt dafür. Ein solcher Ort der Innerlichkeit braucht natürlich eine Maria oder einen Heiligen; warum sollte man ihn nicht einfach klauen?

Doch genug der dummen Gedanken und zurück zu harten Fakten. Du schreibst, der Georg sei vor dem Krieg noch auf dem Sockel gestanden, danach sei er durch eine minderwertige Maria ersetzt worden. Für mich heißt das, dass er während der Zeit, in der so viele Kunstwerke ihre Besitzer wechselten, aus uns noch unbekannten Gründen (vielleicht auf Wunsch eines Liebhabers, der ein Auge für dessen Wert hatte?) gestohlen wurde und nun in einem schummrigen privaten Betkämmerchen steht, also vergleichbar zu den vielen unrechtmäßig erworbenen Kunstwerken, die sich heute in Privatbesitz befinden, wo sie doch in einem Museum der Allgemeinheit zugänglich sein sollten. Die Frage, weshalb der Georg gestohlen wurde und nicht der Florian (oder beide!), wäre dann der Ansatzpunkt für die Suche: Der Heilige muss zwingend in Bezug zum neuen Besitzer stehen. Vielleicht ist er das Symbol dafür, dass er mit göttlicher Gnade ein hartes Schicksal gemeistert hat – Krankheit, die Folgen eines Unfalls (in den Bergen?), drohende Armut infolge Missernten, Feuer oder Überschwemmung?

Du solltest die Kirchenbücher durchforsten, deinen Hochwürden und die Alten befragen; anders wirst du nicht weiterkommen.

Noch heute halte ich dich in meinen Armen!

In Liebe

dein Adrian

E-Mail von Babette an Maja, 16. April, morgens

Du, Maja,
schad, dass wir uns verpasst haben. Weil wie du dich beim Ansgar hast massieren lassen, hab ich der Lucy Maletzke die Gsichtshaut gerichtet. Mei, die hat's nötig, wo sie doch raucht und sich gern a Gläsle z'viel genehmigt. Ich red ihr ja ins Gwissen, und ich sag ihr auch, sie darf net immer 's Schlechte von den Leut denken, das gibt Falten, die kannst nimmer ausbügeln, aber 's hilft alles nix. Und jetzt, wo sie's auf dich abgesehen hat, weil du ihr den Winterstein ausgspannt hast, ist sie bsonders unleidlich. Unterschätzen darfst die Lucy net, Maja, die könnt dir glatt ein paar Tröpfle Gift ins Hefeweizen träufeln. Weil sie hat viel investiert, und grad, wo sie's Heu einfahren möcht, kommst du daher. Das ist blöd für sie, das musst verstehn, Maja, deshalb gib Obacht und geh ihr aus dem Weg.

Aber wieso i dir schreib, Maja: Die Ines sagt, du kümmerst dich um den Heiligen, der wo in unserer schönen Kirche statt der Maria auf dem Sockel stehen sollt. Also i weiß davon nix, verstehst, aber dem Ansgar seine Leut könntst fragen, die sind alt und gehen sonntags zur Messe. Kommst morgen zur Mittagszeit nochmal zum Ansgar, der macht dir eine Kräuterstempelmassage. Weil heut am Abend fragt er seine Leut, und morgen sagt er's dann dir. Und wennst Glück hast, triffst morgen dem Hochwürden seine Luitpolda im Heustadl. Die kommt zwecks ihrer Hornhaut und Hühneraugen an den Füß.

So, das wär's für heut.

Lass die Finger vom Winterstein.

Pfiat di.

Es grüßt dich deine Schulfreundin

Babette

Im Heustadl ist Diskretion Ehrensache!

E-Mail von Tommy an Maja, 16. April, abends

Hi Ma,

Pas Neue hat eine Meise. Hat mir eine Mail geschickt, die ich an dich weiterleite. Hier kommt sie:

Guten Tag, lieber Thomas,

ich möchte deinem Vater helfen. Er ist ein so lieber Mensch und leidet unter deiner Hartherzigkeit. Das willst du sicher nicht, weshalb ich dich herzlich bitte, ihm den Plattenspieler samt Schallplatten, vor allem die der Beatles, doch zu überlassen. Du fängst sicher nichts damit an, also ist das auch kein Opfer für dich. Für ihn sind das Erinnerungen aus seiner Jugend, die er nicht missen möchte. Bitte tu mir den Gefallen und maile ihm, dass er das Gewünschte holen kann.

In großer Liebe zu deinem Vater bin ich

Leonie

PS: Er sollte nichts von dieser Mail erfahren.

Ma, nicht er, sondern sie will die Platten. Sie kann mich mal!

Uns geht es gut. Morgen fliegen wir nach Patagonien. Mach dir keine Sorgen. Wie geht es Titus?

LG Tommy

E-Mail von Maja an Tommy, 17. April, spätabends

Lieber Tommy,
es freut mich, dass du die Neue deines Vaters durchschaut hast. Wirst du ihr antworten?

Die geografische Lage Patagoniens war mir nicht ganz klar, also hab ich im Atlas nachgeschaut und festgestellt, dass es doch sehr weit im kalten Süden liegt. Es scheint nicht gerade dicht besiedelt zu sein. Was gibt es da zu sehen – Museen etwa? Und hast du warme Kleidung dabei? Melde dich bei mir, so oft es dir möglich ist.

Nicki geht es sehr gut; sie schickt dir tausend Grüße. Du bist doch zurück, wenn das Kleine getauft wird?

Alles Liebe von
deiner Mami

E-Mail von Maja an Adrian, 21. April, nachmittags

Lieber Adrian,
wie du weißt, arbeitet meine Tochter, ich kann sie also nur am Wochenende besuchen. Da sie seit Tagen nichts von sich hat hören lassen – weder telefonisch noch per Mail noch per WhatsApp –, mache ich mir Sorgen um sie: Sie ist schwanger. Möchtest du mit mir zur Mainau fahren, oder willst du lieber das Allgäu genießen? In ein, zwei Stunden wären wir bei ihr; wir könnten sie zum Essen einladen und danach einen Abstecher zur Birnau machen: Am Ende steht der heilige Georg ja in der Klosterkirche!

Herzlich
Maja

E-Mail von Maja an Henriette, 24. April, abends

Liebe Henriette,
ich machte mir Sorgen um meine Tochter, also hatte ich Adrian an diesem Wochenende zu einer Fahrt auf die Mainau überredet. Die gute Nachricht: Nicki geht es blendend. Die Schwangerschaft bekommt ihr, sie sieht aus wie das blühende Leben, hat keinerlei Beschwerden, sollte aber darauf achten, dass sie sich nicht übernimmt. Sie sagte, dass sie mit deiner Tochter Tizia in Mail-Kontakt steht – offensichtlich hält ihre Freundschaft die Entfernung aus. Das freut mich sehr!

Adrian kam wie fast immer schon am Freitagabend, so fuhren wir bei Sonnenschein Samstagfrüh los, besichtigten unterwegs die Kirche St. Gallus und Ulrich in Kißlegg, wo links und rechts des Hochaltars die Kirchenpatrone – kein heiliger Georg! – auf ihren Säulen stehen. Es ist eine herrliche Kirche!

Pünktlich zur Mittagszeit trafen wir uns mit Nicki. Wir aßen zusammen, spazierten dann ein Stück durch die Gartenanlagen, wo sie uns über ihre Arbeit berichtete – sie ist glücklich, Henriette! –, dann fuhren wir mit dem Schiff übern See und weiter zur Wallfahrtskirche Birnau.

Als die ursprüngliche Kirche für die Zahl der Wallfahrer zu klein wurde, scheiterte eine Erweiterung am Widerstand der Überlinger, weshalb ein Abt Stefan II. in aller Stille eine Verlegung vorbereitete.

Zweifellos war der Abt ein Genießer und Kenner. Man muss nicht wallfahren, um sich der Schönheit der Gegend (oder besser: Schöpfung?) bewusst zu werden – es gibt keine großartigere Lage für eine Kirche. Die »neue« Kirche aus dem 18. Jahrhundert thront oberhalb des Überlinger Sees auf einer Anhöhe. Es wurde diesig, aber gegen Abend klarte es wieder auf, und wir genossen den herrlichen Blick auf den See, das Voralpenland und die noch schneebedeckten Berge. Der

Blick ist aber nur die Einstimmung auf das Innere der Kirche. Henriette, Adrian und ich kannten die Birnau, aber wenn ich mir den schlichten Bauer vorstelle, der, aus seiner bescheidenen düsteren Kate kommend, in dieses Licht trat, das viele Gold, die zarten Sonnenaufgangsfarben und schwingenden Linien sah, dann musste es ihm wie ein Stück des Himmels vorgekommen sein. Selbst mir, der analysierenden Kunsthistorikerin, stockt hier jedes Mal der Atem.

Ich will dich nicht mit Details langweilen, aber eins muss ich einfach erwähnen: Die Wallfahrtskirche hat viel mehr zu bieten als den bekannten Honigschlecker! Adrian und ich ließen uns Zeit; wir wanderten durchs Innere, verstanden uns ohne viele Worte und mir wurde wieder bewusst, weshalb ich mich in ihn ein bisschen verlieben konnte. Aber genügt gemeinsamer Kunstgenuss als Basis für eine Ehe?

Später, als wir in einer Brauereigaststätte eine Kleinigkeit aßen, war Adrian klug genug, nicht wieder die bewusste Frage zu stellen – ich war ihm wirklich dankbar dafür.

Und dann kam das dicke Ende. Ich begleitete Adrian zum Hochgratblick, wo er ein Zimmer genommen hat. Und wen trafen wir dort? Den Winterstein mit seiner Sekretärin, dieser Lucy, die ihn heiraten will. Wie die mich mit Blicken durchbohrte! Du lieber Himmel – eine rachsüchtige Medea ist ein sanftmütiges Lamm gegenüber diesem auf sexy getrimmten, berechnenden Biest! Winterstein begrüßte mich mit süffisantem Lächeln, versuchte mich zu küssen, was ich gerade noch vermeiden konnte, und spielte den Mann von Welt. Zum Glück konnte ich Titus vorschützen, sonst wären wir nicht um einen gemeinsamen Abendtrunk herumgekommen.

Babette, die Chefin vom Heustadl, ist wahnsinnig geschäftstüchtig. Das Gespräch mit ihrem Ansgar hat mich eine Kräuterstempelmassage gekostet. Ich hab es aber gern bezahlt, denn ich kann seine Großeltern besuchen, die (vielleicht) etwas über den Verbleib des heiligen Georg wissen. Ich schreib dir, wenn der Besuch etwas gebracht hat!

So, jetzt muss ich den Kakao für Titus kochen, dann bringe ich ihn ins Bett.

Herzliche Umarmungen von
deiner Maja

SMS von Winterstein an Maja, 28. April, vormittags

Bin die ganze Woche unterwegs. 20 Uhr am Sonntagabend im Hochgratblick.

JW

SMS von Maja an Winterstein, 28. April, fünf Minuten später

Bin verhindert.

MR

SMS von Winterstein an Maja, 28. April, drei Minuten später

Wegen dem Lackaffen? Ich bitt dich, das ist doch kein Mann.

JW

SMS von Maja an Winterstein, 28. April, zwei Minuten später

Wie definierst du einen solchen?

MR

SMS von Winterstein an Maja, 28. April, eine Minute später

Mit der Tat!

JW

SMS von Maja an Winterstein, 28. April, eine Minute später

Dazu gehören zwei.
MR

SMS von Winterstein an Maja, 28. April, 30 Sekunden später

Du bist die zwei.
JW

SMS von Maja an Winterstein, 28. April, fünf Minuten später

Wobei dann Lucy die eins wäre?
MR

SMS von Winterstein an Maja, 28. April, 30 Sekunden später

Bist eifersüchtig?
JW

SMS von Maja an Winterstein, 28. April, fünf Minuten später

Auf eine Sekretärin?!
MR

SMS von Winterstein an Maja, 28. April, 30 Minuten später

Geh zum Teufel, Frau Doktor Maja Renz. Du hältst mich von der Arbeit ab.
JW

E-Mail von Maja an Adrian, 28. April, abends

Lieber Adrian,
ich konnte mit Ansgars (das ist der Masseur in Babettes Heustadl) Großeltern reden. Sie bewirtschaften einen Hof, erbaut im 18. Jahrhundert, in der Nähe von Kempten, unter dessen Dach drei Generationen leben, wobei die Großeltern, obwohl nahezu zahnlos, noch geistig völlig fit sind.

Sie trug ein schwarzes knöchellanges Wollkleid samt Schürze aus einem glänzenden, seidenartigen Stoff. Die spärlichen Haare hatte sie im Nacken zu einem winzigen Knoten zusammengezwirbelt, die Hände ruhten während des Gesprächs im Schoß – sie strahlte so viel Würde aus, dass ich mich sofort zu ihr hingezogen fühlte.

Er trug zu einem weißen Leinenhemd mit Hirschhornknöpfen eine lederne Kniebundhose, der man den jahrelangen Gebrauch, aber auch die sorgfältige Pflege ansah. Jetzt, im hohen Alter, schlotterte sie an seinem hager gewordenen Körper. Im Gegensatz zu seiner Frau hat er noch volles Haar, dazu buschige Brauen über Augen, die kein Star trübte.

Wir saßen in der guten Stube. Die Tochter, Ansgars Mutter, hatte Kaffee gekocht und einen Hefezopf gebacken, wodurch mir signalisiert wurde, dass in diesem Haus Gäste gebührend geehrt werden. Das Gespräch kam nur langsam in Gang; über die Ernte konnten wir im Frühjahr noch nicht reden, von Tierhaltung habe ich keine Ahnung, blieb also nur das Wetter. Das Thema gab nicht viel her – es regnet seit Tagen. Danach erzählte ich von Tommy und Nicki, worauf beide auftauten und über ihr Kräuterwissen sprachen, das sie an Ansgar weitergegeben haben, denn weder die Tochter noch der Schwiegersohn interessieren sich dafür. Für sie kommt es einem Wunder gleich, dass der Enkel Geld damit verdient.

Dann stand Fine (Abkürzung für Josefine) auf und holte ihren Meisterwurz, einen Schnaps, den sie selbst brennt und dann mit Kräutern ansetzt. »All Monat braucht Hochwürden eine Flasche«, sagte Fine stolz. »Zwecks seinem Magen. Manchmal kommt er herauf, manchmal radelt die Luitpolda daher.«

Mir wurde ein Gläschen eingeschenkt, die beiden genehmigten sich auch eines, kippten es mit Schwung, ich wollte es ihnen gleichtun und – fuhr entsetzt vom Stuhl hoch: Der Schnaps hatte 48 Prozent, raubte mir den Atem und brannte wie Feuer!

Fine und ihr Mann lächelten nur.

Danach berichtete ich von Titus. Beide schüttelten mitfühlend die Köpfe. »'s isch schlimm, wenn alls weniger wird. Zerscht die Fiaß, dann die Händ, dann der Kopf.«

Das Alter lag ihnen am Herzen; sie haben auch ihre Zipperlein, aber alles in allem sind sie mit ihrer Gesundheit zufrieden. »Der Kopf tut's au no«, sagten beide stolz – worauf ich fragte, was aus ihrer Kindheit sie denn noch wüssten, und wie sie den Krieg erlebt hätten.

Und da, ganz erstaunlich, sind sie verstummt. Ich wartete, stellte die Frage anders … nichts. Das Einzige, was sie sagten, war: »Ja mei, das waren schlimme Zeiten. Da hat halt jeder gschaut, wie er über die Runden kommen ist. Und manch einer hat die Notlage vom Nachbar ausgnutzt. Das ist kein guter Zug gwesen, aber was will man machen, mir sind halt allzumal Sünder.«

Es war schade; ich hatte mir so viel von den beiden versprochen! Mal sehen, bei wem ich mehr Glück habe.

Mit herzlichen Grüßen

Maja

SMS von Ines an Maja, 29. April, morgens

Hallo Maja,

Florian kann sich während der nächsten Tage nicht um Titus kümmern. Er hat eine schlimme Erkältung und liegt mit Fieber im Bett. Schalte doch dein Handy an; ich erreiche dich nie. Kann ich dich heute Abend besuchen?

LG Ines

SMS von Maja an Ines, 29. April, zehn Minuten später

Wie furchtbar – ich wünsche ihm gute Besserung!

Ich freue mich auf deinen Besuch. Hab heute zufällig die Luitpolda getroffen. Genau wie du kann sie Winterstein nicht leiden. Hat gesagt, er sei ein rechter Hund, aber doch kein ganz so schlimmer, wie der Großvater einer war. »Der Vater war auch ein Unguter. Der hat immer brav mitgemacht und obendrein andere angestiftet.«

Was haben die Wintersteins denn angestellt? Und warum sagt niemand was über deren Frauen, die es doch auch gegeben haben muss?

LG Maja

E-Mail von Maja an Henriette, 29. April, spätabends

Liebe Henriette,
ich bin angebunden: Florian hat die Grippe. Als ich heute nach Hause kam, fiel mir der Geruch im Haus auf – es riecht nach Alter und Siechtum, obwohl meine Putzfrau, die Alwine, mit den Putzmitteln nicht gerade sparsam umgeht.

Ich muss dir vom heutigen Abend berichten. Zuerst habe ich mit Titus einen kleinen Spaziergang gemacht, dann, nach dem Abendessen, habe ich ihn unter die Dusche gestellt, danach mit Franzbranntwein eingerieben – es macht mir nicht mehr so viel aus, in ihm ein Kind zu sehen –, und dann, als er im Bett lag, versuchte ich wieder mal, ihm etwas über den geheim gehaltenen Onkel zu entlocken.

Zuerst hat er mich mit leerem Blick angesehen, dann wurde er nervös und zappelig, dann klingelte Ines.

Ich ging runter, um ihr die Tür zu öffnen, und wie wir ins Zimmer gingen, tappte Titus im Schlafanzug die Treppe herab und setzte sich in seinen Sessel. Ich wickelte ihn in eine warme Decke, er döste ein, ich holte eine Flasche Wein aus dem Keller und berichtete Ines, dass meine Recherchen bisher noch so gut wie nichts ergeben haben – außer, dass Ansgars Großeltern meinten, manch einer habe die Notlage seines Nachbarn ausgenützt.

Genau da, und obwohl wir uns leise unterhalten hatten, fuhr Titus hoch und sagte laut und so deutlich wie in gesunden Zeiten: »Eine Hand wäscht die andere.«

Wir zuckten zusammen, dann fragte ich: »Wie meinst du das?«

»Die Schurken haben ihre Nachbarn ausspioniert – auch die, mit denen sie jahrelang gut und in aller Freundschaft gelebt haben. Wenn sie nichts gefunden haben oder wenn noch eine alte Rechnung offen war – Streit wegen einer Kuh, einem angeblich versetzten Grenzstein oder auch wegen einer Frau –, haben sie was zusammengelogen, womit sie ihn erpressen konnten. Dann sind sie zu ihrem Spezl gelaufen und haben gesagt: ›Du, ich hab da was für dich, bei dem ist was zu holen. Ich sag's dir aber nur, wenn du mir im Gegenzug ...‹ Oh Renata, wo bleibt denn mein Kakao?«

Es war zum Aus-der-Haut-Fahren, Henriette, der lichte Moment war vorüber. Ich werde den nächsten abpassen müssen.

So, genug für heute!
Sei herzlich umarmt
von deiner Maja

E-Mail von Kurt an Maja, 29. April, spätabends

Hallo Maja,
du wirst dich kaum mehr an mich erinnern: Wir, Babette, Ines, du und ich sind in dieselbe Klasse gegangen. Ich bin mit

dem Hansi in der zweiten Bank am Fenster gesessen und war der mit den vorstehenden Hasenzähnen und dem Stottern. Die Zähne hab ich längst richten lassen, und nur wenn ich sehr aufgeregt bin, stottere ich noch ein bisschen. Ich bin verheiratet, hab zwei Buben, schaff bei der Gemeindeverwaltung von Kempten, bin aber zur Zeit krankgeschrieben, weil so ein Flachlanddepp auf seinem Snowboard voll in mich reingerauscht ist: Kniescheibe zertrümmert, Ober-, Unterschenkel- und Wadenbeinbruch. Der Unfall hat sich gelohnt!

Du fragst dich bestimmt, woher ich deine Mailadresse hab. Das ist schnell erklärt: vom Ansgar, und der hat sie vom Heustadl-Sofferl. Der Ansgar kommt oft vorbei und macht mir Umschläge mit seinem Schachtelhalm-Wasser. Die helfen wirklich; mein Arzt wundert sich über die Schnelligkeit, mit der meine Knochen zusammenwachsen. Aber mir geht's viel zu langsam! Ja, und neulich sind wir auf dich gekommen, und der Ansgar hat gesagt, dass du wissen willst, wie's im Allgäu in der schlimmen Zeit zugegangen ist.

Ich kann dir helfen, Maja, aber du musst zu mir kommen. Ich freu mich auf deinen Besuch.

Mit vielen Grüßen

Kurt

(damals Kurtle gerufen)

E-Mail von Maja an Kurt, 29. April, kurz vor Mitternacht

Lieber Kurt,

das ist ja super, dass es dich noch gibt – und dass du über Ansgar Kontakt aufnimmst! So leben die alten Zeiten in neuem Gewand wieder auf: In Babettes Heustadl lasse ich mich verwöhnen, Ines' Freund Florian hilft mir bei der Pflege meines dementen Vaters, und du arbeitest wunderbarerweise in der Verwaltung. Bestimmt kommst du an Unterlagen, zu denen ich keinen Zugang habe.

Das Dumme ist nur, dass du nicht mich und ich nicht dich besuchen kann. Florian hat die Grippe und ich versorge meinen Vater. Ihn allein zu lassen ist unmöglich; klingelt das Telefon, nervt er so lange, bis ich den Hörer auflege. Rufe ich jemanden an, wird er eifersüchtig und tappelt um mich herum. Ich kann nur telefonieren, wenn er schläft, allerdings wacht er ständig auf ... Es ist ein Glück, dass ich meiner Familie und meinen Freundinnen Mails schicken kann, und ein zweites, vielleicht noch größeres Glück, dass sie mir alle gern antworten.

Lieber Kurt, wärst du bereit, meine Fragen per Mail zu beantworten? Es wäre nur so lange, bis Florian wieder gesund ist. Ich wäre dir ewig dankbar, wirklich, und bin gespannt auf deine Antwort.

Mit herzlichen Grüßen

Maja

E-Mail von Kurt an Maja, 30. April, morgens

Hallo Maja,
deine Fragen werden meine Langeweile vertreiben. Es ist furchtbar, wochen- und monatelang nutzlos herumzuliegen beziehungsweise rumzuhocken!

Was willst du wissen? Ansgar sagte, es gehe dir um das Leben von einem Heiligen. Sollte das stimmen, muss ich dich enttäuschen. Ich bin mir sicher, dass im Einwohnerverzeichnis von Bad Argenried kein Heiliger und auch keine Heilige aufgelistet ist. Weder in dem von heute noch in einem früheren, und auch nachträglich wurde niemand aus unserer Gegend heiliggesprochen. Aber frag mal Hochwürden. Der kennt sich von Berufs wegen mit Heiligen aus.

An deinen Vater, unseren Lateinlehrer, denkst du nicht? Der war nämlich ziemlich heiligmäßig. Wie der uns immer mit seinen Sprüchen und seinem »Üb immer Treu und Redlichkeit, bis an dein kühles Grab« genervt hat! Erinnerst du dich, wie der Hansi der Vroni mal eine junge Blindschleiche ins Federmäppchen stopfte und wie sie dann schrie und kreischte und nicht mehr damit aufhören konnte, als sie den Reißverschluss aufzog und das Tierchen sich über den Tisch schlängelte? Dein Vater hat gleich herausgefunden, dass der Hansi der Übeltäter war, hat ihn am Ohr gezogen und gesagt: »Du Schlingel! Was du nicht willst, das man dir tu, das füg auch keinem andern zu!«

Und wie sprachlos dein Vater dastand, als der Hansi meinte, er habe doch nichts Schlechtes getan, weil eine jede Blindschleiche mehr Gutes tue als die dumme Vroni.

Dein Vater, das fanden wir alle, hat's mit der Redlichkeit fast ein bissle übertrieben. Aber gut; damals waren wir jung und dumm. Er wird gewusst haben, warum er uns mit seinen Sprüchen in den Ohren gelegen ist.

Ich hoffe, ich kann dir mit deinem Heiligen helfen und warte voll Neugierde auf deine Mail.

Servus!

Dein Kurt

E-Mail von Maja an Ines und Florian, 30. April, früher Nachmittag

---

Liebe Ines, lieber Florian,
ich musste heute Morgen mit Titus zum Einkaufen in den Ort. Noch vor wenigen Wochen ist er gern mitgekommen und hat brav gewartet, bis ich alles zusammengesucht hatte.

Zuerst ging es gut, aber als wir in der Fußgängerzone standen, begann der Alptraum. Er war nicht zu bändigen, keine Bitte, keine Ermahnung drang zu ihm durch. Ständig lief er mir davon, musste eingefangen und zurückgebracht werden, an Einkaufen war nicht zu denken. Zum Glück hatte ich mein Handy dabei und konnte ein Taxi rufen, und als wir darauf warteten, fuhr ganz frech ein Porsche durch die Fußgängerzone und parkte vor Resls Bäckerei. Und wer sprang heraus? Der Winterstein.

»Hast den Papa einfangen müssen?«, fragte er und sagte dann: »Schaust schlecht aus, Maja. Ein Leben ohne rechtes Mannsbild bekommt dir nicht.«

Zum Glück fuhr das Taxi daher, Titus und ich stiegen ein, und als der Fahrer wendete, deutete er mit dem Daumen auf den Porsche und sagte: »Der dürfte hier nicht stehen, ist schließlich kein Taxi und kein Lieferwagen. Aber der Winterstein macht sich seine eigenen Regeln. Und wissen S' was? Die Polizei hat's aufgegeben, ihm die Strafzettel ins Haus zu schicken. Die zerreißt er bloß und schmeißt sie zum Abfall.«

Ich enthielt mich jeden Kommentars.

Florian, du musst ganz schnell gesund werden. Titus' Pflege ist ein Fulltime-Job. Die Milch ist alle, wir brauchen auch frisches Brot und noch anderes. Zum Glück kommt nachher Alwine; statt zu putzen muss sie heute einkaufen, also macht euch keine Sorgen um uns.

Eure Maja

E-Mail von Maja an Kurt, 1. Mai, Nachmittag

Lieber Kurt,
mein Vater sitzt im Sessel und döst vor sich hin. Wie lange er mir Zeit für die Mail lässt, ist ungewiss, deshalb komme ich gleich zum Wesentlichen, obwohl ich gerne darauf eingehen würde, was du über meinen Vater schreibst!

Links und rechts des Hochaltars unserer Stadtkirche befindet sich jeweils ein Sockel. Auf dem einen steht der heilige Florian, auf dem anderen eine unpassende, weil zu kleine und zu schäbige Maria aus unserer Zeit. Aufgrund eines Fotos in einer Broschüre aus den dreißiger Jahren des vorigen Jahrhunderts weiß ich, dass sich ursprünglich ein heiliger Georg auf dem Sockel befand.

Nun meine Fragen: Seit wann genau fehlt der Georg? Gibt es Unterlagen darüber, wann, warum und von wem der Heilige vom Sockel genommen wurde?

Hochwürden sagte mir, er besäße die Quittung über den Kauf der Maria. War die Gemeinde nach dem Krieg zu arm oder gab es andere Gründe, dass keine adäquate Statue gekauft wurde? Etwa, weil man wusste, wo sich der heilige Georg befand und man eine Rückgabe erwartete?

Und noch etwas: Ich habe Hochwürden, seine Luitpolda und Ansgars Großeltern zu dem Thema befragt. Alle wichen meinen Fragen aus. Warum?

Ich muss schließen; mein Vater will seinen Kakao.

Danke für deine Hilfe! Warum steckst du nicht dein Bein in einen Kübel mit Schachtelhalmsud? Zusätzlich zu Ansgars Umschlägen, meine ich.

In Eile

Maja

E-Mail von Maja an Henriette, 1. Mai, spätabends

Liebe Henriette,
dieses Wochenende – 1. Mai! – konnte Adrian nicht kommen; ein bekannter Sammler von Erstausgaben hatte ihn eingeladen.

Habe ich dir schon gesagt, dass ich unter meinen Büchern eine Ausgabe von Brontës *Jane Eyre* gefunden habe? Jetzt lese ich immer vorm Einschlafen ein paar Seiten. Das wäre nicht weiter erwähnenswert, wenn ich mir heute Abend nicht exakt wie Jane Eyre vorgekommen wäre!

Es war so: Ich versorge meinen Vater. Bringe ihn zu Bett. Er schläft, ich setze mich vor den Fernseher. Es regnet, es klingelt, ich öffne nichts ahnend die Haustür, und wer drängt sich an mir vorbei ins Haus? Ein pitschnasser Winterstein.

»Keinen Hund jagt man bei dem Wetter aus dem Haus!«, sagt er, hängt, unaufgefordert natürlich, seine Jacke übers Treppengeländer, schlüpft aus den Schuhen und verlangt einen Obstler. »Oder einen Schnaps. Oder, wennst hast, einen Cognac.«

Er geht einfach ins Wohnzimmer. Ich bin überrumpelt, meine Knie zittern, ich folge ihm.

»Schläft der Titus?«, fragt er. »Oben?«, setzt er hinzu.

Ich nicke, ich hole die Flasche mit dem Obstler sowie ein Glas aus der Küche.

Gehe wieder ins Wohnzimmer, sage: »Tut mir leid, ich hab keinen Cognac mehr im ...« und erstarre!

Winterstein hat sich ausgezogen. Steht da in Unterhose und Unterhemd, deutet auf ein Kleiderhäufchen zu seinen Füßen und meint mit unschuldigem Augenaufschlag: »Das Zeug war so nass, Maja. Komm her, setz dich auf meinen Schoß!«

»So weit kommt's noch«, antworte ich und gehe, ohne es zu wollen, auf ihn zu. Er nimmt mich in die Arme, sagt wie zu einem Hund: »So ist's brav.«

Henriette, ich war nicht Herrin meiner Sinne! Und schon gar nicht meines Wollens – ich kann es mir nicht anders erklären, als dass mein Hirn ausgesetzt hat.

Es nahm seine Arbeit erst wieder auf, als Winterstein mich zur Treppe schob. »Dein Schlafzimmer ist doch oben, stimmt's?«

»Ja, aber da schläft mein Vater«, flüsterte ich und wurde mir schlagartig des Absurden bewusst: Ich, eine geschiedene Frau reiferen Alters und zweifache Mutter, schleiche mich heimlich mit einem Liebhaber Richtung Bett! Ich schwöre dir, trotz seines schlechten Rufs hätte ich mit Winterstein geschlafen – wenn nicht mein Vater dazwischengegangen wäre.

Und wie er dazwischengegangen ist!

Wie Zerberus in Filzpantoffeln stand er oben an der Treppe, sein graubrauner Schlafanzug aus warmem Flanell schlotterte um seine dünnen Glieder, er streckte einen Knochenfinger aus und rief (nein, er rief nicht: Satan, hebe dich hinweg!, aber viel hat nicht gefehlt, ich schwöre!): »Ein Einbrecher! Maja, ruf sofort die Polizei!«

Immerzu »Fort! Fort!« und »Polizei, Polizei!« zeternd, tappte er die Treppe herunter, und – es war nicht zu fassen! – ging mit aufgerissenen Augen und erhobenen Fäusten auf Winterstein los. Der versuchte ihm auszuweichen. Vergeblich. Titus prügelte auf ihn ein, Jörg wich ihm aus, mein Vater ließ sich nicht abschütteln. Schließlich rannte Jörg ins Wohnzimmer, klemmte sich Schuhe und Kleiderhäufchen untern Arm und hüpfte auf bloßen Füßen und halbnackt in den Regen hinaus.

Titus stand in der offenen Tür, wedelte mit den Händen, kreischte: »Du Lump! Fort mit dir! Lass dich hier ja nicht mehr blicken, du Dieb!« Drehte sich dann triumphierend zu mir um. »Den haben wir in die Flucht geschlafen, Renata!«

Es dauerte lange, bis sich Titus, und noch länger, bis ich mich beruhigt hatte.

Jetzt ist Mitternacht vorüber, und ich liege (allein!) in meinem Bett. Ich bin verliebt, Henriette. Wenn ich Jörg nahe bin, geht es mir wie Jane Eyre. Weißt du, was sie sagte? Sie fühle sich wie ein Verdurstender, der zu einer Quelle kriecht, von der er weiß, dass sie vergiftet ist. Und der doch daraus trinkt.

Ich habe noch nicht aus der Quelle getrunken, mein Vater hat mich davor bewahrt. Ich bin wütend auf ihn und – wütend auf mich: Vielleicht bin ich gar nicht verliebt. Vielleicht leide ich ja nur unter ganz banalem sexuellen Notstand?!

Ich nehme mir Jane Eyre zu Herzen, die in vergleichbarer Situation folgendermaßen vorging:

... ich erforschte mein Herz, prüfte meine Gedanken und Gefühle und bemühte mich, all jene mit fester Hand auf den sicheren Boden der Vernunft zurückzuführen, die sich in der unendlichen Weite meiner Phantasie verirrt hatten ... Ich ging mit mir selbst ins Gericht ... Danach sprach ich folgendes Urteil: Eine größere Närrin hat es auf Erden noch nie gegeben.

Henriette, was ist nur los mit mir?

Deine konfuse Maja

E-Mail von Adrian an Maja, 4. Mai, drei Uhr morgens

Geliebte,
bald bin ich wieder bei dir und halte dich in meinen Armen. Ich kann es kaum erwarten; ich fühle mich wie ein Dürstender, der sich mit letzter Kraft zu seinem Lebensquell schleppt.

Liebste, ich hatte einen fürchterlichen Traum, aus dem ich schweißgebadet aufgewacht bin: Du lagst in den Armen eines anderen!

Du bist jünger als ich, du hast alle Vorzüge, die eine wunderbare Frau nur aufweisen kann – und natürlich ist niemand dagegen gefeit, sich zu verlieben. Liebe kann man nicht steuern, und niemand kann erwarten, geliebt zu werden. Gegenseitige Liebe ist ein Geschenk, das man nur voll Dankbarkeit annehmen kann.

All das weiß ich. Und doch war der Traum so lebendig und auch so furchtbar, dass mich noch jetzt schaudert. Sag mir, versichere mir, maile mir, dass er nur meiner Furcht entspringt: Ich will, ich kann, ich darf dich nicht verlieren – ich fiebere dem Freitagabend entgegen!

Es ist nach Mitternacht, und da ich ja gerade am PC sitze, kann ich dir auch noch etwas Interessantes berichten: Einem guten, von mir sehr geschätzten Münchner Kollegen ist ein Lochbihler zur Versteigerung angeboten worden. Vielleicht ist dir der Name nicht bekannt; Franz Sales Lochbihler, geboren 1777 im Allgäuer Wertach, gelang es, das Malen gegen alle familiären Widerstände zum Brotberuf zu machen. Zunächst reiste er als Wanderkünstler, wie man damals sagte, von Schloss zu Schloss und von Hof zu Hof, spezialisierte sich auf Portraits und Altarbilder, gelangte bis nach Budapest, kehrte, als 1809 die Truppen Napoleons bis nach Wien vordrangen, nach München zurück, um sich später dann in Kempten endgültig niederzulassen. Kurz vor seinem Tod 1854 schrieb er reichlich resigniert: »Ich muss zufrieden sein, dass ich mein Leben ohne Mangel und Not durchbringen konnte.«

Sein Werk ist in ganz Europa verstreut. Nun also brachte ein Münchner meinem Kollegen Lochbihlers »Bildnis einer jungen Bäuerin«. Die Provenienz lässt sich lückenlos zurückverfolgen. Von 1850 bis 1939 war das Gemälde »Junge Bäuerin« im Besitz der Familie Willand. Inzwischen hast du Frau Willand ja kennengelernt. Danach, 1939 also, wurde es an einen Emerich Schott verkauft, der wiederum vermachte es (warum?) seinem Neffen Wolfgang Hunter, wohnhaft in München, dessen Enkel Max es meinem Kollegen brachte, da er »das Bild grauslig kitschig findet«, wie er angeblich sagte.

In diesem Zusammenhang ist Folgendes interessant: Der Lochbihler wurde von einem Victor Willand an Emerich Schott verkauft, und das weit unter Wert. Warum? Das ist merkwürdig. Noch merkwürdiger ist, dass besagter Emerich Schott den Lochbihler kurze Zeit später seinem Neffen »schenkte«. Zur Hochzeit, wie der Enkel behauptete.

Aber nicht deshalb fuhr ich nach München; mein Kollege wollte sichergehen, dass es ein echter Lochbihler war, wozu er mein Urteil wünschte. Es ist eindeutig ein Lochbihler.

Liebste Maja, du schläfst seit Stunden. Ich küsse dich tausend Mal und bin immer der Deine.

Adrian

E-Mail von Kurt an Maja, 4. Mai, nachmittags

Hallo Maja,
ich habe alle Polizeiberichte in Bad Argenried bis zum Jahr 1930 zurückverfolgt und keinen einzigen über einen Diebstahl in unserer Kirche gefunden.

Dann bin ich bis zum Jahr 1900 zurückgegangen. 1902 wurden zwei silberne Kerzenständer vom Hochaltar geklaut (sie sind wieder aufgetaucht), worüber eine volle Woche lang berichtet wurde.

Danach habe ich die »Kirchlichen Nachrichten« aufgerufen. Auch hier fand ich nichts über einen Diebstahl. Allerdings etwas anderes: … *wurde im Juni 1942 eine Statue, den hl. Georg darstellend, zur Renovierung, insbesondere der Auffrischung der Farben, einem Fachmann übergeben.*

Kein Name! Keine Werkstatt, Maja! Das ist nicht üblich. Doch betrachte ich die Angelegenheit ganz sachlich, könnte der heilige Georg völlig legal in die Hände eines Restaurators gelangt sein.

Aber: Warum wurde die Statue nach getaner Arbeit nicht wieder zurückgegeben? Es war mitten im Krieg: Wurde die Werkstatt und mit ihr der Heilige durch Bomben zerstört? Oder wurde der Georg aus der Werkstatt geklaut?

Auch eine Möglichkeit: War das Ganze eine Finte, um die Statue an einen zahlungskräftigen Sammler verkaufen zu können? Wenn ja, muss es sich um einen Auftrag gehandelt haben – wer hat ihn abgewickelt? Und warum? War da einer einem anderen einen Gefallen schuldig? Dann müsste der Auftraggeber ziemlich mächtig gewesen sein. Vielleicht ein Nazi, der den Georg, aus welchen Gründen auch immer, besitzen wollte, und der einen »Gehilfen« hatte, der die Sache durchzog?

Und: Warum musste man den Georg und nicht auch den Florian renovieren, wo die beiden doch vom gleichen Künstler geschnitzt wurden, wie aus einer Inventarliste der Kirche hervorgeht?

Wichtig ist auch: Ich habe keinen einzigen Hinweis gefunden, dass die Kirche/der damalige Hochwürden die Statue zurückgefordert hat!

Das wär's vorerst. Maja, ich bleib dran – du ahnst ja nicht, wie mir die Suche den Tag versüßt!

Servus!

Dein Kurt

E-Mail von Kurt an Maja, 4. April, eine Stunde später

Maja, noch ein Nachtrag: In dem Aufsatz »Das Allgäu im Dritten Reich« stieß ich auf Folgendes: ... *Nach der Ausschaltung der anderen politischen Parteien betrachteten die NS die christlichen Kirchen als gefährlichsten ideologischen Gegner ... (sie) wurden mit einer Vielzahl von Provokationen und Verboten drangsaliert ... Im August 1935 trugen NS-Jungvolk und Hitlerjungen bei einem Propagandazug durch Kempten eine Tafel mit der Aufschrift »Nieder mit den Pfaffen!«. Über 50 Pfarrer wurden allein im Allgäu von den NS schikaniert oder inhaftiert.*

Ich forsche weiter, Maja!

Kurt

E-Mail von Ines an Maja, 4. Mai, spätnachmittags

Liebe Maja,
mein Florian hat noch immer Fieber, und ich steh hinterm Ladentisch vom Bücherwurm, kann nicht weg, du gehst wieder mal nicht ans Handy, also schreibe ich dir eben, wenn gerade keine Kundschaft da ist.

Mein Gott, wie die mich manchmal nervt! Vor wenigen Minuten kam eine Frau rein, pilgerte die Regale entlang und wandte sich dann mit vorwurfsvoller Miene an mich. »Im

Regal haben S' unterm Buchstaben M einen Meyer Conrad Ferdinand und einen Mörike Eduard stehen. Von denen zwo hab i no nix ghört. Aber ›Das ganze halbe Jahr‹ von seller Jojo Moyes haben S' no it nachbestellt? I muss scho sagen, dass i des komisch find.«

Jetzt aber das Neueste: Gerade hat Sofferl vom Heustadl das »Bunte Blatt der Frau« besorgt. Das Sofferl hat's nicht so mit der Diskretion, und weil ich gesehen hab, wie die Lucy Maletzke am Morgen zum Heustadl reingegangen ist, wollte ich natürlich wissen, was die so erzählt hat. Das war interessant genug, liebe Maja.

Die Lucy hat dem Sofferl vorgeschwärmt, was für ein kapitaler Hirsch der Winterstein sei – neulich, als sie übers Wochenende am Bodensee waren, seien sie zwei Tage lang trotz schönstem Sonnenschein kaum aus dem Bett gekommen. »Ich hab alles gegeben, Sofferl«, hätte sie geklagt, »und trotzdem hat mir der Winterstein keinen Heiratsantrag gemacht. Jetzt lass ich mich von ihm schwängern, bevor es die Maja Renz tut.«

Ob das nicht gefährlich sei, habe Sofferl gefragt.

»Bin ich blöd? Ich tu bloß so, und später, nach der Hochzeit, sag ich, ich hätt mich halt getäuscht.«

Ich glaube ja nicht, dass der Winterstein darauf reinfällt. Trotzdem: Pass auf, Maja, unterschätz die Lucy nicht!

Und noch etwas: Sofferl hat mit dem Ansgar eine Wette abgeschlossen: Wen heiratet der Winterstein – die Lucy oder die Maja? Es geht um ein Essen im Hochgratblick: Vorspeise, Hauptspeise, Nachspeise. Also um richtig viel Geld.

Die Wette ist nicht zum Lachen. Im Ort wirst du schon als mögliche Frau Winterstein gehandelt.

Melde dich!

Deine Ines

E-Mail von Maja an Ines, 4. Mai, früher Abend

Liebe Ines,
kompletter Blödsinn! Der Winterstein kann mir gestohlen bleiben!

Anstatt aberwitzige Wetten zu schließen, sollte Ansgar deinen Florian mit seinen Heilkräutern gesund machen.

Maja

PS: Welch ignorante Person wagt es, Meyer, Mörike und Moyes in einem Atemzug zu nennen? Du hättest ihr ein Messer ins Herz rammen müssen.

E-Mail von Ines an Maja, 4. Mai, vier Minuten später

Nach dem Motto: Lieber eine Kundin verlieren, als zwei Klassiker zu verunglimpfen?

Ines

E-Mail von Maja an Ines, 4. Mai, eine Minute später

Richtig.

Maja

E-Mail von Ines an Maja, 4. Mai, zwei Minuten später

Moyes sorgt für Brot und Butter.

Ines

E-Mail von Maja an Ines, 4. Mai, fünf Minuten später

Alltagskost! Wer gibt sich denn damit zufrieden!? Besorg dir Kaviar und Austern!

Maja

E-Mail von Ines an Maja, 4. Mai, zehn Minuten später

Mach ich sofort, wenn du mir den Dukaten scheißenden Esel in den Stall stellst!

E-Mail von Maja an Adrian, 5. Mai, morgens

Lieber Adrian,
mein Lieber, anstatt süß zu schlafen, siehst du im Traum einen bösen Mann! War der dicklich und einen Kopf kleiner als ich? Hatte er schüttere Haare von unbestimmter Farbe? Wenn all das zutrifft, hast du Kurt gesehen. Mit dem bin ich zur Schule gegangen. Heute ist er ein kleiner Beamter in der Gemeindeverwaltung. Er ist verheiratet, hat zwei Kinder und ein schlimmes Bein. Ein unfähiger Snowboardfahrer hat es ihm mehrfach gebrochen, weshalb er seit Wochen zu Hause ist und vor Langeweile fast die Wände hochgeht.

Aber er hat Zugang zu Unterlagen, die mir bei der Recherche nach dem heiligen Georg weiterhelfen können – ich leite seine letzte Mail an dich weiter.

Doch nicht nur Kurt, auch ich war fleißig.

Wusstest du, dass die Nazis im Dezember 1934 ein »Heimtücke-Gesetz« verabschiedet haben? Es besagte, dass »Äußerungen, die geeignet sind, das Vertrauen des Volkes zur politischen Führung zu untergraben« unter Strafe gestellt wurden: Jede »kritische« Äußerung gegen die Partei konnte mit Schutzhaft geahndet werden. Wir beide wissen, dass man Äußerungen sehr leicht so oder auch so auslegen kann. Das Ergebnis war, dass allein im Stadt- und Landkreis Kempten mehr als 50 Pfarrer mit dieser Verordnung in Konflikt kamen.

Wenn ich an die so unerklärlich verschwundene, nicht beklagte und auch nicht zurückgeforderte Statue des heiligen Georgs denke, liegt es doch nahe, dass der damalige Pfarrer der Argenrieder Kirche ein Opfer des Heimtücke-Gesetzes wurde. Das ist allerdings nur eine Behauptung; es müsste aber doch festzustellen sein, welcher Pfarrer damals Dienst tat und was aus ihm geworden ist.

Mein Vater ist aufgewacht, ich muss Schluss machen. Morgen berichte ich dir, wie es ihm geht. Nur so viel noch: Ich würde so gern mehr unternehmen! Manchmal hält es mich fast nicht mehr in den vier Wänden, so eingeengt fühle ich mich. Aber ich lehne mich nicht mehr auf, ich wüte nicht mehr gegen die Person, die Titus jetzt ist, wo er früher doch mein Held war, dem ich nacheifern musste und wollte. Wenn ich heute seinen armen ausgemergelten Körper sehe, wenn ich höre, wie er Zwiesprache hält mit meiner verstorbenen Mutter und seine Einsamkeit spüre, könnte ich heulen. Es ist nicht nur mein Pflichtbewusstsein und Verantwortungsbewusstsein. Es ist auch eine neue Art von Liebe, vielleicht vergleichbar der einer Mutter zu ihrem Kind. Ich lerne sehr viel, Adrian, auch, wie vielfältig und wandelbar Liebe doch ist.

Noch etwas, Adrian: Schlimm ist, dass ich einerseits Titus' Tod herbeisehne, da er Erlösung von seinem Leiden bedeutet. Andererseits weiß ich aber, dass ich mir ein Leben ohne meinen Vater nicht vorstellen kann. Dagegen sträubt sich alles in mir.

Liebe Grüße aus dem Allgäu
Maja

E-Mail von Maja an Adrian, 5. Mai, spätabends

Lieber Adrian,
ich möchte dir noch rasch etwas über Titus berichten. Ich kann sein Verhalten nämlich nicht einordnen, es macht mir Angst: Du weißt, dass Florian und ich Titus im Alltag mit kleinen Aufgaben beschäftigen. Dazu gehört auch das Tischdecken, das Abräumen von Tellern und so weiter. Seit kurzem, genauer: seit dem Tag, als er plötzlich, ganz klar im Kopf, sag-

te: »Eine Hand wäscht die andere«, seit diesem Tag also legt er zu jeder Mahlzeit ein Gedeck extra auf.

Als das zum ersten Mal geschah (Florian aß mit uns zu Mittag), fragte ich: »Ist das für Renata?«, denn ich nahm an, er denke an meine Mutter.

Titus runzelte angestrengt die Stirn, schüttelte dann den Kopf und sagte: »Renata? Kenne ich nicht. Das Gedeck ist selbstverständlich für meinen Bruder.« Und er zählte auf: »Hier sitzt Mutter, hier Vater, hier mein Bruder, und hier sitze ich.«

Adrian, bis vor wenigen Wochen wusste ich nicht, dass mein Vater einen Bruder hatte! Mein Vater hat ihn niemals erwähnt, ich erfuhr von ihm erst durch den Brief, den Titus mir als sein »Vermächtnis« geschrieben hat, als er von seiner Krankheit wusste!

Warum?

Wenn ein Familienmitglied totgeschwiegen wird, muss es dafür gute Gründe geben, das wissen wir beide. Die Frage ist, welche das sein könnten.

Wenn ich an meinen Vater denke, dessen Lebensmotto »Üb immer Treu und Redlichkeit« war, muss sein Bruder, mein Onkel also (und vielleicht auch mein Großvater?), eben nicht treu und redlich gewesen sein: Hat er jemand hinterrücks erschlagen? Erschossen? Ausgeraubt? Auf andere Art und Weise ins Unglück gestürzt?

Ich frage mich natürlich, ob ich schlafende Hunde schlafen lassen soll. Ich glaube, das kann ich nicht. Das »dunkle Familiengeheimnis«, wie's in entsprechenden Romanen immer genannt wird, ist tatsächlich wie ein Stachel im Fleisch: Er juckt, er stört, er muss herausgezogen und auf den Tisch gelegt werden.

Nach einer so langen Zeit dürfte das, was der Bruder meines Vaters angerichtet hat, keine Auswirkungen aufs Heute haben. Was meinst du?

Während ich die letzten Sätze schrieb, fiel mir noch etwas ein. Erstens: Als Titus »Eine Hand wäscht die andere« sagte, fügte er sinngemäß hinzu, jemand habe die Nachbarn ausspioniert und fürs Weitergeben des Erfahrenen von einem »Spezl« eine Gegenleistung verlangt.

Zweitens: Titus schreibt in seinem Brief, vor mehr als 70 Jahren hätten sein Vater und dessen einer Sohn, Titus' älterer Bruder also, Schuld auf sich geladen; er selbst hätte weggesehen.

Vor mehr als 70 Jahren! Das war dann mitten im Krieg, Adrian.

Drittens: Wenn ich bedenke, dass ich als Enkelin und Nichte Provenienzforscherin geworden bin, dann ist das doch eine merkwürdige Fügung, findest du das nicht auch? So, als ob es geradezu meine Aufgabe wäre, die Sache aufzudecken.

Es ist kurz vor Mitternacht, aber ich bin hellwach und völlig aufgekratzt. Ich werde jetzt die alten Fotoalben aus der Kiste holen. Könnte doch sein, dass ich etwas entdecke, das mir weiterhilft.

A guts Nächtle, Adrian, schlaf süß und ohne dumme Träume!

Maja

E-Mail von Adrian an Maja, 6. Mai, kurz vor ein Uhr morgens

Geliebte,
es ist mitten in der Nacht. Ich konnte nicht schlafen, ich sehnte mich nach dir und machte mir Sorgen um dich – und siehe da: Ich hatte Recht, denn wie du weißt, sind deine Sorgen auch meine.

Das, was immer so hübsch geheimnisvoll »ein dunkles Familiengeheimnis« genannt wird (nenn mir die Familie, in der nichts totgeschwiegen wird!), scheint sich tatsächlich während des letzten Kriegs ereignet zu haben. Auf Grund unseres

Berufs ahnen wir, was damit zusammenhängen könnte: Verleumdung, Enteignung ... das ganze perfide Programm eben.

Du schreibst, das Geheimnis sei wie ein Stachel im Fleisch, den du herausziehen musst. Ich stimme dir zu. Wo Unrecht im Spiel ist, auch längst vergangenes Unrecht, müssen schlafende Hunde geweckt werden.

Ich hoffe, dass das, was vor so langer Zeit geschehen ist, keine Auswirkung aufs Heute hat, auf dein Leben also. Aber warten wir es ab, es bringt nichts, sich schon im Voraus mit Sorgen zu quälen.

Liebste Maja, du hast jetzt also zwei Projekte: Das eine ist der heilige Georg, den du wieder auf den Sockel stellen willst. Das andere ist, herauszufinden, was in deiner Familie geschehen ist. Spannende Zeiten also, und beunruhigende obendrein, wenn ich daran denke, dass sich dein Vater plötzlich an den totgeschwiegenen Bruder erinnert und ihm sogar ein Gedeck auflegt. In meinen Augen bedeutet dies, dass ihn das Unrecht von damals umtreibt. Mal sehen, ob du ihm das Geheimnis entlocken kannst.

Lass uns darüber reden, wenn ich heute Abend zu dir komme. Bis dahin alles Liebe! Ich umarme dich und küsse dich tausend Mal.

Dein Adrian

WhatsApp von Nicki an Maja, 7. Mai

Liebe Mama,
mir und dem Baby geht es gut, aber ich hab mich auch noch verliebt!!! Kaum zu fassen, aber es ist so. Und das Tolle, das absolut Supertolle ist, dass er mich auch liebt und sich aufs Baby freut!

Er heißt Ferdinand, Ferdi, hat Biologie studiert, schreibt eine Doktorarbeit über ein kompliziertes Thema, das dir nichts sagen wird, und ist derzeit für das Palmenhaus verantwortlich, versteht aber auch was von meiner Arbeit. Mama, ich bin im siebten Himmel! Er hat ein Auto, das heißt, dass wir bald zu dir fahren. Du musst ihn einfach kennenlernen, ich möchte, dass du mein Glück verstehst. Ruf mich an!

Deine überglückliche Nicki

SMS von Winterstein an Maja, Sonntag, 8. Mai, 20.20 Uhr

Sitz im Hochgratblick und warte noch exakt zehn Minuten länger auf dich.

J. W.

SMS von Maja an Winterstein, 8. Mai, zehn Minuten später

Viel Spaß beim Warten.

M.

SMS von Winterstein an Maja, 8. Mai, eine Minute später

Ist der Lackaff bei dir?

J. W.

SMS von Maja an Winterstein, 8. Mai, zehn Minuten später

Ich kenne nur einen einzigen Lackaffen. Der bist du, und du Lackaff sitzt gerade im Hochgratblick.

M.

SMS von Winterstein an Maja, 8. Mai, zwei Minuten später

Sei nicht blöd, zier dich nicht und komm endlich.

J. W.

E-Mail von Maja an Henriette, 9. Mai, zwei Uhr morgens

Liebe Henriette,
du weißt ja nicht, wie dumm ich bin! Adrian war übers Wochenende hier, und kaum saß er Sonntagabend wieder im Auto, schickte Winterstein mir einige SMS, und ich ... ich Depp fuhr, da mein Vater schlief, zum Hochgratblick. Ich hatte keinen Hunger, ich wollte ihn nur kurz sehen, aber ich hab mich dann doch auf ein Glas Wein zu ihm gesetzt.

Zum Glück war ich nicht ganz hirnlos, ich nutzte die Gelegenheit und fragte ihn, ob er etwas über den Bruder meines Vaters wisse – die Wintersteins leben nämlich seit Generationen in Argenried.

Ihm sei nichts bekannt, meinte er zwischen zwei Bissen von seinem Schweinebraten in Biersauce, nur dass mein Onkel und sein Vater gute Freunde gewesen seien, die in ihrer Jugend den Ort aufgemischt hätten: Oft seien sie stockbesoffen auf der Straße gelegen, ihre Untaten seien legendär und kein Mädchen wäre vor ihnen sicher gewesen. »Rechte Hund sind's gewesen«, sagte er voller Hochachtung.

»Ich frage mich«, sagte ich dann, »weshalb mein Vater seinen Bruder totgeschwiegen hat. Was hat er sich geleistet? Hat er ein Mädchen geschwängert und nicht geheiratet?«

Winterstein wich aus, aber ich ließ nicht locker.

»Dein Onkel hat doch nur getan, was sein Vater, dein Großvater also, wollte«, sagte er schließlich. »So war das halt früher, man hat dem Vater gehorcht.«

»Und aus Gehorsam und Vaterliebe hat er was getan?«

Da hat er mich angeblitzt. »Woher soll ich das wissen? Meinst etwa, unsere Väter wären mit ihren Schandtaten hausieren gegangen?«

Danach sagte er nichts mehr, Henriette. Er zahlte. Ich setzte mich in mein Auto und Winterstein fuhr hinter mir her bis nach Hause. Er wollte ... du weißt schon, doch Titus war aufgewacht, stand im Schlafanzug im Vorgarten und rief mit jämmerlicher Stimme nach Renata.

Zwei, nein, drei Dinge sind mir an diesem Abend klar geworden: Winterstein ist der Typ für eine saftige Affäre, wohingegen man sich auf Adrian verlassen kann. Schön wär's, ich könnte aus den Vorzügen der beiden einen neuen Mann backen – na, vielleicht ginge das schief und es käme ein Frankenstein heraus.

Wintersteins Vater und der Bruder meines Vaters (mein geheimnisvoller Onkel also) waren zu »Schandtaten« fähig. Hat mein Vater Winterstein erkannt, und ist er wegen der Verbindung zu seinem ungeratenen Bruder so ausgerastet, dass er auf ihn einprügelte?

Winterstein hat mir mal das Leben gerettet. Jetzt raubt er mir den letzten Nerv.

Deine verzweifelte Maja

E-Mail von Ines an Maja, Montag, 9. Mai, morgens

Maja,
Sofferl sagt, die Lucy hätte dich schon wieder mit dem Winterstein gesehen. Maja, dir ist nicht zu helfen. Ich frag mich, ob Florian, wenn er gesund ist, weiter auf den Titus aufpassen soll.

Ines

E-Mail von Lucy Maletzke an Maja, 9. Mai, vormittags

Lassen S' Ihre dreckigen Pfoten von meinem Verlobten, sonst geschieht ein Unglück!

E-Mail von Maja an Winterstein, 9. Mai, zehn Minuten später

Deine Sekretärin hat mir eine Mail geschickt, die du mir erklären musst. Ich füge sie bei.

Maja

SMS von Winterstein an Maja, 9. Mai, fünfzehn Minuten später

Die Mail ist Blödsinn. Nimm sie nicht ernst, die Maletzke bildet sich was ein.

Treffen heute 19 Uhr im Hochgratblick.

J. W.

SMS von Maja an Winterstein, 9. Mai, drei Minuten später

Ausgeschlossen. Florian ist noch krank.

Maja

SMS von Winterstein an Maja, 9. Mai, fünfzehn Minuten später

Dann sofort, wenn er gesund ist.

Was machst du eigentlich beruflich? Man sagte mir, du handelst mit Antiquitäten.

J. W.

SMS von Maja an Winterstein, 9. Mai, drei Minuten später

Das trifft es so ungefähr.

Maja

E-Mail von Kurt an Maja, 9. Mai, mittags

Liebe Maja,
das ganze Wochenende bin ich am PC gesessen, aber ich komme mit der Suche einfach nicht weiter. Ungefähr ab Juni 1942 trocknet jede Quelle aus. In diesem Jahr herrschte wohl eine Dürre von biblischen Ausmaßen!

Aber im Ernst: Aus den Kriegsjahren gibt es kaum Unterlagen, die die Gemeinde betreffen. Das ist sehr merkwürdig. Eigentlich ist es völlig unverständlich. In den Unterlagen der

Kirche finde ich absolut nichts. Ich kann auch nicht feststellen, ob etwas gelöscht wurde – wo ich hinguck, gähnt mir ein Loch entgegen. Ein Nichts.

Erinnerst du dich noch an den Bene, den Benedikt Ritter? Er war drei Klassen über uns, schrieb für die Schülerzeitung und wurde mal drei volle Wochen von der Schule suspendiert, weil er ein freches Gedicht über unseren Mathelehrer zusammengestoppelt und veröffentlicht hat – erinnerst du dich? Bene schreibt jetzt für die »Allgäuer Zeitung« und kann vielleicht Quellen anzapfen, an die wir beide nicht rankommen. Sollen wir drei uns nicht mal zusammensetzen, wenn Florian wieder gesund ist? In meinen Augen ist der Bene unsere einzige Hoffnung: Er ist Einheimischer, er kennt Alt und Jung, er hört das Gras wachsen, ist findig und wühlt so lange, bis er auch (bildlich gesprochen) den letzten Knochen ausgegraben hat.

Natürlich hilft er uns nicht um Gotteslohn, für ihn muss schon eine Geschichte herausspringen.

Maile mir, was du von der Idee hältst.

Servus!

Dein Kurt

E-Mail von Nicki an Maja, 9. Mai, früher Nachmittag

Mama, du ahnst ja nicht, wer mich gestern, am Sonntagnachmittag also, überfallen hat: der Papa mit seiner Neuen!!! Er wolle sich nur vergewissern, dass es mir gut gehe, behauptete er und lud mich (von Ferdi hab ich den beiden nichts gesagt!) zu einem Kaffee mit Kuchen ein. Leonie und ich saßen also mit unseren Babybäuchen am Tisch und machten höflich Konversation. Ich dachte schon, der Papa nehme wirklich Anteil an meiner Schwangerschaft und interessiere sich ehrlich für meinen Beruf und die Tätigkeit in den Gärten der Mainau, als die Leonie recht unvermittelt mit dem eigentlichen Anliegen des

Besuchs rausplatzte: Ob ich Tommy nicht bewegen könne, den Plattenspieler dem Papa zu überlassen. Samt den alten Platten natürlich, vor allem denjenigen der Beatles.

Dem Papa war das Vorgehen peinlich, aber sie hat ihn nur recht giftig angefahren: »Ich frag mich, warum deine Brut so ein Gewese drum macht! Man könnt ja grad meinen, der Plattenspieler sei aus purem Gold!«

Da hat es mir gereicht. »Mein Bruder hat Ihnen bereits versichert, dass er sich von dem Plattenspieler nicht trennen wird. Soviel ich weiß, befindet er sich auch nicht mehr in unserem Haus in Stuttgart.«

»O doch!«, hat die Neue gezischt. »Ich hab doch mit eigenen Augen gesehen, wo …«

Der Papa ist fast in Ohnmacht gefallen. »Du warst hinter meinem Rücken im Haus?«

»Natürlich«, hat seine Neue total cool gesagt, »ich hab einfach deinen Schlüssel genommen und nachgeschaut. Also, ich lass mir nicht auf der Nase herumtanzen, mein Lieber!«

Der Papa saß da wie ein Häufchen Elend.

»Weißt du was, Papa?«, hab ich gesagt. »Du tust mir echt leid.« Dann bin ich gegangen.

Mama, wir sollten etwas unternehmen. Der Papa kann sich nicht behaupten, das Biest hat ihn komplett in der Hand. Stell dir das nur vor: Die schnappt sich den Schlüssel, geht einfach in unser Haus und schnüffelt darin herum!!!

Wie geht es dem Opa? Weiß er, dass er Urgroßvater wird? Und warum rufst du so selten an?

Deine Nicki

E-Mail von Maja an Nicki, Montag, 9. Mai, später Nachmittag

Meine liebe Nicki,
ich danke dir für deine lange Mail – weshalb ich so selten anrufe, liegt einzig und allein an Titus: Sobald ich nur mit

dem Handy aus dem Zimmer gehe, folgt er mir, stört mich und wird überhaupt so ungnädig, dass ich beim besten Willen mit niemandem sprechen kann: Glaub mir, fürs Telefon oder Handy hat er einen sechsten Sinn entwickelt! Wenn er endlich schläft – besser: wenn ich hoffe, er schlafe endlich – will ich dich nicht mehr anrufen.

Was die Neue deines Vaters betrifft, so hat er es nicht anders verdient. Es ist halt die alte Geschichte: Älterer betuchter Herr kapiert zu spät, dass er von einer jungen Frau umgarnt und benutzt wird. Vergiss nicht: Er hat sie geheiratet!

Aber in Bezug auf unser Haus muss ich etwas unternehmen.

Ich freue mich auf euren Besuch!

In Liebe

deine Mami

E-Mail von Maja an Henriette, 9. Mai, abends

Liebe Henriette,

die gute Nachricht: Florian ist wieder gesund und heute sogar mit einer neuen Idee gekommen. Er hatte ein Pinnboard mitgebracht, spießte ein Familienfoto auf – es zeigt uns auf dem Gipfel des Hochgrats – und Titus' Gesicht verklärte sich. Er berichtete dann sehr präzise und lebendig, wie wir (damals gab es noch keine Bergbahn) in ein Gewitter gerieten und pudelnass oben ankamen … Mein Vater war so glücklich wie schon seit langem nicht mehr!

Als Titus nach dem Frühstück ein kurzes Nickerchen hielt, sagte Florian, er habe während seiner Grippe nachgedacht und sei sich nun sicher, Altenpfleger werden zu wollen. »Du hast es nicht in der Hand, ob du dement wirst oder normal bleibst. Wenn du krank wirst, ist es halt Teil deines Lebens, da kannst du nichts machen. Du musst es akzeptieren. Das Blöde ist nur, dass es dein Hirn nicht akzeptiert, du behältst zwar deine Hülle, wirst aber nach und nach zu einer anderen Person. Es ist ein Glück, dass du das nicht mehr mitbekommst. Aber wenn du's mal kurz mitbekommst, ist es ein schlimmer Augenblick. Egal – in jedem Fall brauchst du Hilfe. Und genau das finde ich spannend: Hilfe zu sein. Du musst auch echt kreativ sein«, erklärte er und deutete auf das Pinnboard. »Der Job ist übrigens ziemlich stressfrei, verglichen mit einem im Büro, wo du umgeben bist von Krähen, die dir lieber die Augen aushacken, als dein Gefieder zu streicheln. Und noch was: Der Nachschub wächst automatisch nach, da musst du dir keinen Kopf machen, die Arbeit geht dir nie aus. Im Grunde genommen ist ein Job in der Altenpflege die eierlegende Wollmilchsau.«

»Selbst dann, wenn du Windeln wechseln und Pos putzen musst?«, fragte ich.

»Ha!«, rief Florian. »Lieber putz ich für fünf Minuten einen faltigen Po, als dass ich jeden Tag auf Highheels daherstöckel, für den Chef Kaffee koch und mit ihm ins Bett geh, bloß dass er mich für unersetzlich hält!«

Henriette, ich wusste nicht, ob ich Florian auslachen oder ihm beipflichten sollte!

Aber etwas anderes. Übermorgen fahre ich nach Stuttgart, das Schloss an meinem Haus muss ausgewechselt werden. Bist du zu Hause? Und hättest du Zeit für eine Tasse Kaffee?

Herzlichst
deine Maja

E-Mail von Maja an Kurt, 9. Mai, abends

Lieber Kurt,
Florian ist wieder gesund! Wir sollten uns baldmöglichst mit Bene zusammensetzen; machst du mit ihm einen Termin aus?

Deine Maja

E-Mail von Babette an Maja, 10. Mai, morgens

Maja, hör net aufs Gschwätz von der Bäcker-Resl, aber lass die Finger vom Winterstein, ich mein's gut mit dir.

Pfiat di.

Deine alte Schulfreundin

Babette

Im Heustadl ist Diskretion Ehrensache!

E-Mail von Maja an Henriette, 10. Mai, abends

Liebe Henriette,
ich sitze wieder mal erst abends am Computer, bin total erledigt und muss dich um Hilfe bitten: Könntest du morgen den Schlosser wegen des neuen Schlosses in mein Haus lassen und ihn beaufsichtigen? Es ist ein Notfall – stell dir nur vor, was mir heute passiert ist.

Am Morgen war Titus so gut drauf, dass wir, Florian, er und ich, zu dritt zum Einkaufen nach Argenried hinunterwanderten. Das Einkaufen war kein Problem, also wollte Florian seine Ines kurz im Bücherwurm besuchen, während wir beide gegenüber in Resls Bäckerei einen Kaffee trinken würden.

Titus verlangte ein Hörnchen, ich bestellte einen Kakao für ihn und einen doppelten Espresso für mich. Kaum stand der Teller mit dem Hörnchen vor Titus, sagte er: »Die Leute vorm Fenster haben meine Erdbeermarmelade gegessen.«

Resl verdrehte die Augen. »Oh mei, es ist ein Kreuz mit deinem Papa. Wie hältst das bloß aus? Und dann auch noch das Theater mit der Maletzke und dem Winterstein!«

Ich bin nicht darauf eingegangen, habe nur eine zweite Portion Marmelade verlangt, aber die Resl blieb beim Thema.

»Gut ist's, wenn man in schweren Zeiten Freunde hat. Aber weißt, Maja, es gibt auch falsche Freunde. Solche wie der Winterstein zum Beispiel, zu dem du allweil ins Auto steigst.«

Ich kochte vor Wut, aber ich beherrschte mich. »Der Winterstein hat mich mal aus der Argen gefischt. Fünf Jahre alt war ich damals, aber er fühlt sich halt immer noch für mich verantwortlich. Das ist nett von ihm, ich rechne das dem Jörg hoch an.«

»Mehr ist net zwischen euch?«, wollte die Resl wissen. »Du kennst ihn vielleicht net so gut wie wir. Der Winterstein lässt nix anbrennen, wennst weißt, was ich damit sagen will, Maja.«

»Komm schon, Resl, der Jörg ist nicht mehr der Jüngste. Er wird sich die Hörner schon abgestoßen haben.«

»Geh, der ist der begehrteste Junggesell im Ort. Ach was, bis rauf nach Kempten ist er's! Und so alt, dass er des net ausnützen würd, ist er noch lang net!«

»Was willst du mir damit sagen?«

»Dass er ein rechter Hund ist. Und dass die Maletzke Lucy schon das Brautkleid im Schrank hängen hat, das will ich dir sagen. Nur zur Warnung, gell.«

In diesem Augenblick kam Babette vom Heustadl in den Laden. Ich war so sauer, dass ich sagte: »Gut, dass du kommst, Babette. Wir haben gerade über Frau Maletzke geredet. Stimmt das, dass …«

»Ich weiß nichts«, unterbrach sie mich sofort. »Und wenn ich was wüsste: Bei mir im Heustadl ist Diskretion Ehrensache.«

»Das ist doch ein rechter Schmarrn, Babette!«, fuhr die Resl sie empört an. »Immer tust so, als wärst eine Heilige. Dabei weißt mehr als wir alle zusammen! Ihr hechelt abends doch alles durch, was euch eure Kundinnen so zugeflüstert haben. Freilich dringt nix nach draußen, außer wenn das Sofferl den Schnabel net halten kann. Die lässt schon mal was durchblicken. Zum Beispiel, dass die Maletzke vom Winterstein schwanger sein soll.«

Babette hatte vier Apfelkrapfen verlangt. Sie nahm die Tüte, knallte das Geld auf den Tresen und rauschte, ohne ein Wort zu verlieren, aus der Bäckerei.

»O je«, sagte die Resl, »jetzt geht's dem Sofferl an den Kragen!«

Titus hatte seine Tasse umgestoßen. Zum Glück war nicht mehr viel Kakao drin gewesen.

Ich tupfte die braune Brühe mit der Serviette auf, als die Ladenglocke schrillte und Resl sagte: »Was darf's denn sein, Herr Winterstein?«

Gerade noch war Titus völlig friedlich am Stehtisch gestanden. Jetzt legte er den Kopf schief, als ob er einer inneren Stimme lausche. Sein Blick wurde ganz klar, er fixierte Winterstein und wiederholte halblaut: »Winterstein? … Wie? Der Schuft lebt noch?«

Dann, mit gellender Stimme: »In der Hölle sollst schmoren!« Und bevor wir reagieren konnten, ging er auf ihn los und zerkratzte ihm das Gesicht.

Du kannst dir die Aufregung vorstellen! Eines, liebe Henriette, ist jetzt sicher: Winterstein setzt in Titus' Hirn etwas in Bewegung. Es gibt Erinnerungen, die wollen raus, schaffen es aber (noch?) nicht.

Ich rief ein Taxi, wartete nicht auf Florian, schob Titus auf den Sitz, bugsierte ihn zu Hause in seinen Sessel, nahm seine Hand und versuchte, ihn zu beruhigen – er zitterte immer noch.

»Was hat dir der Winterstein getan?«, fragte ich dann – er schien mir noch immer ganz klar im Kopf zu sein – und setzte deshalb hinzu: »Du bist mir die Wahrheit schuldig, Papa.«

»Es ist eine lange Geschichte«, entgegnete er so sachlich, als stünde er vor seinen Schülern und erläutere ihnen ein Kapitel aus der Geschichte Roms, »und eine böse obendrein. Und was das Schlimmste ist: Ich habe nichts unternommen.

Ich bin mitschuldig, Maja! Wenn du wüsstest, wie mich das umtreibt!«

»Wobei hast du dich schuldig gemacht, Papa?«

Er zögerte, doch dann gab er sich einen Ruck. »Als die Braunen an der Macht waren, war der alte Winterstein einer von den ganz Strammen. Hat sich mit dem Kerl aus München zusammengetan und seinen Freund, meinen Vater, auch ins Boot gezogen. Das war schon schlimm, aber dass sie ihre Söhne und den Victor Willand – die drei waren dicke Freunde – anstifteten, für sie die Nachbarn auszuhorchen, das war schon recht teuflisch. »Die Buben nimmt doch niemand ernst«, haben sie gesagt und sich gefreut, dass die Jungs einen Heidenspaß hatten ... Ich war zu jung zum Mitmachen, aber ich hab von allem gewusst.«

»Wovon hast du gewusst, Papa?«

»Dass sie die Nachbarn ausspioniert haben.«

»Wann war das, Papa?«

Als hätte er meine Frage nicht gehört, sagte er: »Der alte Winterstein hatte infolge eines Jagdunfalls ein lahmes Bein und wurde, wie mein Vater, der hochgradig kurzsichtig war, nicht eingezogen. Beide waren Freunde, und beide brüteten höchst phantasievolle Pläne aus, wie sie sich am besten am Unglück anderer bereichern konnten. Schau mal, Renata, da stehen schon wieder die Leute am Fenster, die meine Marmelade geklaut haben. Sie wollen mehr und immer mehr ... Schick sie weg, Renata! Sie machen mir Angst!«

Das war's, Henriette. Titus zitterte inzwischen so sehr, dass ich den Arzt rufen musste. Er gab Titus eine Spritze zur Beruhigung, worauf er den Rest des Tages durchschlief. Jetzt wird er immer wieder wach. Ich kann ihn nur dann allein lassen, wenn er für kurze Zeit wegdämmert. Aber dann wälzt er sich von einer Seite zur andern, keucht und weint fast – es ist schrecklich, Henriette. Er hat Alpträume, etwas plagt ihn bis aufs Blut. Wenn ich ihm doch nur helfen könnte!

Verstehst du, dass ich nicht nach Stuttgart fahren kann? Ich revanchiere mich für deine Mühe – versprochen!!!

Deine Maja

E-Mail von Maja an Babette, 10. Mai, spätabends

Babette,
wenn du als meine alte Schulfreundin es gut mit mir meinst, solltest du mir in aller Ehrlichkeit und Offenheit sagen, was du weißt. Das Geraune und die Andeutungen bringen mir nichts, die machen mich nur sauer.

Maja

E-Mail von Babette an Maja, 11. Mai, morgens

Maja,
jetzt red ich Klartext: Der Winterstein benutzt jede Frau. Schlaf mit ihm, wenn's das ist, was du brauchst, aber verlieb dich nicht in den Kerl.

Babette

E-Mail von Henriette an Maja, 12. Mai, mittags

Liebe Maja,
das neue Schloss ist drin, die Schlüssel liegen in meiner Küchenschublade.

Ich fahre demnächst zu dir ins Allgäu, dann lädst du mich zum Essen in den Hochgratblick ein, wo ich mich an Winterstein ranmachen werde und ihm zu verstehen gebe, er dürfe mich gerne flachlegen.

Spaß beiseite: Wir sind so weit, dass Menschen im Weltall spazieren gehen. Da sollten unsere klugen Ärzte doch auch ein Mittel erfinden können, das den Verstand und das Erinnerungsvermögen deines Vaters so lange wachhält, bis er dir die ganze Geschichte erzählt hat – es ist bestimmt schrecklich frustrierend, immer nur Bruchstücke zu erfahren!

Du hast mein ganzes Mitleid, Maja.

Noch eine Frage: Bist du einverstanden, dass ich von nichts etwas weiß, falls sich Axel wegen des Schlosses erkundigt? Ich steh voll auf deiner Seite, das weißt du, aber in euren Rosenkrieg möchte ich nicht hineingezogen werden.

Deine Henriette

E-Mail von Kurt an Maja, 13. Mai, spätnachmittags

Maja,
geht es bei dir morgen Abend, acht Uhr?

Kurt

E-Mail von Maja an Kurt, 13. Mai, zehn Minuten später

Kurt,
bin morgen um 20 Uhr bei dir.

Maja

SMS von Adrian an Maja, 13. Mai, abends

Geliebte, ich bin untröstlich! Ein Kunde hat vom Lochbihler gehört, er will sich das Gemälde am Samstagvormittag anschauen. Du weißt, was das bedeutet: Ich werde erst Samstagabend in Argenbühl eintreffen.

Dies in aller Kürze. Baldmöglichst mehr.

Wie stets
dein Adrian

SMS von Maja an Adrian, 13. Mai, fünf Minuten später

Schade, aber die Arbeit geht eben vor.
Maja

E-Mail von Nicki an Maja, 13. Mai, spätabends

Liebe Mama,
Papa hat mir eine Mail geschickt. Du findest sie angehängt.

Liebe Nicki,
ich entschuldige mich in aller Form für meine Frau. Sie meinte es nicht so, sie ist übers Ziel hinausgeschossen, was nur mit ihrer Jugend und ihrem gegenwärtigen Zustand zu erklären ist.
Ich wünsche dir und dem Kind alles Gute und grüße dich herzlich.
Dein Vater

Mama, die Frau ist kaum älter als ich! Mir jedenfalls würde er so ein Verhalten nicht nachsehen, mich hätte er niedergemacht und verlangt, dass *ich* mich entschuldige!!!
Deine Nicki

E-Mail von Maja an Adrian, 16. Mai, abends

Lieber Adrian,
es war schön, dass du mich und meinen Vater besucht hast. Und was für eine geniale Idee, dieses Foto mit den SS-Leuten! Wir haben es zu den Familienbildern gepinnt, Titus sitzt ganz still im Sessel und starrt es unverwandt an – etwas geht in seinem Kopf vor sich.
Bist du gut nach Hause gekommen?
Es grüßt dich herzlich
Maja

E-Mail von Maja an Henriette, 17. Mai

Liebe Henriette,
was für eine Unverschämtheit von Axels Frau! Ich kann es nicht fassen, dass sie zum zweiten Mal ins Haus gehen wollte – bestimmt in der Absicht, Fakten zu schaffen, sprich: den Plattenspieler mitzunehmen. Das wäre Diebstahl gewesen! Zum Glück sind wir ihr mit dem Austausch des Schlosses zuvorgekommen.

Hab ich dir schon geschrieben, dass Florian wieder gesund ist? Du ahnst, was nun kommt: Ja, ich habe mich mit Winterstein getroffen. Erstens, weil ich mich leider und ganz gegen meinen Willen in ihn verliebt habe (nur du weißt das, also halte dicht!), zweitens, weil er ein interessanter Mensch ist, und drittens, weil mich alle, Ines, Babette, das Sofferl und andere auch, vor ihm warnen. Das reizt mich, es ist genau wie früher, wenn einem die Mutter oder der Vater verboten hat, von den Pralinen zu naschen. Es ist kindisch, ich weiß das, und ich ärgere mich deshalb über mich.

Jedenfalls, liebste Henriette, kann ich mich wunderbar mit ihm unterhalten. Er denkt in völlig anderen Bahnen als Adrian, das ist höchst herausfordernd. Und natürlich auch überraschend. Dazu kommt, dass er mich ganz offen bewundert, was mir natürlich schmeichelt und guttut. Nach einem Aperol sind wir dann in den Wald gefahren, wo er eine Hütte besitzt – von außen gesehen ist es eine solche, innen ist alles vom Feinsten.

Und da wurde ich schwach ... Ach Henriette, non, je ne regrette rien! Ich habe jede Sekunde genossen und jeden Gedanken an diese Lucy Maletzke oder andere Freundinnen beiseitegeschoben. Nicht, dass mir das schwergefallen wäre ... Die ein, zwei Stunden haben mir sehr gutgetan, ich bin dann so beschwingt nach Hause gekommen, dass Florian ganz perplex fragte, was ich denn erlebt hätte, ich würd so zufrieden aussehen. »Ich habe einen langen Spaziergang gemacht«, habe ich mich herausgeredet. »Es war der erste seit deiner Krankheit.«

Deine Maja

SMS von Winterstein an Maja, 18. Mai, morgens

Maja, fliege für einen Tag nach Skandinavien. Melde mich nach Rückkehr.

J. W.

E-Mail von Maja an Adrian, 18. Mai, abends

Lieber Adrian,
mir geht es gerade reichlich gemischt. Schlecht ist, dass ich mich über einen Bekannten ärgere. Und noch schlechter, dass meine Putzhilfe, die Alwine, schon wieder »krank« ist – ich vermute, sie hat gestern Abend dem Enzian oder Obstler zu ausgiebig zugesprochen: Sie süffelt gern.

Gut ist, dass meine Recherchen dank der Hilfe eines Schulfreundes vorankommen. Und davon will ich dir berichten.

Kurt hat einen Journalisten – er ist etwas älter als wir, seine Familie lebt seit Generationen in Argenried – zu einem Treffen eingeladen. Wir berichteten ihm von diesem Münchner, mit dem mein und Wintersteins Großvater gemeinsame Sache machten und für die mein unbekannter Onkel sowie zwei seiner Freunde Spitzeldienste leisteten. Da pfiff er durch die Zähne und meinte, von diesen Machenschaften habe er zwar läuten hören, aber noch nie etwas Konkretes erfahren.

Ich berichtete weiter von dem verschwundenen heiligen Georg und der absolut unerklärlichen Tatsache, dass nirgendwo der Name und die Anschrift der Werkstatt zu finden sei, in der die Statue restauriert werden sollte.

Benedikt (Bene) Ritter schlussfolgerte sofort, man müsse herausfinden, wem die Männer wann und in welcher Weise geschadet hätten, und ob der Heilige auf ihre Veranlassung geklaut worden wäre. Wenn ja, müsse er in einem stillen Kämmerlein zu finden sein.

Ich sagte, ich sei sogar weiter gegangen und hätte so ziemlich alle Kirchen in der näheren Umgebung abgeklappert. Worauf Bene mich auslachte. »Wenn die Statue so kostbar ist, wie Sie sie schildern, befindet sie sich in Privatbesitz.«

Das war auch deine Vermutung, Adrian.

Bene kennt noch ein paar Leute, die in den Vierzigern geboren sind. Vielleicht wissen die ja etwas über den Verbleib des Heiligen. Bene will auch alle ihm zur Verfügung stehenden Quellen anzapfen. Er benachrichtigt uns, sobald er etwas entdeckt hat.

So, das wär's für heute.

Schlaf gut ohne böse Träume!

Herzlich

Maja

SMS von Winterstein an Maja, 19. Mai, morgens

Bin wieder zurück. Muss dich treffen.

J. W.

E-Mail von Babette an Maja, 19. Mai, mittags

Maja,
die Lucy hat sich grad vom Ansgar massieren lassen.

Sie war mit dem Winterstein in Skandinavien und sagt, in den nächsten Tagen würd das Aufgebot im Rathauskasten hängen.

Babette

SMS von Winterstein an Maja, 19. Mai, mittags

Warum antwortest du nicht? Hol dich heut Abend ab.
J. W.

SMS von Maja an Winterstein, 19. Mai, zehn Minuten später

Unmöglich. Ich will nicht.
Maja

SMS von Winterstein an Maja, 19. Mai, fünfzehn Minuten später

Geh! Du bist mir was schuldig, Maja: Ohne einen Gedanken an mein eigenes Leben zu verschwenden hab ich dich damals aus dem eiskalten Wasser der Argen gefischt. Das war, du musst das zugeben, eine gute Tat.

Es gab auch schlechte Taten, ich leugne das nicht. Zum Beispiel hab ich ein Mädchen geschwängert, das ich dann heiraten musste, obwohl ich von Anfang an wusste, dass sie mir nur ein Klotz am Bein sein würde. Was soll ich sagen? Ich war halt, wie schon mein Großvater und Vater, ein rechter Draufgänger gewesen.

Inzwischen bin ich älter geworden, mein Betrieb läuft, jetzt ist es an der Zeit, neue Aufgaben in Angriff zu nehmen. Ich will mich ändern. Hilf mir dabei, Maja. Ich brauche dich.
J. W.

SMS von Maja an Winterstein, 19. Mai, fünfzehn Minuten später

Wie bitte? Wie alt bist du eigentlich, dass du die Verantwortung für dein Handeln deinen Eltern anlastest? Du bist wie ein Mr. Rochester – ich zitiere aus einem Buch, das ich sehr liebe: »Meine Grundsätze sind nie ordentlich eingepflanzt und gepflegt worden. Vielleicht sind sie aufgrund der mangelnden Fürsorge ein wenig schief gewachsen.«

Mein Lieber, ich bin nicht die Heilsarmee. Ich helfe dir nicht.

Maja

SMS von Winterstein an Maja, 19. Mai, zwei Minuten später

Wieso nicht? Ich bin nicht blöd, dir hat es doch mit mir gefallen. Maja, du liebst mich.

J. W.

SMS von Maja an Winterstein, 19. Mai, acht Minuten später

Selbst wenn dem so wäre: Liebe rechtfertigt nicht jede Dummheit. Ich misstraue dir, Winterstein. Du warst mit deiner Sekretärin in Skandinavien, was bedeutet, dass du dich nie ändern wirst.

Maja

SMS von Winterstein an Maja, 19. Mai, drei Minuten später

Warum hackst du dauernd auf der Maletzke herum? Die bedeutet mir nichts. Ich brauche dich. Mit dir will ich ein neues Leben beginnen.

J. W.

SMS von Maja an Winterstein, 19. Mai, zehn Minuten später

Noch ein Zitat aus meinem Lieblingsbuch. Der Mann, besagter Mister Rochester, sagte zu seiner Angebeteten: »Ich bitte Sie, mein zweites Ich zu sein und meine treueste Gefährtin auf Erden.« Dabei war der Kerl bereits verheiratet, Winterstein.

Du wirst Lucy Maletzke heiraten; das Aufgebot soll in den nächsten Tagen im Kasten am Rathaus hängen. Wie kann ich mich unter diesen Umständen auf dich einlassen?! Wie auch nur einer deiner Versicherungen Glauben schenken?!

Werd endlich erwachsen, Winterstein. Nicht alles, was man sich wünscht, bekommt man im Leben – du kannst dich ja ändern wollen, aber das ist allein deine Angelegenheit. Ich nehme dich nicht an der Hand.

Maja

SMS von Winterstein an Maja, 19. Mai, fünf Minuten später

Es gibt Frauen, die mich nur zu gern an die Hand nehmen und sich für mich flachlegen. Geh zum Teufel, du damische Rutschen!

J. W.

E-Mail von Maja an Henriette, 19. Mai, nach dem Mittagessen

Fahr sofort nach Bad Argenried! Du kannst dir den Winterstein vollumfänglich unter den Nagel reißen!

Ich wollte, ich könnte mit einem Mann einfach so ins Bett steigen, aber leider bin ich dafür nicht geschaffen – er sollte es wenigstens wert sein. Das ist Winterstein nicht. Er ist ein oberflächlicher Egomane ohne Ehrgefühl, Anstand oder gar Treue. Die Worte kennt er nicht, geschweige ihre Bedeutung.

Mir geht es mies, Henriette, mir geht es sogar hundsmiserabel. Um es mit Jane Eyre zu sagen: »Ich hielt ihn (in meinem Fall Winterstein) für einen Mann, der von Natur aus bessere Eigenschaften, höhere Grundsätze und edlere Neigungen besaß als jene, die durch die Umstände herausgebildet, durch Erziehung in ihn eingepflanzt oder vom Schicksal gefördert worden waren. Ich glaubte, dass sehr viele ausgezeichnete Anlagen in ihm steckten ...«

Ha! Weißt du, was sich der Kerl geleistet hat? Bei einer Geschäftsreise nach Skandinavien vergnügte er sich mit seiner Sekretärin, kam zurück und behauptete, ich (!) sei seine lang gesuchte Ergänzung, mit mir wolle er ein neues Leben beginnen, und da ich ihn ja liebe, müsse ich ihm dabei helfen.

Das Kapitel Winterstein ist für mich abgeschlossen. Hol ihn dir!

Deine Maja

E-Mail von Kurt an Maja, 19. Mai, 16 Uhr

Hallo Maja,
gerade war der Bene Ritter bei mir. Seine Mutter kennt eine Frau, deren Tante oder Großtante, so genau weiß sie es nicht, während des Kriegs bei den Wintersteins als Dienstmädchen angestellt war. Der Bene meint, du solltest dich da mal umhören, den alten Winterstein gibt's ja nicht mehr, und dein Vater hat's Gedächtnis verloren, und bis jetzt hat der Bene den Namen des Münchners nicht herausgefunden. Er selbst meint, dass, wenn er als Journalist aufkreuzt, die Leute den Mund halten. Schott heißt die Familie; sie besitzt seit Generationen ein sehr altes Bauernhaus nahe Argenried, Kempten zu.

Die Frage ist aber, wie du an die Schotts herankommst. Einfach reinplatzen und Fragen stellen geht nicht; die Allgäuer sind ein misstrauisches Volk. Du musst ehrlich sein, Maja, aber Bene und ich haben keine Ahnung, wie du ihr Vertrauen gewinnen könntest, schließlich kannst du ihnen keine Melkmaschine und auch keinen Traktor anbieten. Lass dir was einfallen!

Viel Erfolg!
Servus und LG
Kurt

SMS von Maja an Adrian, 19. Mai, 16.20 Uhr

Lieber Adrian,
bitte maile mir rasch die Adresse des Emerich Schott, der 1939 den Lochbihler von Victor Willand erworben hat.

Dank und Grüße

Maja

E-Mail von Maja an Kurt, 19. Mai, 17 Uhr

Lieber Kurt,
bezüglich Schott spielt mir ein schier unglaublicher Zufall in die Hände, ich werde die Familie besuchen und euch anschließend berichten.

Es könnte doch sein, dass es eine Verbindung der Schotts zu dem alten Winterstein und seinen Spezln gibt. Möglich wäre das; sie könnten ja wegen einer Antiquität, eines Gemäldes, eines Grundstücks, was weiß ich, ausspioniert und unter Druck gesetzt worden sein. Durchforste schon mal die Unterlagen im Grundbuchamt. Vielleicht stößt du auf etwas Merkwürdiges. Ich melde mich baldmöglichst!

Maja

SMS von Adrian an Maja, 19. Mai, 17.05 Uhr

Adresse: Schotthof bei Kempten. Warum?

Immer der Deine

Adrian

E-Mail von Maja an Adrian, 20. Mai, abends

Lieber Adrian,
Kurts letzte Mail habe ich an dich weitergeleitet. Sie erklärt dir, weswegen ich die Adresse der Schotts wollte: Tatsäch-

lich ist das die Familie des Dienstmädchens. Was für ein Zufall!

Folgendes habe ich herausgefunden: Als Mädchen vom Allgäuer Land wusste ich, dass ich die Familie nach der Stallarbeit, beim Abendessen also, antreffen würde. Ich wollte sie überraschen, und da ich Titus gut versorgt wusste, fuhr ich heute bei herrlichem Frühsommerwetter über schmale, kurvige Landsträßchen durchs Allgäu.

Es ging hügelauf und hügelab, hinter den Moränen, die die Eiszeitgletscher vor sich hergeschoben und zurückgelassen hatten, erhoben sich die Gipfel der Alpen wie ein graues Spitzenband. Mal blitzte das Wasser eines kleinen Weihers auf, mal fuhr ich durch mooriges Gelände voller Ried- und Wollgras und gelber Trollblumen, mal an sattgrünen Wiesen vorbei, auf denen die kleinen graubraunen Kühe weideten. Das alles zum Gebimmel ihrer Glocken und dem Duft von frisch gemähtem Gras, Bergminze, wildem Majoran und Kräutern, deren Namen der Ansgar wissen wird. Es war eine herrliche Fahrt, Adrian!

Das Anwesen besteht aus dem langgestreckten, gut gepflegten Bauernhaus mit verschindelten Mauern, einem tief heruntergezogenen Dach und etlichen Nebengebäuden. Der Vorplatz war sauber gefegt, im Küchengarten, zwischen dem Salat, den jungen Erbsen, den Radieschen, dem Schnittlauch und der Petersilie entdeckte ich kein einziges Unkraut, vor den kleinen Fenstern hingen die unvermeidlichen Kästen mit den Geranien, den gelben Pantoffel- und blauen Glockenblumen – kurz: Ich war (und bin) begeistert vom Schotthof.

Wie erhofft saß die Familie beim Vesper. Ich entschuldigte mich für die Störung, stellte mich als deine Mitarbeiterin vor und sagte, es gebe noch ein paar Fragen, den Lochbihler betreffend. Die Jungen verzogen sich, der alte Schott, hager, weißhaarig und ausgesprochen rüstig, bat mich in die gute Stube, wo ich ihm berichtete, wie das Gemälde in deine Hände gelangte.

»Der Zeitpunkt des Verkaufs des Lochbihlers von Victor Willand an Ihren Vater hat uns stutzig gemacht«, erklärte ich einleitend. »Sowie die Tatsache, dass er das Gemälde fast sofort seinem Neffen vermachte. Wissen Sie etwas über die Gründe?«

Ich sah Schott an, dass er überlegte, ob er mich einfach wegschicken oder doch etwas sagen solle. Er schwieg eine lange Zeit, dann knurrte er: »Ich hatte mit der Sache selbst nichts zu tun, ich ging damals noch in die Schule. Aber gesehen hab ich, dass der Victor immer wieder auf den Hof gekommen ist, weil er für an anderen ein Stück von unserem Wald hat wollen. Aber«, sagte er stolz, »Grund und Boden wächst nicht nach, deshalb gibt man den nicht her.« Er trat ans Fenster, winkte mich an seine Seite und deutete über die Wiesen hinweg zum Wald hinauf. »Alles, was Sie hier sehen, wollte er haben. Zu einem Spottpreis natürlich.«

»Und? Hat er es bekommen?«

»Mit dem Preis ist er hochgegangen, und schließlich ist er noch mit dem Bild von der Bäuerin dahergekommen. ›Das schenk ich dir, wennst mir den Wald verkaufst.‹ Mein Vater hat bloß gelacht. ›Was soll ich damit? Meine Frau seh ich alle Tag, die muss ich mir nicht auch noch in die Stub hängen.‹

›Gut‹, sagte der Victor darauf, ›dann muss ich halt melden, dass deine Magd mitsamt dem Balg wieder bei ihren Eltern ist, weil du sie ins Unglück gebracht hast.‹

Das war eine Lüge; die Magd war zwar schwanger, aber der Kindsvater war ihr Verlobter, der später im Feld gefallen ist. Jedenfalls – mein Bruder und ich haben an der Stubentür gehorcht – war es eine Weile lang still. Dann hat mein Vater sein altes Jagdgewehr aus dem Schlafzimmer geholt, ist in die Stub zurückgegangen und hat ganz ruhig gesagt: ›Victor, wennst diese Lüg verbreitest, lebst nimmer lang. Und jetzt nimmst des Bild mit und schleichst di.‹ ›Des tu i net!‹, hat der Victor gebrüllt. ›Dann zahl ich's dir‹, hat mein Vater gesagt. ›Aber dafür gibst mir a Quittung, dass die Sach ihr Ordnung hat.‹ So ist der Lochbihler zu uns ins Haus gekommen. Aber weil bald darauf der Horst geheiratet hat, hat er ihm das Bild zur Hochzeit geschenkt. Er wollt's nicht haben, er war froh, dass er's los war.«

Adrian, ich glaube dem alten Schott jedes Wort. Er schweigt lieber, als dass er eine Lüge erzählt. Als ich ihn nämlich fragte, weshalb dieser Victor den Wald unbedingt haben wollte, hob er die Schultern. »Net für sich hat er ihn wollen. Für einen anderen, aber des hätten S' meinen Vater fragen sollen«, sagte er nur.

Vielleicht findet der Kurt die Antwort in den Unterlagen der Gemeinde.

Es ist nach Mitternacht, mein Vater ist aufgewacht und geistert im Haus herum, ich muss nach ihm schauen und schreibe später weiter.

So, Titus liegt wieder im Bett und schläft hoffentlich, sodass ich dir berichten kann, was ich über die Verbindung der Schotts zu den Wintersteins herausgefunden habe.

1930 wurde ein junges Mädchen, Irmgard, zur Waise, und da sie mit den Schotts um ein paar Ecken herum verwandt war, kam sie auf deren Hof. Die Irmi war anstellig, arbeitsam und fromm, aber leider irgendwie verwachsen und obendrein ohne Mitgift, sodass ihre Aussichten auf eine Heirat eher schlecht standen. Kurz: Das Mädchen brauchte nach dem Ende ihrer Schulzeit eine Stelle. Das war 1933, Irmi war damals 14 Jahre alt, und die Wintersteins suchten ein Dienstmädchen.

»An ihren freien Tagen ist sie immer zu uns herausgeradelt«, berichtete Schott. »Meine Eltern haben gesagt, sie müsst zu viel schaffen, aber mei, die Irmi war ein liebes Ding und hat ihr Schicksal klaglos hingenommen. Bis sie mit Schimpf und Schand von den Wintersteins aus dem Haus gejagt wurde. Gestohlen hätt sie was, oder mitgeholfen, dass andere was haben stehlen können, so genau weiß ich das net, darüber wurde nix gschwätzt. Jedenfalls war die Irmi eine Weile bei uns, bis sie eine neue Stelle hat gfunden – drüben in Kempten war das. Da ist sie dann geblieben, bis sie zu alt war zum Schaffen. Jedenfalls gestorben ist sie hier auf unserem Hof. Ich hab sie noch gut gekannt und seh sie vor mir, wie sie am Sonntagnachmittag vor ihrem Gebetbuch in ihrer Stube gsessen ist«, sagte der alte Schott abschließend.

»Wann«, erkundigte ich mich, »musste sie die Wintersteins verlassen?«

»Das muss so um 1942, 1943 gewesen sein.«

»Konnte bewiesen werden, dass sie etwas gestohlen hat?«

»Die Irmi hat nie nix gstohlen«, entgegnete Schott empört. »Natürlich hat's keine Beweise gegeben. Da wollt jemand sei eigene Schuld auf des arme Mädle abwälzen, das sich net hat wehren können!«

»Kam es zu einer Anzeige? Ich meine, die Polizei …«

»Die sind doch alle unter einer Decke gesteckt!«, rief Schott. »Nein, die ganze Sach wurde unter den Teppich gekehrt.«

»Und Irmi selbst konnte ihre Unschuld nicht beweisen«, schlussfolgerte ich. »Sie hat auch nichts hinterlassen, was hätte Licht …«

Schott schüttelte den Kopf.

Ich überlegte kurz. »Sie sagten, Irmi habe keine Mitgift besessen. Dann waren ihre Eltern wohl arme Leute?«

Schott hob die Schultern und runzelte die Stirn. »Sie hatten einen Hof wie wir, dazu eine Viehweide, Argenried zu. Es hieß, der Hof sei schwer verschuldet gewesen; nach dem Tod von Irmis Eltern ging der an die Gemeinde.«

»Und die Viehweide?«

»Ich hab keine Ahnung. Wird wohl verkauft worden sein, um die Schulden zu tilgen. Aber jetzt, wo Sie mich fragen …«

»Ja?«

»Ich kann mir halt kaum vorstellen, dass damals ein Hof so furchtbar verschuldet gewesen sein soll. Wenn der Vater von der Irmi gesoffen oder Spielschulden gehabt hätt, ja, dann hätt man sich's Maul zerrissen. Aber bekannt ist mir nichts. So gesehen …«

»… könnte die Irmi doch eine Mitgift gehabt haben.«

Schott nickte. »Eins weiß ich gwieß: Es gab weder Onkel noch Tanten, die sich das Vermögen hätten untern Nagel reißen können.« Er kratzte sich am Kopf. »Und für meine Eltern leg ich die Hand ins Feuer. Die haben der Irmi ein Bett und ein Dach überm Kopf gegeben, aber dafür hat sie ja schaffen müssen. Warum fragen Sie nicht mal auf dem Bürgermeisteramt nach?«

»Wer war damals Bürgermeister? Wissen Sie das noch?«

»Der alte Winterstein war das gewesen. Gleich zu Anfang des Kriegs ist er es geworden, und geblieben ist er's bis 1945. Da haben ihn die Franzosen – das hier war französisch besetzte Zone – am Schlafittchen gepackt. Er hat eine Weile ins Gefängnis müssen und Geld zahlen obendrein. Aber das weiß ich nur vom Hörensagen«, schwächte er ab.

Mein Gott, da wohnt eine angesehene Familie seit Generationen in einem Haus, eine Angehörige wird eines Verbrechens bezichtigt, und alle nehmen das so hin? Das erschien mir höchst unwahrscheinlich, und da ich über der Eckbank den Herrgottswinkel mit dem schräg hängenden Kruzifix samt Kräuterbuschen sah, fragte ich: »Sie besitzen doch sicher eine Familienbibel. Oder ein Gebetbuch, in das Ihre Vorfahren die Heiraten, Geburten und Taufen sowie besondere Ereignisse wie Überschwemmungen, Unwetter, Missernten und so weiter eingetragen haben. Oder, da diese Irmi so fromm war, hat sie vielleicht selbst etwas in ihr Gebetbuch geschrieben. Befindet sich das noch im Haus?«

»Da müsst ich meine Frau fragen.«

»Tun Sie das bitte. Und benachrichtigen Sie mich, wenn Sie etwas gefunden haben.«

Schott ist kein Dummkopf. »Sie interessieren sich net für den Lochbihler; Sie sind wegen der Irmi gekommen. Stimmt's?«

Kurt hatte mir eingeschärft, ehrlich zu sein – er hatte recht. Schott darf man nicht mit Lügen kommen.

»Mein Chef und ich müssen sicher sein, dass der Lochbihler nicht geklaut und dann weiterverkauft wurde. Gut, das haben Sie geklärt. Mich interessiert, in wessen Auftrag Victor Willand um den Wald feilschte. Und weshalb war ihm die Abwicklung sogar einen Lochbihler wert, ein Gemälde, das sich seit sehr langer Zeit im Besitz seiner Familie befand und das er Ihrem Vater ja geradezu aufdrängte? Der ›Verkauf‹, wenn wir ihn so nennen wollen, ist mehr als merkwürdig. Veräußerte Victor Willand zum Beispiel das Gemälde mit Wissen seiner Eltern? Oder hatte er es ohne ihr Wissen von der Wand genommen? Das wird wohl nie aufgeklärt werden. Ich denke aber, Ihr Vater wusste, oder er ahnte zumindest, dass an der Sache etwas faul war. Damit wollte er sich die Hände nicht schmutzig machen. Er hat sehr klug gehandelt. Wir dürfen die Zeit nicht vergessen, damals war das ein sehr mutiges Vorgehen. Und«, setzte ich hinzu, »auch ein gefährliches.«

Du siehst, Adrian, dass die Wintersteins und Willands ihre Finger in viele Töpfe steckten. Mir wird schlecht, wenn ich daran denke, dass mein eigener Großvater und der Bruder meines Vaters mit diesen Kerls befreundet waren – und vielleicht sogar gemeinsame Sache machten.

Jetzt geh ich ins Bett. Hoffentlich kann ich schlafen!

Herzlich

Maja

E-Mail von Sofferl an Maja, 21. Mai, morgens

Guten Morgen, liebe Maja,
ich soll Ihnen von der Babette ausrichten, dass der Ansgar eine neue Gesichtscreme mit Rosen- und Arganöl entwickelt hat, welche die kleinen Falten um die Augen zu 100 Prozent glattbügelt. Sie reserviert Ihnen ein Töpfchen. Das sollen Sie bittschön bald abholen.

i. A. Sofferl

Im Heustadl ist Diskretion Ehrensache!

WhatsApp von Tommy an Maja, 22. Mai, morgens

Hi Mum,
uns geht es gut. Wir sind jetzt in Patagonien, saßen gestern auf einer Gletscherzunge und haben Whisky mit jahrtausendealtem Eis getrunken – cool!

Hier gibt es winzige Bodendecker, deren Blättchen nach Weihnachten duften: nach Zimt, Zucker und Nelken also. Ich versuche, für Nicki eine Pflanze mitzubringen.

Für dich hab ich ein paar Rezepte aufgeschrieben. Ob du sie nachkochen möchtest, ist fraglich; für deine Sterneküche sind sie eher nicht geeignet. Trotzdem vermitteln sie dir den Geschmack des langen Landes – immerhin sind es rund 6500 Kilometer von Nord nach Süd.

Habe in Punta Arenas an der Magellan-Straße das tollste Museum meines Lebens besucht: Dinge, die aus Schiffswracks gerettet wurden, Schrumpfköpfe, Überbleibsel tollkühner Abenteurer – es hätte dir gefallen. Natürlich ist nichts so sauber und penibel aufbereitet wie bei uns, dafür siehst du eine Seite menschlichen Lebens, die dir normalerweise völlig verborgen bleibt. Kurz: Patagonien ist total krass!!! Ich könnte hier wohnen bleiben.

LG Tommy

PS: Nicki hat mir ein paar komische Mails weitergeleitet. Der Alte steht ja voll unterm Pantoffel von seiner Neuen. Wenn einem das Alter die Lizenz zu depperten Handlungen gibt, notier ich mir schon jetzt, was ich mal alles anstellen werde.

PPS: Und du wirst dich da oben in eine Wolke kuscheln und dich über meinen Blödsinn köstlich amüsieren!

E-Mail von Maja an Ines, 23. Mai, abends

Ines,
ich bin völlig außer mir! Wie kannst du nur so dumm sein und allen Ernstes annehmen, wir, dein Florian und ich, hätten ein Verhältnis! Du musst uns glauben – es war überhaupt nicht so, wie du denkst, vielmehr hatte Titus aufgrund des schwülen Wetters einen schlimmen Tag, und als dann das Gewitter kam – so früh im Jahr war das eigentlich nicht zu erwarten –, ist er völlig ausgerastet. Beim ersten Donnerschlag warf er sich zu Boden und hielt sich wimmernd die Ohren zu. Er war nicht zu bewegen, sich in seinen Sessel zu setzen oder ins Bett zu liegen, war völlig desorientiert, schlug um sich, schrie und jammerte, als befände er sich in höchster Lebensgefahr, sodass wir beschlossen, den Arzt zu rufen. Nach einem Blick auf Titus sagte der: »Er sollte zur Beobachtung ins Krankenhaus.«

Als Titus »Krankenhaus« hörte, ging's richtig los. Er benahm sich wie ein Irrer und erst, nachdem seine Kräfte schließlich erschöpft waren, konnte der Arzt ihm eine Spritze geben.

Glaub mir, es war so beängstigend, dass ich schon fürchtete, Titus würde von mir gehen. Tja, und dann stand auf einmal Winterstein in der Küche, wo wir uns nach der ganzen Aufregung einen Obstler genehmigten – er war über die Terrasse ins Haus gekommen, sah uns in, wie er wohl meinte, trauter Zweisamkeit und spottete: »Na, so was! Wer hätte das gedacht: Die Maja hält sich einen Liebhaber!«

Worauf Florian ruhig und bestimmt sagte: »Es ist besser, Sie verlassen das Haus.«

Da ist er tatsächlich abgezogen. Allerdings erst, nachdem er mir noch: »Bist schon eine damische Rutschen« an den Kopf geworfen hatte.

An einem normalen Tag hätte ich darüber gelacht; nach meiner Angst um Titus brachte Winterstein das Fass zum Überlaufen: Ich heulte wie ein Schlosshund, ich konnte gar nicht mehr aufhören. Florian wollte mich beruhigen und trösten und nahm mich in den Arm. Da bist du erschienen, und er sagte den in einer solchen Situation klassischen Satz: »Ines, es ist nicht so, wie du denkst!«, worauf du ausgerastet bist.

Ich kann deine Reaktion nicht verstehen. Du bist meine Freundin, du müsstest wissen, dass ich dir nie etwas Böses antun könnte!!!

Maja

SMS von Ines an Maja, 23. Mai, eine halbe Stunde später

Sorry. Es tut mir leid, ich hab einfach falsch reagiert. Verzeih mir. Kommst morgen in den Bücherwurm? Ich besorg einen Schampus oder wenigsten einen Secco, mit dem wir auf unsere Freundschaft anstoßen. Einverstanden?

Deine Ines

SMS von Maja an Ines, 23. Mai, fünf Minuten später

Unbedingt!

Maja

E-Mail von Maja an Adrian, 24. Mai, nachmittags

Lieber Adrian,
danke für deine beruhigenden und aufbauenden Worte am Telefon, ich hatte sie bitter nötig. Inzwischen habe ich mich wieder beruhigt, denn abgesehen von der Aufregung um Titus, von der ich dir berichtete, ist jetzt auch das Missverständnis zwischen meiner Freundin und mir restlos beseitigt – Gott sei Dank!

Gerade war Bene Ritter hier. Er ist der Sache mit dem Wald der Familie Schott nach- und ins Katasteramt gegangen. Ich berichtete dir, dass der junge Victor Willand in den dreißiger Jahren des letzten Jahrhunderts den Wald unbedingt kaufen wollte. Das heißt, wir nahmen an, dass Victor, so jung wie er damals war, nur als Zwischenhändler aufgetreten ist.

Also fragten wir uns, wem das an den Wald grenzende Land gehörte: der Familie Winterstein! So wie es sich uns darstellt, war der alte Winterstein ein vorausschauender Mann; damals war nämlich seine Kiesgrube noch weit entfernt, heute hat sie den Waldrand schon fast erreicht – es ist einleuchtend, dass er das Stück Land erwerben wollte.

Den Namen des Münchners wissen wir noch immer nicht. Allerdings denke ich inzwischen, dass er nicht besonders wichtig ist: Niemand musste Winterstein, meinen Großvater, meinen Onkel und Freund Willand zu Schandtaten anstiften. Die hatten genug eigene kriminelle Energie, um ihre bösen Pläne auszuhecken.

Damit ich dir aber nicht nur mit schlechten Nachrichten die Tage verderbe, kommt noch ein Schwank aus Bad Argenried, dem schönen Kurort im lieblichen Allgäu.

Meine Putzhilfe Alwine hat einen etwa 10-jährigen Enkel namens Kevin. »Ein richtiger Sargnagel ist der«, schimpft sie immer, aber natürlich liebt sie ihn, sie kann das nicht verbergen. Leider hat Hochwürden ihr neulich einen Besuch abgestattet. Zusammen mit ihrer Nachbarin und Freundin Hilde, die beim Winterstein putzt, saß sie bei einer Flasche Eierlikör und wurde ganz flatterig, als Hochwürden ihren Enkel bezichtigte, sich am Sonntagmorgen einen üblen Scherz geleistet zu haben.

Alwine hat Stein und Bein geschworen, dass der Kevin gegen sechs, der fraglichen Zeit also, im Haus war, schließlich habe er sich gegen halb neun im Schlafanzug an den Frühstückstisch gesetzt. Überhaupt könne sie jetzt nicht mehr zu Hochwürden zur Beichte gehen. Nämlich wenn er als Christ einen Unschuldigen verleumde, müsse sie ins Nachbardorf, wo der junge Pfarrer gottesfürchtiger sei. Besagter junger Pfarrer wurde dorthin versetzt, nachdem Argenrieder Mädchen auf einmal eifrige Kirchgängerinnen wurden, sein Foto auf ihren Handys hatten und von ihm signierte Heiligenbildchen im BH, also ganz nah am Herzen, trugen.

Dummerweise hat Argenried eine Mesnerin, die mit der Zeit geht. Sprich: Sie besitzt ein Handy und weiß damit umzugehen. Am Sonntagmorgen also radelte sie zur Kirche, um die aufzuschließen. Sie kniete nieder, bekreuzigte sich, tauchte ihre Finger automatisch ins Weihwasserbecken, bekreuzigte sich erneut, schaute nach dem Blumenstrauß am Altar und verrichtete ihre gewohnte Arbeit.

Hochwürden kam, tauchte die Finger ebenfalls ins Weihwasserbecken, ging in die Sakristei und versank in stillem Gebet. Schließlich trippelte die erste Kirchgängerin mit ihrer Freundin daher, beides betagte Damen in schwarzen Sonntagsgewändern.

»Und die«, berichtete mir Alwine erbost, »sollen ein Geschrei gemacht haben, als hätt sie der Leibhaftige mit seinen Krallenhänd' in die Fegfeuerflammen gestoßen! Hätten s' lieber die Muttergottes und die Heiligen um Hilfe bitten sollen, oder?«

Hochwürden und die Mesnerin eilten herbei. Und was sahen sie? Einen schönen runden Rossbollen, der im Weihwasserbecken ein sonntägliches Bad nahm.

Nie wären sie auf Alwines Kevin als Übeltäter gekommen, wenn der sich bis zum Beginn des Gottesdienstes versteckt hätte! Aber faul wie er war, lief er schnurstracks nach Hause und den Kirchgängern in die Hände. Die wollten von dem Bub wissen, warum er so früh am Morgen durch die Straßen renne ...

Herzlich
Maja

E-Mail von Maja an Henriette, 24. Mai, später Nachmittag

Liebe Henriette,
vergangenen Samstag bekam ich vom Sofferl die Nachricht, ich könne im Heustadl Ansgars neue Rosencreme abholen. Wegen der Aufregungen um meinen Vater kam ich erst heute dazu, doch anstatt der Creme wurde mir, freilich unfreiwillig, der neueste Klatsch und Tratsch präsentiert. Der ist so unfassbar fies, dass ich mir ernstlich überlege, mit Titus nach Stuttgart zu fliehen – vermutlich würde er den Auszug aus dem Haus eh nicht mehr mitbekommen.

Ich will dir schildern, was passiert ist.

Um die Mittagszeit radelte ich zum Heustadl. Kein Sofferl stand hinterm Tresen, niemand war zu sehen, aber die Tür zu Babettes Kosmetikraum war angelehnt. Ich wollte klopfen, der Knöchel vom Zeigefinger berührte schon das Holz, als ich eine Stimme vernahm, die mir vage bekannt schien.

»Also, mit einer Maja Renz hat er was gehabt«, sagte die Stimme. »Aber das ist vorbei. Der Winterstein ist völlig fertig wegen der Frau. Er sagte, zuerst hätt er ja gedacht, die sei heiliger als die Muttergottes, so unschuldig hätt sie immer getan. Bis er festgestellt hätt, dass sie neben ihm noch ein Gspusi ghabt hätt. Immer hätt sie gsagt, sie müsst nach dem Papa schauen, dabei sei der Kerl Tag und Nacht bei ihr im Haus gwesen – eine ganz Ausgschamte sei die Maja Renz, und tief enttäuscht sei er von ihr, wo sie ihm doch das Leben verdankt.«

Babette nahm mich in Schutz. »Das erfindest doch bloß, um die Maja schlecht zu machen!«

»Ich erfind nix!«, protestierte die Stimme.

»Du erfindest sogar eine Schwangerschaft, Lucy!«, erwiderte der Ansgar.

»Na und? Wie man sich bettet, so liegt man. Ich werde die Frau Winterstein, wirst sehen, Ansgar!«

Da hatte ich genug gehört, Henriette. Ich rannte raus, sprang aufs Rad – doch bevor ich auch nur zwei Meter weit gekommen war, hielt mich Babette am Arm fest. »Alles hast gehört, stimmt's?«

»Und wenn schon!«

»Kennst die Lucy?«

Ich schüttelte den Kopf.

»Dann kommst mit!« Babette ging voraus, ich folgte ihr, wir kamen zur Kirche, gingen hinein und rutschten auf eine Bank.

»So«, flüsterte Babette, »jetzt hör mir mal gut zu. Ich war jahrelang im Escort-Service-Bereich tätig, ich kenne die Männer in- und auswendig. Du, Maja, hast keine Ahnung vom wahren Leben, du bist viel zu behütet aufgewachsen, um zu wissen, wie man die Mannsbilder behandelt. Hast den Winterstein fest an die Kandare genommen? Hast ihm eingebläut, du würdest unbedingte Treue erwarten? Oder hast etwa gemeint, das verstehe sich von selbst?«

»Na klar …«

Da verdrehte Babette die Augen. »Ach, du heilige Dreifaltigkeit! Mit den Männern musst du's machen wie mit der Katz. Die musst am Kragen packen und mit der Nas in die …

du weißt schon … drücken. Nur dann kapiert das Vieh, dass es das Katzenklo benutzen muss. Klar? Genauso ist's beim Mann. Wennst von dem was willst, packst ihn am Kragen und sagst laut und deutlich, wo's langgeht. Mit Andeutungen oder ›das versteht sich ja von selbst‹ geht beim Mann gar nichts.«

»Aber die Lucy Maletzke …«

»Zu der komm ich gleich«, sagte Babette. »Weißt, Maja, man muss mit dem Material auskommen, was man hat. Es bringt dir nix, wennst dir wünschst, es wär anders. Der Winterstein ist kein schlechter Kerl; verwildert ist er, ja, aber den kannst dir zurechtbiegen, schließlich hast studiert, oder? Bloß dass du halt die Lektion verschlafen hast, wie du einen Mann anpacken musst. Die Lucy aber hat ja net studiert und ist trotzdem klüger als du. Weil sie nämlich net gern schafft und doch ein feines Leben haben möcht und obendrein ans Alter denkt, ist der Winterstein für sie wie die Sechs im Lotto. Ist doch klar, dass sie alles tut, damit ihr der net aus den Krallen rutscht. Wenn sich die Lucy auf Rosen betten will, nimmt sie auch die Dornen in Kauf. Von Liebe und Romantik kann sich die Lucy nämlich nix kaufen, für die zählt bloß, was der Winterstein auf dem Konto hat. Hast das kapiert? Der Lucy ist's auch ziemlich egal, ob der Kerl noch ein Gspusi nebenher hat, Hauptsache, sie ist die Frau Winterstein.«

»Genau das ärgert mich am Winterstein, dass er da mitmacht.«

»Geh! Im Krieg und in der Liebe …«

»… ist nicht alles erlaubt. Für mich ist der Winterstein gestorben.«

»Gut. Dann sagst ihm das, damit a Ruh einkehrt.«

»Das mache ich, Babette, verlass dich darauf!«

Ich war dermaßen sauer, dass ich mir Winterstein am liebsten sofort vorgeknöpft hätte: Falls nämlich die Lucy den Klatsch über mich und Florian weitertratschen würde, würden die Argenrieder sagen: Wo Rauch ist, ist auch Feuer. Sie würden Ines als Betrogene bedauern – und das auch noch zu Unrecht! Das muss ich verhindern, Henriette, das bin ich mir, dem Florian und der Ines einfach schuldig.

Mein Gott aber auch – jetzt hab ich dir fast einen Roman geschrieben! Daran erkennst du, wie mir die Sache mit dem Winterstein und seiner Lucy zusetzt.

Servus! Wie immer
deine Maja

E-Mail von Babette an Maja, 24. Mai, abends

Maja, mir ist was eingefallen, was dir helfen könnt, den Winterstein loszuwerden.

Also du musst dran denken, dass ein jeder Mann davon träumt, im Grunde genommen sei er grad so ein supertoller Jäger wie dazumal einer in der Steinzeit: Er der Jägersmann, du die Maid, die es zu beschützen gilt. Deshalb machst ihn ja wild und er setzt dir nach, wennst ihm empört davonrennst. Wennst aber an ihm klebst, rennt er *dir* davon. Hast kapiert?

Deine Babette
Im Heustadl ist Diskretion Ehrensache!

E-Mail von Maja an Kurt und Bene, 24. Mai, spätabends

Hallo ihr beide,
ich wage kaum, euch zu berichten, was mir heute aufgefallen ist. Wenn es stimmt, was ich vermute, wäre es eine so unfassbar dreiste Angelegenheit, dass ich keine Ahnung habe, wie ich/wir damit umgehen, geschweige denn, was und wie wir etwas unternehmen könnten.

Neulich, bei diesem schrecklichen Gewitter, fürchtete ich, Titus' Leben gehe zu Ende. Zum Glück war's nicht so, worauf ich vor Erleichterung in Tränen ausbrach und Florian mich in den Arm nahm. Gerade da kam Winterstein über die

Terrasse ins Haus, zog aus der Situation falsche Schlüsse, und nun tratscht seine Geliebte herum, Florian und ich seien ein Liebespaar.

Das empörte mich so, dass ich heute, Donnerstag, gegen neun in der Früh vor Wintersteins Verwaltungsgebäude parkte. Im Vorzimmer stieß ich die Maletzke beiseite, stürmte ins Büro und versicherte Winterstein, ich würde ihn und seine Sekretärin wegen übler Nachrede anzeigen, falls sie weiter klatschen würden. Dann drehte ich mich um und sah, leider nur sehr flüchtig, einen heiligen Georg.

Ich war ziemlich aufgewühlt. Ich wollte nicht stehenbleiben und die Statue prüfen. Aber je länger ich darüber nachdenke, könnte es eine Kopie des abhandengekommenen heiligen Georg sein. Es kann sich nur um eine Kopie handeln; nicht mal ein Winterstein, vermute ich, wäre so deppert und auch so skrupellos, das Original neben den Schreibtisch der Maletzke zu stellen. Ich muss prüfen, ob meine Vermutung stimmt.

Mein Gott, wie kommt Winterstein zu einer Kopie? Und wo ist das Original?

LG Maja

PS: Wir müssen uns auf jeden Fall treffen!

E-Mail von Maja an Babette, 25. Mai, morgens

Liebe Babette,
den allerherzlichsten Dank – dein Rat war Gold wert!

Gerade hab ich Winterstein wegen des Gerüchts, ich hätte was mit Florian, zur Rede gestellt und ihm um die Ohren gelöffelt, mit einem, der seine Schreibtischdame schwängere, wolle ich nichts, aber auch gar nichts zu tun haben.

Er stritt alles ab. Ich lachte ihn aus und sagte, in neun Monaten wisse man ja dann Bescheid, worauf er mir – du glaubst es nicht! – einen Heiratsantrag machte. Jetzt die Verlobung, in neun Monaten, nachdem sich die Schwangerschaft in nichts aufgelöst hätte, die Hochzeit.

Babette, ich wäre ihm am liebsten an die Gurgel gegangen! Stattdessen fauchte ich ihn an: »Wie? Du willst eine damische Rutschen heiraten? Das gibt's doch nicht!«

Dann, in allerletzter Sekunde, erinnerte ich mich an deinen Rat: Klammere! Kleb an ihm!! Nagle ihn fest!!!

Und genau das habe ich (ich musste mich überwinden!) gemacht. Mit vollem Erfolg!!!

Ich fiel ihm um den Hals, küsste ihn ab und wollte gleich die Verlobungskarten aussuchen! Eine Liste machen, wer einzuladen wäre, vor allem aber sofort nach München fahren, um die Ringe auszusuchen, denn da würde ich einen sagenhaften Goldschmied kennen.

»Nur einer«, hab ich dann mit leidender Miene gesagt, »könnte uns einen Strich durch die Rechnung machen: der Titus. Du musst wissen, dass der Papa bis zu seinem letzten Atemzug im Haus bleibt.«

Da tat er ganz gerührt. »Bist halt ein guter Mensch, Maja. Also, die Sache mit dem Titus wird nicht einfach werden für uns. Auf den müssen wir Rücksicht nehmen, ganz klar. Und jetzt muss ich dringend ins Büro, ich bin eh schon spät dran.«

Da, Babette, hab ich mich ihm in den Weg gestellt. »Wie schön von dir, dass du dir für den Heiratsantrag Zeit genommen hast«, hab ich gesagt und ihn angeschmachtet. »Aber da ist noch was: Deiner Sekretärin musst du natürlich sofort kündigen. Das erwarte ich von dir.«

Du hättest sein Gesicht sehen sollen, Babette!

Jedenfalls kam es so, wie du vorhergesagt hast: Winterstein hat den Schwanz eingezogen. Hat sich ins Auto gesetzt und ist, eine gewaltige Staubwolke hinter sich herziehend, abgedüst. Die Ringe? Das nächste Treffen? Kannst du voll vergessen! Der Trick hat funktioniert, den Kerl bin ich los.

Deine Maja

E-Mail von Babette an Maja, 25. Mai, mittags

Gratuliere! Gerade ist die Lucy beim Ansgar. Ich halt dich auf dem Laufenden!

LG Babette

Im Heustadl ist Diskretion Ehrensache!

WhatsApp von Tommy an Maja, 25. Mai, nachmittags

Hi Mum,

wir schlagen uns durchs tiefste Patagonien, das wirklich am Arsch der Welt liegt, beobachten Pinguine und Robben, frieren uns nachts trotz des Daunenschlafsacks die Zehen ab, stinken wie ein Saustall, fühlen uns dabei pudelwohl – und dann das: Der Alte jammert, weil ich seiner schwangeren Tussi den Plattenspieler nicht gönne! Wegen Stress und so drohe ihr sogar eine Fehlgeburt.

Mum, den Plattenspieler bekommen die auf keinen Fall, ich lass mich doch nicht erpressen!

Hast du Nickis Freund kennengelernt? Wie ist er denn so? Nicki ist taff und voll okay, trotzdem finde ich es komisch, dass sich der Typ in eine Schwangere verliebt.

Noch was: Ich weiß jetzt, was ich studieren werde.

LG Tommy

WhatsApp von Maja an Nicki, 25. Mai, nachmittags

Liebe Nicki,

wie geht es dir und dem Baby? Du hast schon so lange nichts mehr von dir hören lassen, dass ich in großer Sorge um euch bin. Außerdem wolltest du mir deinen neuen Freund vorstellen; wann könnt ihr denn kommen? Bitte ruf mich an!

In Liebe

deine Mami

E-Mail von Kurt an Maja, 25. Mai, abends

Hallo Maja,
musste zu einer Nachuntersuchung ins Krankenhaus, habe zwar deine Mail mit wachsender Verwunderung gelesen, kann aber erst heute darauf antworten.

Maja, schau dir den heiligen Georg an! Vergleiche die Statue mit der Abbildung auf dem Foto. Die Frage ist doch: Wer hatte das Original, und wer gab bei wem eine Kopie in Auftrag? Ich und Bene vermuten, dass der alte Winterstein entweder selbst den Auftrag erteilt oder wenigstens davon gewusst hat.

Bene wittert eine ganz große Story, ich habe große Mühe, ihn zurückzuhalten, bis du Fakten geschaffen hast.

Was für ein Mist ist doch mein kaputtes Bein!

LG Kurt mit Bene

SMS von Adrian an Maja, 26. Mai, mittags

Geliebte,
du lässt nichts von dir hören, ich mache mir große Sorgen und würde am liebsten schon heute ins Auto sitzen und zu dir fahren. Bist du krank? Ist was mit deinen Kindern? Was ist los?

Immer dein dich von ganzem Herzen liebender

Adrian

SMS von Maja an Adrian, 26. Mai, fünf Minuten später

Bin gesund. Schicke dir später ausführliche Mail.

Maja

E-Mail von Maja an Adrian, 26. Mai, abends

Lieber Adrian,
hier hat sich unglaublich viel getan!

Tommy, mein Sohn, machte sich im fernen Patagonien Sorgen um seine Schwester, also bat ich sie, mich mit ihrem neuen Freund zu besuchen. Um es kurz zu machen: Er ist Biologe, arbeitet gerade an seiner Doktorarbeit, ist sehr ruhig, sehr überlegt und, wie mir scheint, ehrlich besorgt um Nicki. Dass sie von einem anderen Mann schwanger wurde, bekümmert ihn offensichtlich nicht. Als ich ihn darauf ansprach, hob er nur die Schultern und meinte, damit habe er kein Problem, das Leben verlaufe eben nicht immer geradlinig. Ich bin erleichtert und freue mich sehr, denn die beiden passen nicht nur beruflich zusammen.

Titus hatte heute einen sehr guten Tag, das heißt, er hatte einen klaren Augenblick, der leider nur neue Fragen aufwirft. Darüber gleich mehr.

Vor kurzem war ich zum ersten Mal, jedoch ganz kurz nur, in Wintersteins Büro. Dort steht ein heiliger Georg!!! Ich konnte nur einen flüchtigen Blick darauf werfen, aber ich bin mir sicher, dass es sich um eine Kopie der verschwundenen Statue aus der Kirche handelt. Ich war so verdutzt, dass ich erst darüber nachdenken konnte, als ich wieder in meinem Auto saß.

Zuhause nahm ich mir die alte Broschüre über unsere Kirche vor, in der sich das körnige, etwas unscharfe Foto beider Statuen befindet. Ich riss das Blatt heraus und pinnte es an das Board, das Florian neulich angeschleppt hat. Titus saß am Küchentisch und begrüßte mich mit: »Maja, warst du einkaufen?« Mit meinem Namen also! Da wusste ich, dass er einen klaren Augenblick hatte und ich rasch handeln musste. Ich führte ihn ins Wohnzimmer und vor die Pinnwand und sagte: »In unserer Kirche standen früher der heilige Florian und der heilige Georg links und rechts des Altars. Während des Kriegs verschwand der Drachentöter. Weißt du etwas darüber?«

Titus begann zu zittern, dann schlug er die Hände vors Gesicht. »Ich bin schuld. Ich bin Schmiere gestanden ... aber ... aber Renata, warum ist der Kakao kalt? Du weißt doch, dass ich ihn so nicht mag.«

Adrian, es ist nicht zum Aushalten! Immer wenn ich denke, jetzt wäre ich einen Schritt weitergekommen, falle ich ins Nichts zurück.

Herzlich

Maja

E-Mail von Adrian an Maja, 26. Mai, spätabends

Geliebte,
ich bin gerade noch in Hamburg. Kümmere mich baldmöglichst um dein Problem.

Freue mich unendlich auf das Wochenende!

Ich liebe dich.

Adrian

E-Mail von Maja an Henriette, 26. Mai, kurz vor Mitternacht

Liebe Henriette,
neulich, du wirst es nicht glauben, hat mir Winterstein einen Heiratsantrag gemacht!

Mit List und Tücke konnte ich ihn in die Wüste schicken, nur um festzustellen, dass er wie ein Bumerang zurückgekommen ist: Er stand mit einem gigantischen Strauß Rosen – selbstverständlich roten! – vor der Tür.

Obwohl mir Babette Tipps gegeben hatte, wie ich mit einem solchen Mann umgehen müsse (sie meint, auf diesem Gebiet würden mir selbst die banalsten Kenntnisse fehlen), handelte ich wie immer. Also spontan und daher unüberlegt.

Ich war auch furchtbar sauer auf ihn und schrie ihn an: »Du tust so, als könntest du kein Wässerchen trüben, aber du hast eine Kopie vom heiligen Georg aus der Argenrieder Kirche in deinem Büro stehen! Erklär mir das!«

»Aber gerne doch«, entgegnete er mit der unschuldigsten Miene der Welt. »Stell die Blumen ins Wasser, sie waren teuer. Und dann komm mit.«

Ich bin in sein Auto gestiegen, aber zuvor habe ich das Foto der Statuen vom Pinnboard abgenommen und eingesteckt.

Um es kurz zu machen, Henriette: Die Kopie stammt aus einer Werkstatt im Grödner Tal/Südtirol. Ist versehen mit Wurmlöchern, der Jahreszahl 1943, dem Stempel der Werkstatt und signiert mit »A. Ganischger«. Es ist eine ausgezeichnete Kopie, selbst das Holz schien mir sehr alt zu sein, was darauf hinweisen könnte, dass sich die Werkstatt auf Fälschungen spezialisiert hatte.

Ich zog das Foto aus meiner Jeans und verglich das abgebildete Original mit der Fälschung. »Dieser A. Ganischger hat das Original besessen. Das ist ganz eindeutig; dein Georg hier in der Diele ist keine eigenständige Arbeit.«

»1943 war ich noch nicht geboren«, erwiderte er ganz cool. »Woher also soll ich wissen, welche Vorlage der Tiroler hatte?«

»Dein Vater könnte es dir gesagt haben.«

»Meinst, das hätt mich interessiert? Der Georg steht schon immer hier. Basta.«

Ich gab nicht auf. »Aber dein Vater ...«

»... hat mir alles vererbt. Du weißt doch, dass ich keine Geschwister habe. Jedenfalls keine, von denen ich weiß«, fügte er so richtig süffisant hinzu.

Das Ende vom Lied war, dass ich mich entschuldigen musste. Henriette, kann es sein, dass ich ihm auch noch auf anderen Gebieten Unrecht tue?

Deine Maja,
die nicht mehr links von rechts unterscheiden kann

E-Mail von Maja an Adrian, 27. Mai, frühmorgens

Lieber Adrian,
Ganz kurz – der heilige Georg ist eindeutig eine Kopie. Versehen mit Jahreszahl und dem Namen des Schnitzers. Und nicht nur das: Winterstein präsentierte mir in Sekundenschnelle die Original-Rechnung der Werkstatt Ganischger, die Quittung über die Bezahlung in bar mit den Unterschriften von A. Ganischger und Georg Winterstein, also seinem Vater, in Sütterlinschrift.

Wann kommst du an?

Deine Maja

E-Mail von Adrian an Maja, 27. Mai, morgens

Liebste,
heute Abend bin ich bei dir. Bis dahin wirst du dich beruhigt haben – hoffe ich wenigstens. Mir scheint, dass dir die Sorge um deinen Vater den analytischen Blick, der dich sonst auszeichnet, verstellt, jedenfalls, was den Heiligen betrifft.

Maja, mir kommt die ganze Sache äußerst fragwürdig vor. Überleg doch! Im Juni 1942 gelangt (angeblich!) die Statue in die Hände eines namentlich nicht genannten Restaurators, taucht fortan nicht mehr auf, wohingegen eine Kopie des Heiligen im Büro eines Mannes steht, dessen Vater und Großvater eine mehr als zwielichtige Rolle im Krieg spielten. Was mich aber ganz besonders stutzig macht: Dieser Winterstein scheint ja die Rechnung/Quittung in Reichweite gehabt zu haben – so wie du es schilderst, muss sie ja zuoberst in einer Schublade gelegen sein! Und das nach mehr als 70 Jahren?! Ich bitte dich, das stinkt doch gen Himmel!

Ich denke, die Angelegenheit geht auf das Konto des Allgäuer Spezl-Clubs. Zu diesem gehörten Großvater und Vater des jetzigen Wintersteins sowie Victor Willand und möglicherweise auch dein Großvater und dessen älterer Sohn. Besagte Spezl entwendeten den heiligen Georg, transportierten ihn in eine Südtiroler Schnitzwerkstatt und ließen eine Kopie anfertigen, die Großvater Winterstein erwarb und die heute im Büro des Enkels steht. Danach gelangte das Original gegen gutes Geld in die Hände eines Sammlers.

Oder, was noch perfider wäre, Großvater Winterstein hatte es von Anfang an auf den Drachentöter abgesehen, und die Kopie steht nur deshalb im Büro, um vom Besitz des Originals abzulenken. Solche Fälle sind schon vorgekommen, das weißt du. Dann nämlich, wenn es dem Sammler nur aufs Haben ankam. Oder, der Gedanke kommt mir erst jetzt, wenn der alte Winterstein einen besonderen Bezug zu einem Drachentöter hatte. Wie war sein Vorname? Georg???

Bleibt die Frage, was die Helfershelfer als Gegenleistung forderten und eventuell auch erhielten. Und warum der damalige Hochwürden den Mund hielt: Steckte er mit den Dieben unter einer Decke, was ich mir kaum vorstellen kann, oder war er ein Opfer des Heimtücke-Gesetzes?

Wir, die wir mit Antiquitäten handeln, sind mit so ziemlich allen Tricks der Fälscher vertraut. Wir wissen, dass aus drei verschiedenen Schränken ein neuer gebastelt werden kann, versehen mit Wurmlöchern, Abschabungen und (gefälschtem) Stempel der Werkstatt. Andersherum geht es natürlich auch. Was ich damit sagen will, geliebte Maja: Wäre es möglich, dass das Original im Büro steht? Versehen mit falscher Signatur und Jahreszahl und gefälschter Rechnung? Ich traue den Halunken alles zu.

Vielleicht kannst du ja ein bisschen Farbe oder etwas vom Holz abschaben, die Kosten der Analyse übernehme ich – es wäre mir eine tiefempfundene Freude, den Lump namens Winterstein als Lügner zu entlarven.

Nur noch wenige Stunden, dann schließe ich dich in meine Arme!

Dein dich sehr liebender

Adrian

E-Mail von Maja an Adrian, 27. Mai, vormittags

Lieber Adrian,
danke für deine rasche Antwort. Der heilige Georg in Wintersteins Büro ist eindeutig eine Kopie. Das Holz und die Farben stimmen nicht mit dem heiligen Florian überein. Um das zu beweisen, braucht es keine Analyse.

Herzlich
deine Maja

SMS von Maja an Adrian, 27. Mai, mittags

Titus ist in der Küche gestürzt, hat sich an der Tischkante den Kopf angeschlagen, liegt mit Gehirnerschütterung im Krankenhaus. Kann der Sache des Drachentöters also nicht nachgehen, nur so viel: Hab im Netz recherchiert. Die Werkstatt A. Ganischger/Südtirol gibt es noch.

Freue mich auf dein Kommen.
Deine Maja

E-Mail von Kurt an Maja, 27. Mai, früher Nachmittag

Maja,
bist du weitergekommen? Soll ich den Winterstein mit meiner Krücke k. o. schlagen? Ich bin ans Haus gefesselt, kann noch immer nicht gehen, geschweige denn Auto fahren.

Pfiat di.
Kurt

PS: Die Knochen tun weh, hab einen miesen Tag.

E-Mail von Maja an Kurt, 27. Mai, nachmittags

Hallo Kurt,
der Georg in Wintersteins Büro ist eindeutig eine Kopie des Originals.

LG Maja

E-Mail von Maja an Henriette, 27. Mai, spätabends

Liebe Henriette,
Adrian ist gerade zum Hochgratblick abgefahren.

Nach einem Sturz liegt mein Vater mit einer Gehirnerschütterung im Krankenhaus. Wie lange, ist ungewiss. Dazu kommt, dass Florian mit Ines nach Bali fliegen will, beide meinen, sie bräuchten eine Auszeit, Florian, weil ihn Titus' Pflege doch mehr stressen würde als gedacht, Ines, weil sie niemals Goethe, dafür ein Dutzend Mal pro Tag »Ein ganzes halbes Jahr« übern Ladentisch schieben müsse. Ich kann beide verstehen, aber warum gerade jetzt?! Ich bin verzweifelt.

Zu allem Überfluss stresst mich Winterstein mit der absurden Idee, mich heiraten zu wollen/müssen. Er weiß genau, welche Knöpfe er bei mir drücken muss, er ahnt, was ich ganz gegen meinen Willen für ihn empfinde. Und das, wo er doch ein so oberflächlicher, egoistischer Lump und Lügner ist. Er spielt mit mir wie der Kater mit der Maus. In meiner Verzweiflung hab ich mir wieder mal Jane Eyre vorgenommen. Nach Rochesters Verrat versuchte sie, wie nun auch ich, ihre unmögliche Liebe niederzukämpfen: »Ein Abgrund wirbelnder Dunkelheit schien mich zu umfangen, und die Gedanken strömten in einer düsteren, wirren Flut auf mich ein ... Ich sehnte mich nach dem Tod.«

Dann ist da natürlich auch noch Adrian. Er ist mir eine solche Stütze, dass ich ihn einfach nicht enttäuschen kann – mein Gewissen lässt es nicht zu. Auch da geht es mir wie Jane

Eyre. Mein (und Jane Eyres!) Gewissen »entpuppte sich ... als wahrer Tyrann, packte die Leidenschaft an der Kehle, erklärte ihr höhnisch, bisher habe sie ihre zierlichen Füßchen nur mit den Zehenspitzen in den Morast gesetzt, und schwor, es werde sie mit eiserner Faust in noch unerforschte Tiefen von Seelenqual und Pein herabstoßen.«

Glaub mir eins, Henriette, mir wächst gerade alles über den Kopf. Am liebsten würde ich das Haus hier abschließen und nach Stuttgart zurückkommen. Warum tu ich's nicht?

Deine Maja

Brief von Emerich Schott an Maja, 28. Mai

Sehr geehrte Frau Renz,
bezugnehmend auf Ihre Fragen, unsere Verwandte Irmi und ihre Anstellung als Magd bei Fam. Winterstein betreffend, hat sich meine Frau auf die Suche nach Irmis Gebetbuch gemacht. Sie hat es in einer Schachtel oben auf dem Dachboden gefunden.

Wie Sie vermutet haben, hat Irmi einiges aufgeschrieben. Wir möchten das Buch nicht aus der Hand geben, was Sie bitte verstehen wollen, aber Sie können es jederzeit bei uns auf dem Hof einsehen.

Hochachtungsvoll
Emerich Schott

Brief von Maja an Emerich Schott, 30. Mai, morgens

Sehr geehrter Herr Schott,
ich danke Ihnen und Ihrer Frau, dass Sie die Mühe auf sich genommen haben. Nun halten Sie also das Gebetbuch Ihrer Verwandten in den Händen.

Leider liegt mein Vater nach einem Sturz im Krankenhaus, weshalb ich den Besuch bei Ihnen ein paar Tage aufschieben muss. Dafür bitte ich Sie um Ihr Verständnis. Ich melde mich bei Ihnen und grüße Sie herzlich

Ihre Maja Renz

E-Mail von Maja an Babette, 30. Mai, mittags

Liebe Babette,
es war lieb von dir, dass du mir das Sofferl mit Ansgars Beruhigungstee vorbeigeschickt hast – den kann ich nach den Aufregungen wegen Titus' Sturz wirklich gut gebrauchen!

Inzwischen geht es ihm wieder besser, die Momente, wo er klar im Kopf ist, scheinen sogar zugenommen haben, was Ärzte und Schwestern verblüfft.

Babette, mir ist's Leben verleidet. Hier sitz ich an meinem PC und tu mir selbst aus tiefstem Herzen leid.

Sobald es mir möglich ist, komme ich zur Gesichtsbehandlung zu dir, ich seh nämlich aus wie meine Urgroßmutter an schlechten Tagen. Und könntest du bitte Ansgar sagen, ich brauch was stark Beruhigendes und gleichzeitig verlässlich Aufbauendes?

Wenn du wüsstest, wie mies es mir geht, du hättest Mitleid mit mir. Mein Sohn verlustiert sich in Patagonien, also in direkter Nähe zum eisigen Südpol, meine schwangere Tochter wähnt sich mit ihrem neuen Freund im siebten Himmel, und mein ehrenwerter Vater hat eine extrem fragwürdige Vergangenheit. Der mit der Maletzke verlobte Winterstein will mich heiraten, und für Adrian, meinen Freund, bin ich das Wasser des Lebens. Und damit ich es nicht vergesse: Die Frau meines Ex ist im selben Schwangerschaftsmonat wie meine Tochter und bricht in mein Stuttgarter Haus ein; sie hat es sogar noch ein zweites Mal versucht. Ich wette, angesichts ihres gesegneten Leibes bekäme sie dafür von jedem Richter auch noch mildernde Umstände zugesprochen.

Sieh dir diesen Schlamassel an! Da wunderst du dich doch nicht, dass ich damit liebäugle, mich ins Wasser der Argen zu stürzen. Oder aus einer Gondel der Hochgratbahn zu springen. Vielleicht braut mir auch der Ansgar ein wohlschmeckendes Getränk, das mich aller Sorgen entledigt. Falls er das nicht im Angebot haben sollte, bitte ich um seine heilenden Hände. Möglich, dass er mit einer seiner magischen Massagen meine ausgefransten Nervenstränge zusammenzwirbeln kann.

Oh Gott, Babette. Jetzt hab ich die ganze Flasche, war aber nur noch ein Viertel drin, geleert. Ich bin nicht besser als Alwine. Sie und ihre Freundin Hilde saufen sich ja auch das Leben schön!

Eins ist sicher: wenn ich Argenried überlebe, bewerbe ich mich um einen Job im Escort-Service-Bereich. Ich möchte mal wieder so richtig lachen dürfen!

LG Maja

E-Mail von Maja an Kurt und Bene, 30. Mai, früher Nachmittag

Hallo ihr beide,
ihr wisst ja vom Sturz meines Vaters. Meine Recherchen müssen notgedrungen ruhen, weil ich viel Zeit bei ihm im Krankenhaus verbringe. Ich nehme sie aber sofort wieder auf, wenn Titus wieder zuhause ist und von Florian betreut wird: Zum Glück (für mich!) haben nämlich Florian und Ines ihre Reise aus finanziellen Gründen auf unbestimmte Zeit verschoben!!!

In einem seiner klaren Momente sagte Titus, er sei Schmiere gestanden, während der heilige Georg geklaut wurde. Ob das der Wahrheit entspricht, kann ich nicht beurteilen; 1942 war er gerade mal sechs Jahre alt! Da sein älterer Bruder aber mit Wintersteins Sohn und Victor Willand an der Sache beteiligt gewesen sein dürfte, wäre ein kleiner Junge natürlich recht unauffällig und unverdächtig gewesen.

Könntet ihr bitte herausfinden, welcher Pfarrer damals für unsere Kirche verantwortlich war? Und wenn ihr den Namen habt: Vielleicht gibt es Unterlagen darüber, ob der damalige Hochwürden ein strammer Nazi oder Opfer des Heimtücke-Gesetzes war?

LG Maja

E-Mail von Maja an Tommy, 30. Mai, früher Abend

Lieber Tommy,
es beruhigt mich sehr, dass es dir und deinem Freund so gut geht! Genießt die Tage!

Nicki und ihr Freund haben mich in Argenried besucht. Ferdinand ist ein netter junger Mann. Er ist sehr verliebt in deine Schwester, ich bin überzeugt, dass er es ernst meint, und ich hoffe, dass die beiden zusammenbleiben. Mach dir also keine Sorgen!

Dein Großvater kam nach einem Sturz in der Küche ins Krankenhaus, wird morgen aber entlassen. Körperlich geht es ihm einigermaßen ordentlich – wenn nur der Kopf nicht wäre! Mir wird erst jetzt so richtig bewusst, dass Sprache, Denken und Handeln den Menschen ausmacht. Deshalb ist die Demenz für den Angehörigen ja auch so furchtbar – das, was du mal geliebt und bewundert hast, ist weg, du hast es nur noch mit der Hülle zu tun. Das ist sehr frustrierend für mich, aber ich sehe auch das Positive: Titus ist nicht krank, ihm bleiben Schmerzen erspart, wofür wir dankbar sein sollten.

Gemessen an dem, was das Alter mit sich bringen kann, ist die Sache mit dem Plattenspieler, den dein Vater unbedingt haben möchte – beziehungsweise seine schwangere Frau – unsäglich trivial. Trotzdem: Du solltest ihn nicht hergeben.

So, nun werde ich Titus' Bett frisch beziehen, werde die Waschmaschine füttern und dann zu Babette, einer Schulfreundin, gehen. Sie hat eine bewegte Vergangenheit, war mal im Escort- Service tätig und hat, als sich die Jugendfrische verabschiedete und die Cellulitis zuschlug, in Argenried einen Beautysalon eingerichtet. Damals in der Schule war Babette keine Leuchte, jetzt ist sie sehr erfolgreich und besitzt eine bewunderns- und beneidenswerte Menschenkenntnis. Zudem ist sie das lebende Beispiel dafür, dass gute Schulnoten keinerlei Garantie sind, das Leben mit Schwung und Freude zu meistern.

Das bringt mich zu der Frage: Was wirst du studieren???

In Liebe

deine Mum

E-Mail von Maja an Kurt und Bene, 30. Mai, spätabends

Hallo nochmal,

heute haben Hochwürden und Luitpolda meinen Vater im Krankenhaus besucht. Das war sehr lieb von den beiden. Da aber fast ganz Argenried weiß, dass ich den ganzen Tag an Titus' Bett sitze, hatte der Krankenbesuch noch einen Grund: Die beiden haben mich ganz unverfroren ausgehorcht! Sagten, die Pflege meines Vaters habe jetzt Vorrang vor allem, besonders die Nachforschung über den Verbleib des heiligen Georg müsse ich endgültig einstellen, zumal man schlafende Hunde nicht wecken dürfe und alte Geschichten ruhen lassen müsse.

Ich fragte dann mit harmloser Miene, ob denn »die alte Geschichte« dermaßen brisant sei, dass sie noch heute unwillkommene Tatsachen ans Licht bringen könne? Zudem verstünde ich nicht, weshalb die Kirche, also er, Hochwürden, kein Interesse am Verbleib der Statue habe, schließlich gehe es um Kirchenbesitz und um ein Kunstwerk, wofür er Verantwortung trage.

Da ist Hochwürden aber heftig geworden! Hat mich gefragt, ob ich wüsste, wie viele Kirchendiebstähle unentdeckt blieben, und ob ich mich noch nie gefragt hätte, weshalb die evangelischen Kirchen abgeschlossen wären! Sie, die katholischen Priester, würden ja noch immer ans Gute im Menschen glauben und die Kirchen tagsüber für die, die Trost und Stärkung im Gebet suchten, offen stehen lassen!

Mein Einwand, dass der Heilige während der Nazizeit ganz gezielt und vermutlich sogar »auf Bestellung« gestohlen wurde und man daher die Verhältnisse von damals nicht auf die heutige Zeit übertragen dürfe, hat er mit einer unwirschen Handbewegung beiseitegewischt.

Abschließend sagte Hochwürden recht diktatorisch: »Liebe Maja, du stellst deine Nachforschungen ein. Die Argenrieder haben sich an die Muttergottes gewöhnt, und ob die nun etwas zu klein und auch künstlerisch nicht gerade wertvoll ist, kümmert doch niemand.«

In exakt diesem Augenblick richtete Titus sich im Bett auf, deutete mit dem Zeigefinger anklagend auf Hochwürden und sagte laut, klar und deutlich: »Mein Bruder hat mir gesagt, für wen er mit seinen Spezln den Heiligen hat stehlen müssen. Sie haben ja auch Geld dafür bekommen, bloß mir (da verzog Titus das Gesicht und ballte die Faust) haben sie nichts abgegeben. Das war nicht fair.«

»Grundgütiger!«, hat da Luitpolda gerufen und so getan, als wäre sie einer Ohnmacht nahe.

Hochwürden hat sich besser unter Kontrolle gehabt. Er hat ein paar Mal kräftig geschluckt und dann gesagt: »Es ist schon eine rechte Heimsuchung, wenn ein so kluger Mann nur noch wirres Zeug daherredet.«

»Meint der mich, Renata?«, hat Titus gesagt. »Renata, sag den Leuten, dass ich niemals Unsinn rede!«

Hätte Titus nur statt den Namen meiner Mutter den meinen genannt!

Hochwürden schlug die Augen gen Himmel. »Da haben wir's. Glaubst du mir jetzt, dass dein Vater nimmer weiß, was er so daherplappert?«

Danach hat er Titus gesegnet und hat, gefolgt von seiner Luitpolda, das Zimmer verlassen.

Ich schildere euch den Vorfall deshalb so ausführlich, weil Titus während des Diebstahls Schmiere stehen musste. Obwohl er damals ein kleiner Bub war, treibt ihn das Unrecht noch heute um. Das war doch kein dummer Streich von ein paar Buben, da steckt doch viel mehr dahinter!

Bitte schaut nach, welcher Pfarrer damals in Argenried Dienst tat.

Eure Maja

E-Mail von Maja an Henriette, 31. Mai, abends

Liebe Henriette,
heute bin ich völlig erledigt! Am Morgen habe ich meinen Vater aus dem Krankenhaus abgeholt. Er war ziemlich schwach und legte sich zu Hause freiwillig ins Bett. Ich nutzte die Zeit, um einzukaufen. Als ich zurückkam, war Florian völlig aufgelöst: Er hatte gehört, wie Titus ins Bad ging, dachte sich nichts dabei und ging erst nach oben, als er merkwürdige Geräusche vernahm: Titus hatte alle meine Cremes an die Wände, die Tür und auf den Spiegel geschmiert, das Gesichtswasser ausgeleert, das Parfüm leer gesprüht – meine ganzen kostbaren Kosmetika waren futsch!

Ich hätte heulen können, Henriette!

Danach, und das war noch schlimmer, tappte er herunter und wie ein aufgezogener Automat im Garten immer hin und her. Stundenlang und bis zur völligen Erschöpfung ging das so – wir fragten uns, woher er die Kraft nahm. Am Nachmittag gegen vier Uhr war er dann so erledigt, dass wir ihn zu zweit die Treppe hochbugsieren und endlich ins Bett bringen konnten, wo er sofort einschlief.

Glück im ganzen Unglück: Unsere Putzhilfe kam außer der Reihe. Sah die Sauerei, rang die Hände und holte umgehend ihre Freundin und Nachbarin Hilde (die putzt bei Winterstein) zu Hilfe. Beide brauchten Stunden, um das Badezimmer von den fettigen Cremes zu säubern. Danach stärkten sie sich mit einer Flasche Eierlikör, die sie mitgebracht hatten. Alwine weiß, dass ich keinen im Haus hab, aber sie und ihre Freundin lieben den süßen Likör. Ich hatte auch eine Stärkung nötig und hielt wacker mit!

Die Aufregung hätte mir für den Tag ja gereicht – aber von wegen!

Florian saß mit einem Buch an Titus' Bett und bewachte seinen Schlaf, während ich mit dem Rad nach Argenried hinunterfuhr, um bei Babette meine Cremes und Wässerchen nachzukaufen. Du weißt ja selbst, wie wichtig die tägliche Pflege in unserem Alter ist – man darf nicht nachlassen, keinen einzigen Tag darf man schludern!

Jedenfalls – wo war ich? Was wollte ich dir schreiben?

Ach ja: Also im Heustadl saß Hochwürdens Luitpolda auf dem Sofa und blätterte in einer Illustrierten. »Haben S' auch einen Termin?«, wollte sie wissen. »Bei mir sind's die Hühneraugen. Mei, die plagen mich so, dass ich's kaum aushalte.«

Sie sperrte natürlich ihre Ohren auf, als ich Sofferl erklärte, dass und weshalb ich alle Produkte nachkaufen müsse. Es dauerte, bis Sofferl alles beisammen hatte – das Holunderblütenwasser zum Beispiel musste noch abgefüllt werden, also setzte ich mich derweil zu Luitpolda.

»A rechtes Kreuz ist's mit deinem Papa. Ja, das ist schlimm, wenn einer nimmer weiß, was er tut und was er sagt. Aber der Herrgott wird's dir vergelten, dass du den Papa net ins Heim gibst. Da würd er nimmer leben wollen.«

Du kannst dir vorstellen, dass ich mit Luitpolda nicht über meinen Vater reden wollte – die fehlende Statue hätte mich weit mehr interessiert! Luitpolda musste das geahnt haben, denn sie wechselte flugs das Thema. »Ja, also ... also Hochwürden besucht gerade einen Amtsbruder in Kempten. Über neunzig ist der und noch topfit im Kopf. Und hören tut er auch noch ganz passabel. Nur mit den Augen hat er a bissle a Problem; der Star eben. Aber sonst – ach, Sofferl, dass ich's net vergess: Ich bräucht noch eine Flasche vom Ansgar seiner Meisterwurz.«

»Wie?«, hakte ich nach. »Hochwürdens Amtsbruder ist hochbetagt und kein bisschen dement?«

»A bessers Gedächtnis hat er noch als ich. Ich steh schon mal im Keller und weiß net, was ich eigentlich hab holen wollen. Aber dem Donatus fehlt bis auf die Augen nix«, entgegnete Luitpolda. »Dabei hat der ein so schweres Leben gehabt. Im Krieg haben ihn die Nazis sogar ins Gefängnis gesteckt. Das waren schlimme Zeiten, da hat man einen guten Schutzengel gebraucht.«

Ich fragte mich natürlich, weshalb Luitpolda mir das erzählte – da zwinkerte sie mir zu und sagte so ganz nebenbei: »Aber ganz so gut wie dein Vater hat's der Donatus net. Der hat halt ein Zimmer im Altersheim, drüben in Kempten. Da hat er wenig Abwechslung, der freut sich über jeden Besuch.«

Ich war völlig überrumpelt. »Luitpolda«, fagte ich, »weshalb erzählen Sie mir das alles?«

»Ja mei«, sagte sie, »vielleicht, weil mir der Donatus leidtut. Und weil mir die Maria halt auch zu schäbig ist, drüben in der Kirch. Aber das bleibt unter uns, gell!«

Bevor ich ihr antworten konnte, jammerte sie wieder über ihre Hühneraugen, dann kam nicht Sofferl, sondern Babette mit meinen Cremes und sagte: »Maja, kommst mal kurz zu mir rein? Ich hab da noch was für dich.«

Was sie für mich hatte, also was ich von ihr erfuhr, das, liebe Henriette, war der krönende Abschluss eines völlig bescheuerten Tages.

»Die Lucy Maletzke hat mir ihren Verlobungsring gezeigt«, sagte sie. »Komplett mit Gravur auf der Innenseite: ›In Liebe von Jörg‹. Und der Auskunft, dass die beiden am

Freitag, also übermorgen, das Aufgebot bestellen werden. Tut mir leid für dich, Maja, aber ich hab dich gewarnt. Die Lucy lässt sich die Butter nicht vom Brot schaben, eher kratzt sie dir die Augen aus. Bei der geht es um alles oder nichts – einen, der so betucht ist wie der Winterstein, zieht eine Frau nämlich nur einmal im Leben an Land.«

Henriette, die Rosen, die mir der Schuft geschenkt hat, sind noch nicht mal verwelkt!

Eins sag ich dir: Bei mir geht es jetzt auch um alles oder nichts. Verlobt sich der Schuft mit der Maletzke und macht mir mit einem Armvoll roter Rosen einen Heiratsantrag – ja, geht's noch!? Dem Winterstein zahl ich sein doppeltes Spiel heim, ich schwör's! Ich geb so lange keine Ruhe, bis die Sache mit dem Drachentöter geklärt ist.

Ich könnt aus der Haut fahren, so wütend bin ich auf mich und auf den Lump, den elenden!!!

Deine Maja

E-Mail von Maja an Adrian, 1. Juni, abends

Lieber Adrian,
Titus ist wieder zu Hause, und da Florian und Ines eigentlich nach Bali fliegen wollten, wozu ihnen glücklicherweise das Kleingeld fehlt, kommt Florian nun bis zu sieben Stunden täglich ins Haus. Das gibt mir Zeit, die Recherche aufzunehmen.

Schon vor ein, zwei Wochen hatte ich mich bei Herrn Schott angemeldet. Heute war ich nun bei ihm und habe tatsächlich Interessantes erfahren.

Wie ich vermutete, hat seine Verwandte, Irmi, Wichtiges auf den letzten leeren Seiten ihres Gebetbuchs festgehalten: Wann ihre Eltern gestorben sind, wann sie zu Schotts kam, dass sie trotz ihres verwachsenen Körpers und fehlender Mitgift einen Liebsten hatte, der in den letzten Kriegstagen den Tod fand, wie sie bei einer achtbaren Kemptener Familie bis kurz vor ihrem siebzigsten Lebensjahr Dienst tat ... Sie hat wahrlich kein leichtes Leben gehabt.

Zweierlei weckte mein Interesse. Das war einmal folgender Eintrag:

5. Januar 1939 und 19. Februar 1939 Tod meiner lieben Eltern wegen Diphterie. Der Hof und die Wiesen gehen an die Gemeinde. Bin bettelarm.

Zum Zweiten waren die knappen Bemerkungen über ihre Zeit bei Familie Winterstein bemerkenswert. Zunächst schrieb sie, wie sie dort anfing und was sie zu tun hatte, dann, nach den rätselhaften Eintragungen, die ich anfüge, klafft eine Lücke bis zum Beginn ihrer Jahre in Kempten.

Muss allweil so lang aufbleiben. Die Männer saufen und schwätzen dummes Zeug.

War beichten. Hochwürden ist nimmer da.

Der Heilige ist verschwunden. Ich werd verjagt. Aber unrecht Gut gedeihet nicht.

Als schlichtes Mädchen vom Land hatte Irmi doch einen ausgeprägten Blick fürs Wesentliche sowie den unerschütterlichen Glauben, dass Missetäter bestraft werden – wann, das war nicht ihre Angelegenheit, das lag allein in der Hand Gottes. Irmi war vorsichtig, aber meinst du nicht auch, Adrian, dass sie in der Beichte etwas vom »dummen Zeug« verlauten ließ, was der damalige Hochwürden in einer Predigt anprangerte? Worauf das Heimtücke-Gesetz angewendet wurde und Hochwürden verschwand – plötzlich war er »nimmer da«. Zu guter Letzt war dann auch noch der Sockel leer, auf dem seit Hunderten von Jahren der heilige Georg im Begriff war, seinen Drachen abzustechen ... aber wo ist die Verbindung zu dem Mädchen? Warum wird sie verjagt – sprich: warum wurde ihr gekündigt?

Ich will's dir sagen: Meiner Ansicht nach hörte sie, wie die Männer während eines Besäufnisses den Raub des Heiligen planten. Das beichtete sie Hochwürden, der wetterte von der

Kanzel herab gegen Schandtaten im Allgemeinen und Besonderen, worauf die Braunen kurzen Prozess machten und ihn aus dem Verkehr zogen.

Adrian, ich habe mich im Netz kundig gemacht: Das Heimtücke-Gesetz war die Heimtücke selbst! Das war perfider Gesinnungsterror!

Bestraft wurde, wer »vorsätzlich eine unwahre oder gröblich entstellte Behauptung tatsächlicher Art aufstellt oder behauptet« und »wer öffentlich gehässige, ketzerische oder von niedriger Gesinnung zeugende Äußerungen über leitende Persönlichkeiten des Staates oder der NSDAP, über ihre Anordnungen oder die von ihr geschaffenen Einrichtungen macht ... der wird mit Gefängnis unbestimmter Dauer bestraft.«

Im Kommentar dazu heißt es, dass es die unbestimmten Rechtsbegriffe ermöglichten, nahezu jede kritische Äußerung zu ahnden. Eine gerichtliche Voruntersuchung und Haftprüfung unterblieb sowieso, die Ladungsfrist betrug nur drei Tage, das Urteil wurde sofort rechtskräftig – ist es da ein Wunder, dass das Gesetz die erwünschte abschreckende Wirkung hatte und die Sicherung des Herrschaftssystems erreichte?

Adrian, 1937 wurden innerhalb von zwölf Monaten über 17 000 Personen angezeigt, darunter befand sich ein Priester, dem üble Nachrede, falsche Anschuldigungen sowie Beleidigungen zur Last gelegt wurden, worauf er zu acht Monaten Gefängnis sowie einer Zahlung von 50 Reichsmark (ein saftiger Betrag für einen Priester!) verurteilt wurde.

Du kennst mich, Adrian, du weißt, ich habe ein ausgeprägtes Bewusstsein für Unrecht und Gerechtigkeit, wofür ich meine Erziehung verantwortlich mache. Nicht umsonst war »Üb immer Treu und Redlichkeit« das Motto meines Vaters!

Jedenfalls, und um es kurz zu machen, vertraute mir Luitpolda, Hochwürdens Haushälterin, an, dass sich in einem Kemptener Altersheim ein über 90-jähriger Amtsbruder über jeden Besuch freue.

Da mir Irmis Notizen keine Ruhe ließen, fuhr ich also zu Donatus, so heißt der betagte Amtsbruder, der zwar – wen wundert's – körperlich gebrechlich, doch geistig so rege ist wie du und ich.

Natürlich konnte ich nicht mit der Tür ins Haus fallen; ich erzählte also von Titus, von Tommy und Nicki und meinem Leben in Stuttgart ... bis er mich unterbrach: »Aber deshalb sind Sie nicht zu mir gekommen, Frau Renz! Wissen S', im Alter wird die Zeit immer kostbarer – also, was wollen S' wissen?«

Wir lächelten uns an.

»Ich wollte, dass Sie mich etwas einschätzen können«, erwiderte ich. »Tatsächlich möchte ich wissen, wer den heiligen Georg aus der Argenrieder Kirche geklaut hat.«

Da kicherte der Alte wie ein Kobold. »Geh her! Hab ich's doch gewusst, dass Gottes Mühlen das Mahlen net einstellen! Warum wollen S' das jetzt wissen?«

Donatus' Blick drang bis ins Innerste meiner Seele, Adrian, mit Ausflüchten durfte ich ihm nicht kommen.

»Ich will den Georg wieder auf seinen Sockel stellen.«

»Wissen S' denn, wo er ist?«

»Leider nein. Wissen Sie es?«

»Haben S' Zeit für eine längere Geschichte?«, erkundigte er sich dann, und als ich das bestätigte, begann er zu erzählen.

Zuerst vom Heimtücke-Gesetz und dass allein im Stadt- und Landkreis Kempten 51 Pfarrer mit dieser und ähnlicher Verordnung in Konflikt mit der NSDAP kamen: Einer führte 1943 unerlaubt eine Wallfahrt durch, worauf ihn die Staatspolizei verwarnte und ihm ein »Sicherungsgeld« von 1000 Reichsmark abnahm. Ein anderer hatte, ebenfalls 1943, ohne Erlaubnis Geld für eine Kirchenfahne gesammelt. Die Nazis konfiszierten die bereits gesammelte Spendensumme von knapp 66 Reichsmark und verurteilten den Pfarrer wegen des »staatsfeindlichen Akts« zu einer Geldstrafe.

Er selbst, also Donatus, war damals ein junger Ministrant und wollte später Theologe werden. Sein Vater lebte nicht mehr, und so wurde der damalige Pfarrer zu seinem väterlichen Vertrauten. Dieser war den Braunen längst wegen einiger »Vergehen« ein Dorn im Auge, richtig brisant wurde es für ihn aber, als er 1940 polnischen Zwangsarbeitern als »gut katholischen Christen« erlaubte, sich in seiner Kirche überallhin und nicht nur auf die vorgeschriebenen »Strafplätze« zu setzen, was ein staatlicher Erlass vom Juni 1940 anordnete (der Erlass musste in den Kirchen verlesen werden). Erst da wurde er wegen »staatsabträglichen Verhaltens« in Schutzhaft (was für ein verlogenes Wort! Wer schützte wen vor was???) genommen.

»Aber«, erklärte er weiter, »all die Monate nach dem Diebstahl rechneten wir mit der Verhaftung, schließlich ahnten wir – nein, wir wussten, wer die Diebe waren. Beweisen konnten wir ihnen aber nichts. Die Sache mit den polnischen Zwangsarbeitern war ein willkommener Vorwand.«

»Wofür?«

»Um Hochwürden aus dem Verkehr zu ziehen. Es gab da einen tiefbraunen Bürgermeister mit seinen Spezln – wie, sagten Sie, heißen Sie?«

»Maja Renz.«

»Aus Argenried?«

Ich nickte. Mir war gar nicht wohl in meiner Haut, Adrian, ich ahnte, dass Unangenehmes auf mich zukommen würde. Trotzdem bat ich ihn, mir schonungslos die Wahrheit zu sagen. Und das tat Donatus!

»Ihr Großvater war einer der Spezln, der andere war Georg Winterstein, der Bürgermeister. Mit ins Boot genommen hatten sie den ältesten Sohn Ihres Großvaters, Ihren Onkel also, sowie Wintersteins Sohn und einen Freund der beiden, Victor Willand. Den Alten ging's nicht nur um den Georg. Die Sache ist komplizierter.«

Um es kurz zu machen, Adrian: Es war ein Deal um mehrere Ecken herum.

Es fing wohl damit an, dass sie nicht nur Spitzeldienste für den unbekannten Münchner leisteten, der es auf Kunstwerke abgesehen hatte – sie kochten auch ihr eigenes Süppchen. So erfuhren mein Großvater und der alte Winterstein von einem jüdischen Mitbürger, der Haus und etliche Grundstücke verkaufen musste, um Deutschland verlassen zu können und damit seiner Deportation zuvorzukommen. Mein Großvater drohte ihm mit verleumderischen Informationen, sodass Georg Winterstein den gesamten Besitz zu einem Spottgeld »erwerben« konnte – ganz Argenried wusste davon.

Doch nun schuldete Georg Winterstein seinem Spezl, meinem Großvater also, einen Gefallen: Der alte Winterstein sorgte dafür, dass mein Großvater das Grundstück, auf dem unser Argenrieder Haus steht, »kaufen« konnte – wie, hat Donatus nicht näher erläutert, allerdings riet er mir, mich beim jetzigen Bürgermeister zu informieren, es müssten doch Dokumente vorhanden sein.

Das ist der Stand der Dinge, Adrian. Ich muss erst mal damit klarkommen, dass ich auf unrechtmäßig erworbenem Gut sitze! Und was ich diesbezüglich unternehmen werde.

Donatus berichtete weiter, dass während des Kriegs allein in Kempten 627 Mal Fliegeralarm gegeben wurde, der erste erfolgte am 6. November 1940. Danach heulten immer häufiger die Sirenen. Nach einem solchen Fliegeralarm war der Sockel des heiligen Georg in Argenried verwaist. Zur Vervollständigung der Info: Am 18. Juli 1944 fand die vernichtende Luftschlacht über Kempten und Umgebung statt.

Für heute habe ich genug geschrieben.

Deine Maja

E-Mail von Adrian an Maja, 1. Juni, spätabends

Liebste Maja,
bitte unternimm nichts Unüberlegtes! Warte, bis ich bei dir bin und mit dir das weitere Vorgehen plane. Denk in der Zwischenzeit daran, dass du begangenes Unrecht nicht im Handstreich sühnen kannst – das dauert!

In tiefer Besorgnis und Liebe
immer dein Adrian

E-Mail von Kurt an Maja, 2. Juni, morgens

Maja,
deine Vermutung, in Wintersteins Haus könne sich der Original-Georg befinden, ist so absurd, dass sie schon wieder wahrscheinlich ist. Aber Bene und ich haben keinen blassen Schimmer, wie du – außer durch einen Einbruch, von dem wir dir abraten – in Wintersteins Haus kommen könntest, um deinem Verdacht nachzugehen.

Erkundige dich, wer bei ihm putzt.
Servus
Kurt

E-Mail von Maja an Kurt, 2. Juni, zehn Minuten später

Das weiß ich. Sie heißt Hilde und ist die Nachbarin meiner Putzfrau Alwine.

LG Maja

SMS von Winterstein an Maja, 2. Juni, später Vormittag

Muss dich sehen. Heute Abend im Hochgratblick, 19 Uhr.

J. W.

SMS von Maja an Winterstein, 2. Juni, fünf Minuten später

???
M.

SMS von Winterstein an Maja, 2. Juni, zwei Minuten später

Was sollen die ???
J. W.

SMS von Maja an Winterstein, 2. Juni, drei Minuten später

Willst, dass ich euch zu eurer Verlobung gratuliere?
M.

SMS von Winterstein an Maja, 2. Juni, eine Minute später

Eurer?
J. W.

SMS von Maja an Winterstein, 2. Juni, dreißig Sekunden später

Richtig.
M.

SMS von Winterstein an Maja, 2. Juni, eine Minute später

Ich denke, du heiratest mich. Also?
J. W.

SMS von Maja an Winterstein, 2. Juni, vier Minuten später

Meinst, ich würd einen Bigamisten heiraten? Immerhin hat die Maletzke einen Verlobungsring mit der Gravur »In Liebe dein Jörg«.

M.

SMS von Winterstein an Maja, 2. Juni, zwei Minuten später

Davon weiß ich nichts. Den hat sie sich selbst gekauft.

J. W.

SMS von Maja an Winterstein, 2. Juni, drei Minuten später

Für wie blöd hältst du mich? Ich glaub dir kein Wort.

M.

SMS von Winterstein an Maja, 2. Juni, eine Minute später

Selbst schuld. Bist halt doch a damische Rutschen.

J. W.

SMS von Maja an Winterstein, 2. Juni, zwei Minuten später

Aber gerne doch! Fahr zum Teufel, Winterstein!

M.

E-Mail von Maja an Babette, 2. Juni, mittags

Babette,
ich muss mir unbedingt Zutritt zu Wintersteins Haus verschaffen. Hast du nicht gesagt, du machst ihm manchmal die Fußnägel?

LG Maja

E-Mail von Babette an Maja, 2. Juni, kurz danach

Dazu kommt er in den Heustadl. Ich überleg mir was. Kommst bei mir vorbei?

Babette

Im Heustadl ist Diskretion Ehrensache!

WhatsApp von Nicki an Maja, 2. Juni, 14.20 Uhr

Mama, warum gehst du nie ans Telefon? Ich brauche dich, ich blute! Was soll ich tun?

Nicki

WhatsApp von Maja an Nicki, 2. Juni, 14.24 Uhr

Nimm ein Taxi oder lass dich von Ferdi sofort ins Krankenhaus fahren! Ich benachrichtige Florian, er muss sich um Titus kümmern, dann setze ich mich ins Auto. Schreib mir, in welchem Krankenhaus du untersucht wirst!!!

Deine Mami

PS: Alles wird gut, glaub mir!

E-Mail von Maja an Babette, 2. Juni, 14.30 Uhr

Meiner Tochter droht eine Fehlgeburt. Melde mich, wenn ich zurück bin.

Maja

E-Mail von Maja an Adrian, 2. Juni, 14.35 Uhr

Lieber Adrian,
meiner Tochter geht es nicht gut, ich fahre auf die Mainau.

Maja

E-Mail von Ines an Maja, 2. Juni, abends

Liebe Maja,
von Florian hab ich erfahren, dass es deiner Tochter nicht besonders gut geht. Ich drück euch die Daumen!

Vorhin war Winterstein im Bücherwurm. Hat wahllos da und dort ein Buch herausgezogen und schließlich, grad so, als wollt er's eigentlich nicht haben, auf den Ladentisch gelegt und bezahlt (ein Reiseführer Paris!). Da hab ich ihm natürlich zur bevorstehenden Vermählung gratuliert und gefragt, ob die Hochzeitsreise nach Paris gehe (Sofferl hat mir das von dem Ring und Aufgebot verraten), worauf er explodiert ist!!!

Brüllte herum, den Grasdackel bringe er um, der den Blödsinn in die Welt gesetzt hätte! Das hat mich dann doch verwundert, weshalb ich sagte: »Aber die Lucy zeigt überall den Ring mit der Gravur herum!«

Da griff er sich – ungelogen, auch wenn es nach Schmonzette klingt –, also, da griff er sich tatsächlich ans Herz, schnaufte schwer, wischte sich den Schweiß von der Stirn und ächzte: »Der Ring ist nicht von mir.«

Ich wollt's nicht glauben. »Ich bitt Sie! So weit würde nicht mal die Maletzke gehen! Wer schmückt sich schon mit einem falschen Verlobungsring, also wirklich! Das traue ich der Lucy nicht zu.«

Da hat er mich so dermaßen wild angefunkelt, dass ich richtig Angst bekam. Erinnerst du dich an die Stelle in deinem Lieblingsbuch, als Mr. Rochester mit seiner Jane Eyre vorm Altar steht und gerade, als sie das Ehegelöbnis ablegen wollen, diese Stimme aus dem Hintergrund ertönt (»Einspruch!«)? Winterstein hat so ausgesehen, wie ich mir den Rochester in dieser Szene vorstelle. Jedenfalls wäre er mir am liebsten an die Gurgel gefahren – ich schwör's! Gott sei Dank fauchte er mich nur an: »Sagen S' der Maja, mit dem Ring hätt ich nichts zu tun.«

Drehte sich um und rannte aus dem Bücherwurm, als wär der Teufel mit seiner gesamten Sippschaft hinter ihm her – fast hab ich gemeint, mir wär Schwefelgestank in die Nas gezogen!

Ich bin dann gleich zur Babette rübergegangen, hab mir vom Sofferl einen Melissentee (zur Beruhigung) kochen lassen und die Mädels auf den neuesten Stand gebracht. Babette hat sofort den Bürgermeister angerufen, sie kennt ihn aus ihrer Escort-Zeit, und danach Hochwürden, da bekam sie aber nur die Luitpolda an den Apparat – und beide, also der Bürgermeister und die Luitpolda, wissen nichts, aber auch gar nichts von einem Aufgebot. Alles, was die Lucy uns weisgemacht hat, war demnach erstunken und erlogen. Ich möcht jetzt nicht in der Lucy ihrer Haut stecken!

Deine Ines

PS: Deinem Vater geht es wie immer, lässt Florian ausrichten.

PPS: Winterstein hat den Reiseführer bei mir im Laden vergessen.

E-Mail von Maja an Ines, 3. Juni, morgens

Liebe Ines,
fast hätte Nicki ihr Kind verloren, es stand Spitz auf Knopf. Jetzt muss sie noch ein paar Tage im Krankenhaus bleiben, danach hätte ich sie gerne mit nach Argenried genommen. Sie muss sich schonen und viel liegen, aber sie will bei ihrem Freund bleiben, der sich rührend um sie kümmert. Heute Nachmittag fahre ich also ohne sie nach Hause.

Was du über die Lucy Maletzke schreibst, ist schwer zu verstehen. Von mir aus kann sie den Winterstein heiraten – mit Handkuss überlasse ich ihn ihr oder jeder anderen Frau, das Kapitel hab ich abgeschlossen, aber könntest du mir bitte den von ihm bezahlten Reiseführer zurücklegen? Ich kann ihn brauchen.

Wir sehen uns!

LG an dich, Florian und Babette

E-Mail von Maja an Kurt, 3. Juni, mittags

Lieber Kurt,
wie geht es dir? Kannst du endlich wieder laufen? Wenn nicht: Könntest du trotzdem was für mich tun?

LG Maja

E-Mail von Kurt an Maja, 3. Juni, kurz danach

Liebe Maja,
klar. Mir fällt die Decke auf den Kopf. Nicht mal der Bene besucht mich, der schreibt eine Reportage über tödliche Unfälle in den Bergen infolge Leichtsinn und Selbstüberschätzung.

Kurt

E-Mail von Maja an Kurt, 3. Juni, zehn Minuten später

Wähle bitte Wintersteins Privatnummer. Heute, Punkt 14.30 Uhr. Die Putzfrau wird abnehmen, verwickle sie in ein Gespräch. Du weißt schon: »Wie bitte? Sie sind nicht …? Das kann doch nicht sein …«

Lass dich nicht abwimmeln, ich brauche ein paar Minuten.

LG Maja

PS: Anschließend komme ich zu dir. Okay?

E-Mail von Kurt an Maja, 3. Juni, fünf Minuten später

Mach ich. Was hast du vor?
Kurt

E-Mail von Maja an Kurt, 3. Juni, 15.40 Uhr

Lieber Kurt, danke für deine Hilfsbereitschaft, aber nix hat geklappt: Wintersteins Putzfrau war krank. Sch…
Maja

E-Mail von Maja an Adrian, 4. Juni, abends

Lieber Adrian,
ich komme gerade von Nicki. Wie es ihr geht, hab ich dir ja bereits am Telefon gesagt: Einerseits ist es schade, dass ich sie nicht hier pflegen kann, andererseits verstehe ich, dass sie bei Ferdi bleiben will. Die beiden sind ein Herz und eine Seele – der richtige Kindsvater hätte sich niemals so rührend um Nicki gekümmert!

Trotzdem bin ich froh, dass ich am Wochenende etwas Ruhe haben werde. Du kannst ja wegen des Kunden nicht kommen, das ist sehr schade.

Was den heiligen Georg angeht, lieber Adrian: Manchmal hilft einem nicht mal Kommissar Zufall: Winterstein besorgte sich bei meiner Freundin ein Buch. Er vergaß es mitzunehmen, ich holte es mir, fuhr zu seinem Haus und wollte die Putzfrau, Alwines Freundin Hilde, überrumpeln.

Nix war's. Hilde war krank.

Bis zum kommenden Wochenende!

Herzliche Grüße von
deiner Maja

E-Mail von Adrian an Maja, 4. Juni, spätabends

Liebste,
dass der Kiesgrubenbesitzer die Kopie des Georgs hat, lässt nicht automatisch den Schluss zu, er habe auch das Original.

Dies in aller Kürze.

Immer der Deine,

Adrian

E-Mail von Maja an Adrian, 4. Juni, kurz vor Mitternacht

Habe gründlichst alle mir zugänglichen Quellen durchforscht. Nirgends eine Spur. Kein Ver-, kein Ankauf der Statue. Deshalb ist es für mich höchst wahrscheinlich, dass Georg Winterstein beides besitzt: Original und Kopie.

Maja

E-Mail von Maja an Henriette, 5. Juni, abends

Liebe Henriette,
was für aufregende Zeiten! Dass Titus wieder zu Hause ist und Nicki ihr Kind behalten hat, hab ich dir ja schon am Telefon gesagt.

Inzwischen hat sich mein Alltag weitgehend normalisiert, sodass ich wieder der Frage nachgehen konnte, die mir so viel Kummer beschert: Wo finde ich Beweise über den Erhalt beziehungsweise den Erwerb des Grundstücks, auf dem unser Haus steht?

In Titus' Arbeitszimmer, in seinen Schreibtischschubladen und Ordnern habe ich keinen Hinweis gefunden. Allerdings hatte er nur die Rechnungen über Strom, Wasser und anderes der letzten zwei (!) Jahre abgeheftet. Das wunderte mich, Titus ist/war nämlich sehr gewissenhaft. Ich konnte mir nicht vorstellen, dass er buchstäblich alle Unterlagen, selbst diejenigen, die man für die Steuer benötigt, vernichtet hat; die muss man schließlich zehn Jahre lang aufbewahren.

Es muss an den vielen Aufregungen der letzten Monate liegen, dass ich mich erst da wieder an die große Truhe auf dem Dachboden erinnerte. Und daran, dass ich darin nicht nur Titus' Brief an mich, sondern auch etliche Ordner mit Steuerbescheiden entdeckte sowie einen mit Unterlagen zu Haus und Grundstück.

Auf den ersten Blick scheint der Kauf des Grundstücks ordnungsgemäß abgelaufen zu sein: beglaubigter Kauf des Grundstücks am 19.4.1945, ausgewiesene Fläche, Eintrag im Grundbuchamt ... alles völlig in Ordnung. Bis auf den Preis. 100 Reichsmark für ein Grundstück von einem knappen Hektar! Das ist kompletter Unsinn. Entweder hat sich der Notar verschrieben, oder ... genau: oder unser Grund und Boden ist abgepresstes Gut. Vielleicht wurde ein missliebiger Bürger denunziert oder ein Jude war gezwungen, seinen Besitz weit unter Wert zu verkaufen.

Ausgerechnet mich hat das Schicksal in Person meines Großvaters in eine derart missliche Lage gebracht! Mich, die anerkannte Provenienzforscherin, deren Lebensaufgabe darin besteht, Kunstgegenstände ihren rechtmäßigen Besitzern zuzuführen! Es ist doch nicht zu fassen: Einerseits will ich Winterstein den unrechtmäßigen Besitz einer wertvollen Statue ans Bein hängen, andererseits sitze ich selbst auf unrechtmäßig erworbenem Grund und Boden.

Würde hier ein gestohlener Picasso an der Wand hängen, würde ich ihn umgehend zurückgeben, aber was mache ich mit einem Grundstück, von dem in den Unterlagen nicht mal der Verkäufer genannt wird? Was ein Versäumnis sondergleichen und nur mit den damaligen Verhältnissen zu erklären ist.

Es gibt nur eine Lösung: Ich muss den früheren Eigentümer finden. Gelingt mir das nicht, verkaufe ich nach Titus'

Tod Haus und Grundstück und spende den Erlös einer gemeinnützigen Organisation.

Deine Maja

E-Mail von Henriette an Maja, 5. Juni, eine Stunde später

Liebe Maja,
ich glaube, den Schlamassel, in dem du gerade steckst, nennt man Ironie des Schicksals – du, meine Liebe, wirst einer Prüfung unterzogen: Lebst du, was du von anderen forderst? Oder machst du für dich mildernde Umstände geltend?

Eins rate ich dir: Überstürze nichts.

Deine Henriette

E-Mail von Maja an Adrian, 5. Juni, spätabends

Lieber Adrian,
tut mir leid, dass ich deinen Rat nicht beherzigt und nicht auf dich gewartet habe, aber die Sache mit unserem Grundstück ließ mir einfach keine Ruhe: Ich musste handeln!

So kam's, dass ich den Sonntagsfrieden unseres Bürgermeisters störte – in einem kleinen Ort wie Argenried, wo jeder jeden kennt, ist das nicht so ungewöhnlich wie in einer Großstadt. Natürlich entschuldigte ich mich und erklärte, es gehe um eine lange zurückliegende Ungerechtigkeit, der ich – zunächst einmal diskret – nachgehen wolle. Das weckte sein Interesse: »Können Sie mir Genaueres sagen?« »Sehr gerne«, antwortete ich und umriss in aller Kürze mein Anliegen.

Darauf fuhr er sofort mit mir ins Rathaus. Dort zog er zielstrebig einige Ordner aus dem Regal und fand nach kurzem Suchen die betreffenden Eintragungen beziehungsweise die Lücken: Adrian, es ist unfassbar, was Menschen einander antun können – ich weiß nicht, wer von uns beiden entsetzter war!

»Gut, dass Sie zu mir gekommen sind«, meinte unser Bürgermeister. »Eigentlich wollte ich zum Segeln an den Bodensee fahren. Jetzt ist mir die Lust gründlich vergangen.«

Ich machte mir ein paar Notizen, dann beruhigte ich meine Nerven durch einen langen Spaziergang und analysierte dabei das, was ich nun wusste.

Adrian, ich habe Unglaubliches erfahren.

Erstens: Nahezu alle Unterlagen bezüglich Grundbesitz und anderem, während der alte Winterstein Bürgermeister war, also von 1938 bis 1945, sind verschwunden, angeblich vernichtet infolge eines Brandes, der durch den Abschuss eines feindlichen Flugzeugs ausgelöst wurde. Besagtes Flugzeug soll mitten im Ort und ausgerechnet aufs Bürgermeisteramt gestürzt sein, worauf alles in Flammen aufgegangen sein soll. Tatsächlich stürzte gegen Kriegsende ein feindliches Flugzeug ab, jedoch nicht über dem Ortskern. Es fiel ins nahegelegene Moor. Darüber gibt es Berichte mit Fotos.

Zweitens: Wir gingen in den Eintragungen weiter zurück und wurden fündig: Im Januar 1930 pachtete der alte Winterstein – damals war er noch Gemeinderat – eine Viehweide nahe Argenried von einer Witwe namens Josefine Hinterberger. Das Flurstück ist in der Tat auf dem Flächennutzungsplan als Weideland ausgewiesen, und so weit ist alles okay.

1938 wurde der alte Winterstein Bürgermeister. Alles, was während seiner Dienstzeit ge- und verkauft, niedergeschrieben, dokumentiert oder beglaubigt wurde, ist dem (merkwürdigen!) Brand zum Opfer gefallen. Dann, im April 1945, also ganz kurz vor Kriegsende, erwarb mein Großvater diese Viehweide für 100 Reichsmark. Beglaubigt mit Unterschrift auf der Verkaufsurkunde: Georg Winterstein, also der alte Winterstein.

Kurz darauf später werden etliche Wiesen, darunter auch die Viehweide, durch einstimmigen Beschluss des Gemeinderats zu Bauland erklärt. Begründung: Wohnbedarf wegen Zuzug der Flüchtlinge.

Lieber Adrian, wenn ich an den »Deal um ein paar Ecken herum« denke, stellt sich mir die Sache so dar: Georg Winterstein »pachtete« sofort nach dem Tod vom Hinterberger von der (naiven?, ahnungslosen?, auf jeden Fall nicht geschäftstüchtigen) Witwe die Viehweide. Nach deren baldigem Tod stellte er postwendend alle Pachtzahlungen ein, trat als Eigner auf, ließ die Weide mähen oder von Kühen abweiden, und so wurde im Laufe der Jahre »vergessen«, dass er nur die Pacht besaß.

Dann wurde er Bürgermeister und nutzte die Zeit, um sich kräftig zu bereichern. Es kam auch zu dem »Deal um ein paar Ecken herum« und dann, noch bevor die Säuberungen griffen, verkaufte er die Viehweide, die er ursprünglich nur gepachtet hatte – eine Hand wäscht die andere –, an meinen Großvater und erklärte das angrenzende Gebiet gleich noch als Bauland. Ein genialer Coup, muss ich schon sagen: Winterstein verkauft etwas, das ihm gar nicht gehört. Er und mein Großvater lachen sich ins Fäustchen.

Das Pikante, nein, das Perfide an der ganzen Sache: Besagte Viehweide gehörte von Rechts wegen einer jungen Waise, die auf übelste Weise um ihren Besitz betrogen wurde. Ihr Name: Irmi Hinterberger.

Mein Vater weiß davon! Trotz seiner Demenz erkennt er den Enkel von Georg Winterstein. Erinnerst du dich? Er ging mit den Fäusten auf ihn los! »Üb immer Treu und Redlichkeit« wurde zum Motto seines Lebens. Ich frage mich, weshalb er trotzdem hier wohnen blieb.

Herzlich
deine Maja

E-Mail von Maja an Kurt, 5. Juni, kurz vor Mitternacht

Hallo Kurt,
sorry, dass ich mich an einem Sonntag und auch noch so spät melde, aber es ist wichtig: Könntest du bitte recherchieren, ob eine Irmi Hinterberger, gestorben zwischen 1960 und 1970 in Argenried, Nachkommen oder nahe Verwandte hatte?

Komme baldmöglichst bei dir vorbei!

Maja

E-Mail von Babette an Maja, 6. Juni, morgens 10 Uhr

Liebe Maja,
die Lucy Maletzke war grad im Heustadl. Hat zwo Tiegel von Ansgars Honig-Sahne-Antifalten-Wunder gekauft und geheult, der Winterstein sei ein Lump, der sie bös getäuscht hätt. Sie würd ihn anzeigen wegen gebrochenem Heiratsversprechen. Und sie will Kranzgeld.

Jetzt fliegt sie nach Mallorca zwecks Erholung und so. Dann teilt sie aus, hat die Lucy gsagt.

So wütend wie die war, schreckt die nicht mal vor Mord zurück. Du kriegst zuerst dein Fett ab, hat sie gesagt, weil du hast ihr den Winterstein abspenstig gemacht. Hernach nimmt sie sich den Lump, den elenden, vor.

Maja, pass auf. Mit der Lucy ist net zu spaßen.

Deine Babette

Im Heustadl ist Diskretion Ehrensache!

E-Mail von Maja an Adrian, 6. Juni, später Vormittag

Lieber Adrian,
schade, dass du am Wochenende nicht hier warst. Ich bin, um meine Gedanken zu ordnen, hinauf zur Adelegg gewandert.

Es war herrlich. Einen so wolkenlos blauen Himmel, eine solche Fernsicht – das erlebt man selten im Allgäu.

Es war gut, dass wir am Telefon über die fatale Sache mit unserem Grundstück so ausführlich sprechen konnten. Nein, ich werde keine Kurzschlusshandlungen begehen. Ich werde auch deinen Rat beherzigen und nichts unternehmen, solange Titus am Leben ist.

Dennoch. Ich habe mir am Abend ein weiteres Mal den Ordner mit den Unterlagen zum Haus vorgenommen. Ganz hinten hat Titus einen zugeklebten Briefumschlag eingeordnet. Darauf steht: »Nach meinem Tod zu öffnen.« Dieser Briefumschlag ist mir bisher völlig entgangen.

Er liegt jetzt neben meinem PC und starrt mich an. Soll/darf ich ihn öffnen? Titus ist ja noch am Leben, aber ist er noch derselbe wie früher? Hat die Demenz nicht längst eine andere Person aus ihm gemacht???

Deine Maja

E-Mail von Maja an Adrian, Montag, 6. Juni, eine Stunde später

Adrian,
ich habe den Umschlag (ganz klassisch!) über Wasserdampf gehalten und geöffnet. Der Inhalt: ein Sparbuch mit exakt 100 000 Euro. Dazu der Vermerk, der Betrag diene ausschließlich dazu, unser Grundstück ordnungsgemäß zu bezahlen.

Weiter enthielt der Umschlag einen Brief an mich, in dem er schildert, wie sein Vater an das Grundstück gekommen ist und welche Rolle die Freunde Winterstein und Co. in dessen Leben spielten und dass er, Titus, schon früh beschloss, sein Leben anders zu führen. Adrian, wir haben völlig richtig kombiniert!

Weiter schreibt er, dass er, angefangen von seinem ersten Gehalt bis zur Endsumme von 100 000 Euro von seinem Beamtengehalt jeden Monat einen Betrag zur Abzahlung des

Grundstücks abgezweigt habe. Nach seiner Eheschließung auch mit Wissen und Billigung seiner Ehefrau, meiner Mutter Renata.

Er schreibt: *Mein liebes Kind, ich weiß, dass ich dir vertrauen kann. Du wirst herausfinden, wem der Betrag zusteht, und angemessene Schritte unternehmen. Du wirst dich aber fragen, weshalb ich die Sache nicht längst diskret und in aller Stille in Ordnung gebracht habe, ganz im Sinne meines Wahlspruchs »Üb immer Treu und Redlichkeit«.*

Die Antwort ist banal: Es dauerte seine Zeit, bis ich den Betrag angespart hatte. Danach schien mir einmal der Zeitpunkt nicht günstig, dann wieder war mir der Bürgermeister nicht verschwiegen genug ... Kurz, ich drückte mich. Auch mit der Begründung, dass das Mädchen Irmi Hinterberger keine Nachkommen hatte und die Gemeinde das Geld nicht unbedingt benötigen würde.

Wenn ich ganz ehrlich bin, lag der wahre Grund aber darin, dass mein Bruder noch lebte. Zwar in der Schweiz, wohin er nach Kriegsende mit Hilfe eines Freundes flüchten konnte und unter falschem Namen lebte. Er hatte aber auch noch den einen oder anderen Freund in Argenried und hätte durch sie davon erfahren. So wie ich ihn kannte, hätte er alle Schuld auf mich geschoben und (anonym) einen Reporter der BILD kontaktiert.

Ich sah die Schlagzeilen vor mir: »Der Wohltäter von Bad Argenried? In Wahrheit zwang ihn sein Gewissen, eine alte Rechnung zu begleichen.«

2014 starb mein Bruder. Keine Sekunde habe ich um ihn getrauert. Sein Tod fiel mit dem Beginn meiner Krankheit zusammen. Die Diagnose zu akzeptieren fiel mir nicht leicht, aber das entschuldigt meinen Entschluss wohl nicht: Ich überlasse es dir, mein liebes Kind, den Betrag in angemessener Weise zu verwenden.

In Liebe
dein Vater

Titus hat mir also ein rechtes Kuckucksei ins Nest gelegt!

Ich bin froh, dass ich den Umschlag nicht erst nach seinem Tod geöffnet habe; du musst mir helfen, die nächsten Schritte zu planen.

Deine Maja

PS: Ob dieser geheimnisvolle Onkel geheiratet und Kinder hinterlassen hat??? Das wären dann meine Vettern und/oder Basen. Adrian, I'm not amused!

E-Mail von Maja an Henriette, 6. Juni, nachmittags

Liebe Henriette,
am Telefon konnte ich dir die neuesten Entwicklungen, als Titus mit Florian beim Arzt war, in allen Einzelheiten schildern. Es ist unbestreitbar, dass mein Großvater und sein älterer Sohn, der geheimnisvolle Onkel, über eine Menge krimineller Energie verfügten, die meinem Vater (und mir!) völlig abgeht.

Nun treibt mich die Frage um, wie es mit Jörg Winterstein steht: Tu ich ihm unrecht? Wenn ich an seine langjährige Beziehung zu seiner Sekretärin und der Affäre mit mir denke, ist er alles andere als ein Ehrenmann. Jedoch: Eine Doppelbeziehung ist unmoralisch, aber nicht kriminell.

Wie aber steht es mit dem heiligen Georg?

Mehrmals hat mich Winterstein eine »damische Rutschen« genannt. Darüber ärgere ich mich, klar, aber eigentlich ist es nur der Ausdruck seiner Hilflosigkeit – er weiß nicht, wie er mit mir umgehen soll. Der Kerl kennt eben nur Frauen in der Art einer Maletzke.

Weißt du, mir fehlen die Auseinandersetzungen mit ihm. Mir fehlen auch sein Spott und die Lässigkeit, mit der er meine Einwände beiseitegewischt hat. Sie haben mich immer zum Nachdenken gezwungen!

Adrian und ich dagegen verstehen uns ohne Worte, zwischen uns gibt es keine Auseinandersetzungen. Das ist bequem, aber auch ein bisschen langweilig.

Na, wahrscheinlich sind diese Überlegungen müßig. Als damische Rutschen bin ich für Winterstein nicht interessant.

Überhaupt: Ich hasse ihn!

Deine Maja

E-Mail von Kurt an Maja, 6. Juni, später Nachmittag

Maja,
die einzigen noch lebenden Verwandten der verstorbenen Irmi Hinterberger sind die Schotts.

Warum willst du das wissen?

Servus

Kurt

E-Mail von Maja an Kurt, 6. Juni, später Nachmittag

Sag ich dir später mal. Das Schicksal der Waise geht mir nicht aus dem Kopf.

LG Maja

E-Mail von Henriette an Maja, 7. Juni, vormittags

Liebe Maja,
ich mache mir Sorgen um dich. Du gehst einfach nicht ans Telefon. Was ist los?

Hier in Stuttgart wird es heiß und immer heißer. Die Hitze steht im Kessel, ich mag nicht mal mehr zum Einkaufen fahren, besorge alles in Degerloch. Gestern war die Beerdigung unserer Nachbarin gegenüber, der Frau Werner. 89 Jahre alt ist sie geworden, bis zuletzt konnte sie in ihren eigenen vier Wänden bleiben, weil ihre Kinder eine verantwortungsvolle

Pflegerin einstellten. Jetzt soll das Haus verkauft werden: großes Grundstück, der Garten ist ziemlich verwildert, und überhaupt braucht das Gebäude eine Generalüberholung. Aber die Lage ist einmalig. Ausrichtung nach Süden, unverbaubarer Blick, Sackgasse – besser geht's nicht.

Mal sehen, wen wir als neue Nachbarn bekommen. Hoffentlich nette Leute! Mein Mann, der Clemens, ist schon ganz aufgeregt.

Ja, mein Clemens! Zwischen uns läuft ja seit Monaten gar nichts mehr, obwohl er erst Anfang fünfzig ist! Als es noch kalt und trist draußen war, hat es mich nicht so gestört, aber jetzt im Sommer ist das ein unhaltbarer Zustand. Ich bin doch keine verschrumpelte Alte, Maja, ich gehe regelmäßig zum Friseur und zur Kosmetikerin, und die paar Pfunde, die ich zu viel hab, machen mich auch nicht hässlich. In meinem Garten wächst kein Unkraut, das Haus ist super gepflegt, ich hab den »Feinschmecker« abonniert, ich koche so gut wie Vincent Klink auf der Wielandshöhe, ich bin sparsam, mein Haushalt läuft wie geschmiert, ich hab nicht mal einen Liebhaber – mein Gott, was will ein Mann denn mehr?

Jedenfalls habe ich Clemens' Urologen angerufen und ihm gesagt, ich würde meinen Mann zu ihm schicken, er soll ihn mal gründlich durchchecken, für eine Frau, wie ich es bin, sei ein impotenter Mann schließlich nicht das Gelbe vom Ei.

Clemens hab ich gesagt, in seinem Alter seien regelmäßige Check-ups ein Muss. Er ist zum Arzt gegangen, Maja, und weißt du was? Der Mann ist topgesund! Keine vergrößerte Prostata, keine erhöhten Werte, kein Grund, ihm die bewussten hellblauen Pillen zur Potenzsteigerung zu verschreiben, kein Garnichts!

Jetzt mache ich mir erst recht Sorgen. Welcher kerngesunde Mann verzichtet monatelang freiwillig auf Sex???

Ich weiß, dass du riesige Sorgen hast. Gehst du deshalb nicht ans Telefon??? Sei doch so gut und maile mir deine Einschätzung meiner Lage!

Tausend Grüße von deiner Stuttgarter Freundin

Henriette

E-Mail von Maja an Henriette, 7. Juni, später Vormittag

Liebste Henriette,

zuerst musste ich über deine Mail schmunzeln, dann sogar lachen, aber schließlich wurde mir die Brisanz deiner Lage bewusst: Auch ich weiß von keinem gesunden Mann, der absolut sexabstinent ist. Ich vermute mal, dass sogar unser beleibter und kurzatmiger Hochwürden seine Luitpolda ab und zu … Du weißt schon.

Es gibt natürlich die geborenen Böcke. Ich denke da an Winterstein, der jede Frau flachlegen muss. Aber selbst Adrian, dessen Hauptgeliebte zweifellos die Kunst ist, will mit mir schlafen – zugegeben, nicht jedes Wochenende, aber doch so gut wie.

Gut, das sind keine repräsentativen Überlegungen und Erfahrungswerte, aber die Frage, die du dir schon gestellt hast, drängt sich auf: Ist Clemens vielleicht doch krank? Ich will dir keine Angst einjagen, aber es gibt Krankheiten, die entsprechende Funktionen des Körpers lahmlegen.

Übrigens: Fünfzig ist ja angeblich ein magisches Alter für einen Mann. Könnte es sein, dass er seine Manneskraft mit jungem Blut auffrischt? Kommt er später als sonst nach Hause? Geht er »auf Fortbildung«? Bekommt er zu ungewöhnlichen Zeiten einen Anruf, den er in einem anderen Zimmer entgegennehmen muss? Benutzt er ein neues, ein »dynamisches« Rasierwasser?

Wäre ich an deiner Stelle, würde ich meine Augen offen halten.

Liebe Henriette, warum kommst du nicht für ein paar Tage zu mir ins Allgäu? Das Wetter ist herrlich, du kannst kuren, kannst dich von Babette pflegen und von Ansgar massieren lassen, und vergiss nicht: Für Winterstein wärst du ein Geschenk Gottes – seine Sekretärin, die Maletzke, hat ihn (vorübergehend?) verlassen und bräunt auf Mallorca. Dort sinnt sie auf Rache. Babette meint, bei ihrer Rückkehr müsse ich mit dem Schlimmsten rechnen – ihr erstes Mordopfer wäre ich, das zweite der Winterstein. Wenn du also von dem Mann noch etwas haben willst, komm sofort!

Sei nun herzlich umarmt von

deiner Maja

E-Mail von Henriette an Maja, 7. Juni, Nachmittag

Liebe Maja,
ich war völlig blind, taub, ahnungslos und generell begriffsstutzig. Du hast mich mit deiner Mail wachgerüttelt. Mensch, Maja, alles was du schreibst, trifft zu: längere Arbeitszeiten, mysteriöse Fortbildungen, Anrufe, ein neues Rasierwasser plus ein neuer Frisör!!! Sogar vergangenen Samstag »musste« Clemens »ins Büro«!

Bereits vorgestern bin ich in der Nacht aufgestanden und hab sein Handy gecheckt. Nichts. Er muss ein zweites besitzen. Auch nichts im Schreibtisch, in seinen Taschen ... null.

Also wollte ich Fakten schaffen, bin zum Breuninger gefahren und hab mir supertolle Unterwäsche gekauft – leider keine von Agent Provocateur, denn in meiner Größe gibt's da überhaupt nichts. Eine Gemeinheit sondergleichen; nicht nur junge, knusprige, überschlanke Mädchen haben Bedürfnisse!

Der Kauf war ein doppelter Reinfall. Erstens hab ich beim Ausparken einen nagelneuen hochpolierten Geländewagen von Porsche gerammt. Die Fahrerin desselben war eindeutig die Freundin des Besitzers, sie kreischte nämlich: »Wenn den Kratzer dem Markus seine Frau sieht, schmeißt sie ihn aus dem Haus!«

Worauf ich sagte: »Das kann Ihnen doch nur recht sein, oder?«

Und sie: »Menschenskind, ja! Wissen Sie was? Machen Sie die Delle noch ein bissle tiefer, dann lohnt es sich wenigstens.«

Ich hab mit ihr ein Gläschen an der Sektbar geleert. Auf den Schreck hin und weil sie mir von ihrem Markus berichten wollte. Der schafft beim Porsche, ist, wie gesagt, verheiratet, aber zwischen ihm und seiner Frau läuft nichts mehr, seit sie seine Freundin ist.

»Also, mir muss er schon treu sein«, hat sie gesagt. »Wo er doch von seiner Alten nichts mehr wissen will, weil die ihn zu Tode langweilt. Hat nämlich nur noch Garten, Haus und Herd im Hirn, die blöde Tussi. Und teure Kochzeitschriften. Die sind für die wie's Evangelium. Aber scheiden lassen wird sich mein Markus nicht. Er sagt, eine Haushälterin käme ihn teurer.«

Maja, ich dachte, die spricht von mir! Du kannst dir vorstellen, wie mir der Schreck in die Glieder gefahren ist! Jedenfalls – der Kratzer war der erste Reinfall.

Der zweite der Unterwäschekauf. Also, mein Clemens lag am Samstagabend nach dem »Büro« (!) im Bett – im Schlafanzug! Bei der Hitze! – und ich bin vor ihm mit eingezogenem Bauch und wogendem Busen rumgetänzelt und hab ihm feurige Blicke zugeworfen. Weißt du, was der blöde Sack gesagt hat?

»Warum bist denn so hibbelig? Hat dich 'ne Schnake gestochen? Hab gar nicht gewusst, dass die Biester so früh im Jahr schon unterwegs sind. Henriette, mach's Fenster zu.«

Ich hab die ganze Nacht kein Auge zugetan, das darfst du mir glauben.

Heute, gleich nach deiner Mail, hab ich einen Detektiv angerufen. Er muss den Clemens beschatten. Eine Woche lang, hab ich gesagt, dann muss er Ergebnisse präsentieren, sonst sieht er keinen müden Cent.

Hab dann meinen Koffer gepackt, das Auto aufgetankt, die Blumen nochmals gegossen, dem Kerl einen Zettel an den Kühlschrank gepappt, damit er weiß, dass ich bei dir bin, und wenn ich die Mail abgeschickt habe, freue ich mich auf dich und die Affäre mit dem Winterstein.

In heißer Vorfreude
deine Henriette

PS: Ich will keinen Stress mit dir. Ist dir Winterstein wirklich egal? Und wird's dir nicht zu viel mit mir und dem Titus?

SMS von Maja an Henriette, 7. Juni, zehn Minuten später

Total egal! Genieß den Kerl!!!
Ich freu mich riesig auf dich!
Maja

E-Mail von Maja an Adrian, 13. Juni, abends

Lieber Adrian,
es war ausgesprochen ritterlich von dir, dass du Henriette klaglos ertragen hast, und die Einladung zum Essen im Hochgratblick war großzügig obendrein! Herzlichen Dank von uns beiden; Henriette meinte, wenn du nicht bereits an mich vergeben wärst, würde sie bei dir Trost und Halt suchen – sie vermutet nämlich, ihr Clemens habe eine Affäre.

Ehrlich gesagt deutet alles darauf hin. Da sie es sich mit mir nicht verderben will, streckt sie ihre Fühler nicht nach dir, sondern nach Winterstein aus. Ob du es glaubst oder nicht: Mit Erfolg!

Als ich heute früh meinen Vater unter die Dusche zwang (er hasst das wie die Pest, es ist jedes Mal ein Kraftakt), radelte sie nach Argenried hinunter, um bei der Bäcker-Resl frische Brezeln und Wecken zu besorgen. Die Resl würde sich lieber die Hand abhacken als einen Schwatz auslassen, und als die beiden ihre Mäuler wetzten, kam Winterstein in den Laden. Resl machte die beiden miteinander bekannt, ein Wort gab das andere, mit dem Ergebnis, dass er heute Nachmittag Henriette abholte und mit ihr ins Grüne fuhr. Ich fürchte, vom Allgäuer Grün hat sie nicht besonders viel gesehen; Winterstein ist mit Henriette in den Wald gefahren, wo er eine Jagdhütte besitzt.

Mit glänzenden Augen, derangierten Haaren und einem seligen Lächeln im Gesicht ist sie vor einer Viertelstunde ins Haus getänzelt. Sollte sich die Affäre entwickeln, werde ich sie zu nutzen wissen, Adrian – ich hab schon eine Idee!

Jetzt aber zu einem ernsteren Thema. Du hast Titus gesehen. Du warst betroffen über seinen Verfall und meintest, vor zwei Wochen noch hätte er mindestens drei Kilo mehr auf den Rippen gehabt. Das stimmt. Vor kurzem kam er auch ohne Probleme die Treppe hoch, er aß und trank und deckte den Tisch.

Das alles ist Vergangenheit. Der Sturz und die wenigen klaren Augenblicke danach haben seine Kräfte aufgezehrt. Jetzt folgt er mir auf Schritt und Tritt, fasst wie ein kleiner Junge nach meiner Hand oder will umarmt werden. Manchmal sitzt er auch nur im Sessel. Sein Arzt, Dr. Semmering, kann ihm nicht helfen, es geht einfach nur dem Ende zu, doch Semmering kann nicht sagen, wie lange Titus noch bei mir ist – es kann sich noch monatelang hinziehen.

Ich mache mir oft bewusst, dass auch mich (und dich!) jeder vergangene Tag dem Ende näher bringt, aber irgendwie ist das doch weit weg.

Warum schreibe ich dir das? Weil du Geduld haben musst. Ist es denn sinnvoll, dass du so gut wie jedes Wochenende die lange Fahrt auf dich nimmst? Der Sommer ist da; du solltest dir ein paar Wochen Urlaub gönnen und wegfahren.

Deine Maja

E-Mail von Adrian an Maja, 13. Juni, zehn Minuten später

Geliebte,
mach dir keine dummen Gedanken und lass uns darüber auch nicht diskutieren: Mein Platz, selbst wenn es nur am Wochenende ist, ist an deiner Seite.

Und was Urlaub betrifft – der ist ohne dich undenkbar.

In inniger Liebe
dein Adrian

E-Mail von Nicki an Maja, 13. Juni, spätabends

Liebe Mama,
Ferdi und ich wollen heiraten, bevor das Baby auf der Welt ist. Ferdi sagt, die Kleine soll von Anfang an seinen Namen tragen, hinterher würde alles komplizierter. Wir haben während des ganzen Wochenendes darüber geredet, jetzt kann ich nicht schlafen, deshalb schreibe ich dir.

Mama, sag bitte nicht, Ferdi und ich seien nur erst sehr kurz zusammen – wir wissen, dass wir füreinander bestimmt sind. Und du magst ihn doch auch, hast du gesagt!!!

Auf jeden Fall möchte ich in Argenried getraut werden. Feiern könnten wir in Opas Haus, oder, wenn dir das zu viel ist, im Hochgratblick. Es soll eine kleine Hochzeit werden; wenn wir unsere Freunde einladen, rechne ich mit etwa 60 Leuten.

Papa muss natürlich auch kommen. Nur: Was machen wir mit seiner Neuen? Mein Bauch ist ja okay, aber ihrer ist doch ein bisschen peinlich.

Ich erwarte das Baby Ende August, Anfang September, das heißt, dass wir spätestens Ende Juli heiraten müssen. Würde dir Sonntag, der 24.7., passen? Du musst dir das schnell überlegen, damit Tommy einen günstigen Flug buchen kann.

Deine Nicki mit Ferdi

E-Mail von Maja an Nicki, 13. Juni, zwanzig Minuten später

Liebe Nicki,
das sind ja aufregende Pläne! Nein, ich werde jetzt nicht die besorgte Mutter heraushängen und dich vor einem vorschnellen Entschluss warnen. Was passt, das passt, und was schiefgehen soll, wird schiefgehen. Eine Garantie für eine glückliche Ehe kann dir niemand geben. Das siehst du ja an deinem Vater und an mir.

Was sagen denn Ferdis Eltern zu euren Plänen? Wo wohnen sie, was machen sie beruflich? Ich würde sie gerne vor dem Fest kennenlernen, allerdings kann ich wegen Titus keine weite Reise unternehmen, sie sollten also nach Argenried kommen.

Mit dem 24.7. bin ich einverstanden. Ihr wisst jedoch, wie ungewiss Titus' Lebenszeit ist. Ihr müsst damit rechnen, dass ihr eure Hochzeit verschieben müsst.

Und noch etwas: Wer bezahlt das Fest? Vorausgesetzt, Titus ist noch am Leben, stelle ich das Haus gerne für den Sektempfang nach der Kirche zur Verfugung. Alles andere, die Trauung, das Essen im Hochgratblick, eventuelle Übernachtungsmöglichkeiten für Gäste und so weiter ist eure Angelegenheit. Kannst ja deinen Vater um eine kleine Unterstützung bitten!

Bitte maile mir rasch deine/eure Antwort!

Mit den herzlichsten Grüßen von

deiner Mami

E-Mail von Babette an Maja, 14. Juni, vormittags

Liebe Maja,
die Ines hat sich's Kreuz beim Bücherkistenschleppen verrenkt, gerade hat unser Ansgar ihr's wieder gerichtet. Hernach haben wir zwecks Kreislaufstärkung einen Meisterwurz gekippt, da hab ich dann von der Hochzeit deiner Nicki gehört.

Ja, was soll ich dazu sagen! Ich mit meiner Escort-Service-Erfahrung überleg mir halt, warum es der Bub so eilig hat, wo die Nicki ja net wirklich die Mutter seines Kindes ist. Aber mei, warum soll er dein Mädle net mögen – man hat schon Kühe kotzen sehen, und aufhalten kannst junge Leut sowieso net, und richtig viel Geld habt's ihr ja net, auf des der's abgesehen haben könnt, also gönn den zwei ihr Glück und pass auf den Titus auf, dass er's Fest noch möcht erleben.

Deine Schulfreundin
Babette
Im Heustadl ist Diskretion Ehrensache!

E-Mail von Maja an Babette, 14. Juni, zehn Minuten später

Liebe Babette,
ich bin ganz gerührt! Du hast mir eine so schöne Mail geschickt, und wie immer hast du deinen hübsch manikürten Zeigefinger direkt in die Wunde gelegt: *Warum will der Junge so schnell heiraten?*

Ich weiß es nicht, Babette, aber die Frage treibt mich um. Ich muss Ferdi unbedingt auf den Zahn fühlen, aber Titus braucht mich, und den Jungen kann ich schließlich nicht herzitieren. Weißt du mir keinen Rat?

Deine Maja

E-Mail von Maja an Adrian, 14. Juni, nachmittags

Lieber Adrian,
große Neuigkeiten: Meine Tochter Nicki will heiraten. Gottlob nicht den Vater ihres Kindes, sondern einen Biologen, einen Arbeitskollegen.

Mein früherer Mann hat angerufen; er ist einverstanden, weil »Tochter und Kind dann versorgt sind«. Das sind sie mitnichten! Der junge Mann hat keinen festen Job, er schreibt noch an seiner Doktorarbeit! Was soll ich tun? Zustimmen oder abraten? Du hast Ferdinand bei dem Besuch auf der Mainau kennengelernt. Was hältst du von ihm?

Meine Freundin Henriette ist mit ihrer »Affäre Winterstein« im siebten Himmel gelandet. Er holt sie ab und düst mit ihr in seinem Porsche Richtung Liebesnest. Das ist seine Hütte im Wald. Er hat Henriette um Jahrzehnte verjüngt, Adrian! Sie verschwendet keinen Gedanken an ihren Mann und dessen Geliebte – wir nehmen an, dass er eine solche hat; der Detektiv, den sie engagiert hat, hat noch nichts von sich hören lassen.

Sorry, meine Sätze waren auch schon mal besser!

Schade, dass Winterstein Henriette nie in sein Haus einlädt. So komme ich einfach nicht voran.

Hier regnet es in Strömen. Auf den Wiesen steht das Wasser, die Argen schwillt an. Mal sehen, wann sie über die Ufer tritt. Und bei dir in Stuttgart soll die Sonne scheinen – wie ungerecht!

Herzlich
deine Maja

PS: Ich freue mich aufs Wochenende!

WhatsApp von Tommy an Maja, 14. Juni, abends

Hi Mum,
hab von Nicki 'ne Mail mit komischem Inhalt bekommen: Ihr Typ will sie noch vor der Geburt des Kindes heiraten. Soll das ein Witz sein oder was?

Für meinen Freund, den Philipp, und mich käme so was nicht in Frage. Mal ehrlich, Mum: Was hältst du von Nickis Lover?

Wir bewegen uns wieder nordwärts, machen noch einen Abstecher nach Valparaiso, aber dann geht's Richtung Santiago und Flughafen. Will die Hochzeit (?) plus Taufe nicht versäumen und muss mich um einen Studienplatz bemühen: Geowissenschaften! So, jetzt ist die Katze aus dem Sack. Da staunst du, was?

LG Tommy

E-Mail von Maja an Adrian, 19. Juni, abends

Lieber Adrian,
kaum hattest du dich ins Auto gesetzt, haben sich hier die Ereignisse überschlagen!

Erstens: Henriette kann sich von Winterstein (noch) nicht trennen, das heißt, sie verlängert ihren Urlaub in Argenried. Das hat sie mir heute, kurz nachdem du weggefahren bist und bevor sie von Winterstein abgeholt wurde, gesagt. Darüber bin ich nicht traurig, ganz im Gegenteil! Ich habe ihr aber eingeschärft, dass sie dafür etwas tun muss. Sie muss auf Teufel komm raus in Wintersteins Haus gelangen – warum, berichte ich dir nach geglückter Aktion.

Zweitens: Ohne dass ich davon wusste, sind Ines und Babette heute auf die Mainau gefahren. Im Kofferraum Jäckchen und Strampelhosen fürs Baby, einer ganzen Schwarzwälder Kirschtorte, einer großen Tüte Kaffee, fein gemahlen, sowie

Zucker und Sahne – dies alles vorsichtshalber, da sie den jungen Leuten keine ordentliche Vorratshaltung zutrauten. Dergestalt haben sie Nicki und Ferdi überfallen. Mit der Absicht, den jungen Mann unter die Lupe zu nehmen und bei Nichtgefallen meine Tochter von der Heirat abzubringen.

Es ist aber ganz anders gekommen: Beide sind begeistert von meinem zukünftigen Schwiegersohn! Er hat bereits eine Wiege gezimmert, ein Brett über die Badewanne gelegt, auf dem man die Kleine wickeln kann, er hat bei eBay einen Kinderwagen gekauft und etliches andere mehr – alles ist vorbereitet, und wie meine Freundinnen übereinstimmend versichern, ist er eine ehrliche Haut und liebt Nicki von Herzen. So weit ist alles gut.

Was sie, was wir aber nicht verstehen: Seine Eltern und Geschwister wissen noch nichts von der Hochzeit. Er will sie vor vollendete Tatsachen stellen. Warum, haben ihn die beiden gefragt, ob er damit rechne, dass sie dagegen seien?

Freimütig habe er geantwortet, ja, damit sei zu rechnen, weil sie grundsätzlich erst mal gegen alles Neue wären. Außerdem seien sie streng katholisch, eine Frau habe »rein« in die Ehe zu gehen. (Du lieber Himmel – in welchem Jahrhundert leben die denn?) Um ihrem Veto vorzubeugen, wolle er ihnen erst nach der Hochzeit »beichten«, er habe Nicki geschwängert, weshalb er sie natürlich habe heiraten müssen.

Ines meinte dann, es sei keine gute Grundlage, die Ehe auf einer Lüge aufzubauen. Es sei eine Notlüge, und besondere Umstände erforderten eben besondere Maßnahmen, habe er gesagt. Wenn er aber das Kind als seines ausgeben wolle, könne er seine Eltern doch schon jetzt einweihen, habe Babette vorgeschlagen. Im Allgäu sei es schließlich althergebrachte Sitte, ein Mädchen erst dann zu heiraten, wenn man sicher wisse, dass sie fruchtbar und somit der Nachwuchs gesichert sei. Eine hübsche Doppelmoral – wie soll eine Schwangere rein in die Ehe gehen?!

Um es kurz zu machen: Babette und Ines haben mir die Adresse der Familie Grünlich in die Hand gedrückt. Nun liegt es an mir, dem Paar zu schreiben und sie zum Kennenlernen einzuladen. Eine undankbare Aufgabe!

Trotzdem: Ich bin meinen Freundinnen sehr dankbar. Vor allem auf Babettes Urteil kann ich mich verlassen; durch ihre Zeit im Escort-Service kennt sie die Männer, wie sie sagt, »inwendig und auswendig«.

Drittens – und damit kommt der absolute Hit des Tages: Als Winterstein kurz nach neun Uhr Henriette vom Schäferstündchen in der Hütte im Wald zurückgebracht hat, ist sie wutschnaubend und völlig derangiert ins Haus gestürmt. Es brauchte zwei Gläser Cognac, bis sie mir sagen konnte, weshalb. Du wirst es nicht für möglich halten, aber Wintersteins Geliebte ist zurückgekommen – sie bräunte auf Mallorca –, hat ihn in seinem Haus nicht angetroffen, ist zur Hütte gefahren, hat die beiden in flagranti überrascht, Henriette an den Haaren vom Lager gezerrt und sich wie eine Furie auf Winterstein gestürzt, hat ihm das Gesicht zerkratzt und ihn kräftig verprügelt. Ich hätt's ja so gerne mitangesehen!

Es war schön mit dir, Adrian. In diesen turbulenten Zeiten tut mir deine Ruhe gut. Bist du ohne Unfall nach Hause gekommen?

Liebe Grüße von
deiner Maja

E-Mail von Kurt an Maja, 20. Juni, morgens

Hallo Maja,
täglich grüßt mein Physio! Gehen kann ich noch nicht, nur humpeln, aber es wird schon, sagt er, und Geduld soll ich haben.

Scheiß drauf! Ich hab Geduld für drei Leben verbraucht!

Okay, sorry. Was ich dich fragen will: Hast die Suche nach dem Heiligen komplett eingestellt? Oder warum lässt nichts von dir hören? Der Bene ist auch immer unterwegs, brütet ständig neue Ideen für seine Zeitung aus und vergisst mich …

Ich hab den Blues, Maja. Muss mich besaufen.

LG Kurt

E-Mail von Maja an Kurt, 20. Juni, vormittags

Lieber Kurt,
du willst den Blues mit einem Kater toppen? Tu's nicht!

Weißt du, dass ich dich (und deine Familie!!!) schon seit vielen Wochen bewundere? Eine so miese, langwierige und obendrein unverschuldete Verwundung hast du nahezu klaglos ertragen. Dass dir erst jetzt der Geduldsfaden gerissen ist, ist eine wahnsinnige Leistung – Hut ab!

Mir geht es gerade auch nicht so rosig: Titus baut mehr und mehr ab, meine schwangere Tochter hat ihre Hochzeit angekündigt und will das Fest in Argenried feiern. Ich weiß nicht, wo mir der Kopf steht.

Bitte hab Verständnis dafür, wenn ich die St.-Georgs-Suche vorübergehend auf Eis lege.

Herzlichst
deine Maja

PS: Bis zu Nickis Hochzeit muss dich der Physio fit gemacht haben – ich rechne mit deiner Anwesenheit, verstanden? Also halt dich ran, Mann!

E-Mail von Adrian an Maja, Montag, 20. Juni, nachmittags

Meine geliebte Maja,
danke, ich bin ohne Unfall, doch mit wehem Herzen und einer großen Portion Sehnsucht in Stuttgart angekommen. Maja,

wir sind schon einige Jahre befreundet und haben auch viel gemeinsam erlebt, und doch erstaunst du mich immer wieder aufs Neue: Ich kenne und kannte keine Frau, die es auch nur im Entferntesten mit dir aufnehmen kann.

Wie ich zu dieser Einschätzung komme? Nun, das will ich dir gerne mitteilen. Dazu arbeite ich, genau wie du, die Punkte der Reihe nach ab.

Erstens: Du unterstützt deine Freundin Henriette, obwohl sie absolut unmoralisch handelt. Du könntest ihr auch die Leviten lesen und sie aus dem Haus werfen!

Zweitens: Deine Freundinnen Babette und Ines lieben dich so sehr, dass sie deinetwegen (und wegen einer Portion Neugierde) einen ganzen Sonntag auf verstopften Straßen am Bodensee entlanggondeln, dies, um sich ein Bild von dem jungen Mann zu verschaffen und dir damit unnötige Sorgen zu ersparen oder dich, im Bedarfsfall, zu energischem Eingreifen zu zwingen.

Nun musst du nur noch die Familie Grünlich um den Finger wickeln. Ich zweifle keinen Augenblick daran, dass dir das gelingen wird. Bleibt zu hoffen, dass die Grünlichs nicht so unsympathisch sind wie der Buddenbrook'sche Grünlich. Du erinnerst dich. Er war, wie sich leider zu spät herausstellte, vollständig zahlungsunfähig und sagte immer: »Das putzt ganz ungemein!« Schrecklich – in diesem Satz steckt der ganze Kerl!

Drittens: Ich bedaure zutiefst, die Bekanntschaft dieser temperamentvollen Dame mit dem reizenden Namen – Lucy Maletzke – noch nicht gemacht zu haben, und wünsche, dies in naher Zukunft zu tun, wobei du mir gnädigst behilflich sein wirst.

Jetzt im Ernst, Maja: Mit welchem Recht stürmt diese Maletzke in eine Hütte, die nicht ihr Eigentum ist? Wäre ich Winterstein, würde ich Anzeige wegen Hausfriedensbruch und Körperverletzung erstatten.

Nun zu meiner eigenen Agenda.

Erstens: Ich bewundere deinen Humor. Möge er unerschöpflich sein!

Zweitens: Ich bin mir bewusst, wie es um Titus steht. Doch wir beide haben auch ein Recht auf unser Leben.

Deshalb drittens: Kommendes Wochenende legen wir unseren Hochzeitstermin unwiderruflich fest. Standesamt genügt vorerst.

Viertens: Solltest du dazu nicht bereit sein, entziehe ich dir mein Herz und kündige dir die Stelle im Auktionshaus.

Fünftens: Die letztgenannten Punkte eins bis vier sind mein voller Ernst.

LG Adrian

E-Mail von Maja an Ines und Babette, 20. Juni, spätnachmittags

---

Ihr Lieben,
in der Sache Nicki und Ferdi habt ihr mir so wunderbar und uneigennützig geholfen. Nun benötige ich schon wieder eure Hilfe und euren Rat.

Von dem Überfall der Maletzke habt ihr zweifellos erfahren. Henriette will aber nicht abreisen, sie findet das feige und möchte der Lucy eins auswischen. Die Frage ist: Wie? Dazu brauchen wir eure Ideen.

Henriette will auch deshalb hierbleiben, weil sie heute Post (samt einer gesalzenen Rechnung, aber die ist ihr egal) von ihrem Detektiv bekommen hat: Ihr Mann hat seit gut einem halben Jahr eine Geliebte. Sie studiert irgendetwas Technisches, wofür die Uni Stuttgart einen guten Ruf hat, ist 23 Jahre alt, kommt aus sehr schlichten Verhältnissen, das heißt, die Eltern können ihr nur mit Mühe das Studium bezahlen, weshalb sie abends in einer Bar nahe der Leonhardskirche (das ist der Rotlichtbereich Stuttgarts) hinterm Tresen steht, wo sie Henriettes Mann Clemens aufgegabelt hat. Nebenbei stellt sich die Frage: Was hatte er in dem Viertel verloren? Aber das ist momentan unwesentlich.

Weil Henriette das verständlicherweise erst mal verdauen und die nächsten Schritte überlegen muss, bleibt sie vorerst hier. Sie will sich auch die Maletzke vornehmen, was ich sehr vernünftig finde: Warum soll ihr die Henriette nicht zeigen, wo der Hammer hängt?

Ein anderes Problem ist vielleicht sogar noch dringender: Adrian will endlich Nägel mit Köpfen machen. Er will den Heiratstermin festlegen – Titus' Befinden (als Ausrede) akzeptiert er nicht mehr.

Frage: Soll ich oder soll ich nicht?

Falls nicht, kündigt er mir die Stelle in seinem Auktionshaus. Das ist doch Erpressung, oder?

Lagebesprechung heute Abend bei mir? Henriette hat Wein und Chips besorgt.

Eure Maja

WhatsApp von Maja an Tommy, 20. Juni, abends

Nickis Ferdinand ist okay. Mach dir keine Sorgen. Ausführliche Mail folgt demnächst.

LG Mami

WhatsApp von Tommy an Maja, 20. Juni, eine Viertelstunde später

Ferdi hat mir eine lange Mail geschickt. Bin einverstanden mit Mann und Hochzeit. Der Alte rotiert, weil Nicki seine Neue nicht einladen will. Gut so!

LG Tommy

WhatsApp von Maja an Tommy, 20. Juni, zehn Minuten später

Nicki muss hart bleiben. Unterstütze sie.
LG Maja

WhatsApp von Tommy an Maja, 20. Juni, fünf Minuten später

Klar doch!
LG Tommy

E-Mail von Maja an Nicki, 21. Juni, vormittags

Liebe Nicki, lieber Ferdi,
nach reiflicher Überlegung habe ich mich entschlossen, deinen Eltern, lieber Ferdi, keinen Brief zu schreiben, in dem ich sie um ein Treffen bitte.

Das Verhältnis zu euren Eltern und Schwiegereltern ist allein eure Angelegenheit. Ihr seid erwachsen, ihr wollt heiraten, ihr werdet Eltern, also handelt entsprechend.

Und noch etwas ist in meine Überlegungen eingeflossen: Ich hätte ihnen von Nickis Schwangerschaft berichten müssen. Und der Ehrlichkeit halber eben auch, dass du, Ferdi, nicht der leibliche Vater des Kindes bist.

Bitte schreibe du deinen Eltern, Ferdi. Ich möchte sie sehr gerne kennenlernen, allerdings bin ich wegen Titus' Pflege ans Haus gebunden; sie werden verstehen, dass ich meinen Vater nicht allzu lange allein lassen möchte.

Ich umarme euch sehr herzlich
eure Maja

E-Mail von Sofferl an Florian, 21. Juni, später Vormittag

Hi Florian,
ich hab gerade bei der Resl ein paar Nusshörnchen geholt, als die Frau Dr. Renz auf den AB gesprochen hat. Sag ihr, ihr Handy liegt nicht neben der Kasse. Sie hat's auch nicht beim Ansgar vergessen. Er sagt, er hätt sie nur massiert, aber das Handy hätt sie nicht aus der Tasche gezogen.

LG Sofferl
Im Heustadl ist Diskretion Ehrensache!

E-Mail von Sofferl an Florian, 21. Juni, eine Stunde später

Florian,
sag der Frau Renz, ihr Handy liegt auf einmal neben der Kasse auf dem Tresen. Ich bin doch net blind, und blöd bin ich au net, aber vorhin war's garantiert noch net dagelegen, des schwör ich bei allen Heiligen!

Sofferl
Im Heustadl ist Diskretion Ehrensache!

E-Mail von Maja an Babette, 21. Juni, früher Nachmittag

Liebe Babette,
wie dumm, dass du ausgerechnet heute nach Kempten fahren musstest!

Gerade, als ich Ansgars Massage bezahlen wollte, rief meine Putzhilfe, die Alwine, an. Ich hab mich geärgert, dass sie schon wieder nicht zum Putzen kommt (ich wette, sie hat am Abend mit der Hilde ein Fläschle geleert). Danach muss ich mein Handy auf Sofferls Tresen gelegt und es nach dem Bezahlen vergessen haben. Bemerkt hab ich das erst, als ich wieder zu Hause war. Ich habe dann Sofferl angerufen, aber sie hat mein Handy nicht gesehen. Doch eine Stunde später lag es wieder da, wo ich es vergessen hatte. Ich hab's jetzt wieder.

Versteh mich richtig: Sofferl trifft keine Schuld; sie ist grundehrlich. Doch wie kann das Handy so plötzlich wieder auftauchen?

War eine Kundin da, die es (vielleicht) an sich genommen und meine SMS gecheckt hat? Ich habe keine Geheimnisse, aber unangenehm wäre es mir doch.

Deine Maja

E-Mail von Babette an Maja, 21. Juni, zwanzig Minuten später

Liebe Maja,
nach dir ist die Lucy zum Ansgar zur Massage gekommen. Sie wollt auch zu mir zur Gesichtsbehandlung, die dumme Kuh hat sich auf Malle einen saftigen Sonnenbrand geholt, aber die Schäden kannst net reparieren. Die Haut vergisst nix, die neuen Falten bleiben, deswegen war's mir net unrecht, dass ich hab nach Kempten müssen.

Im Heustadl war der Tresen net besetzt, das Sofferl hat ja die Nusshörnchen geholt. Aber ein Handy ist dagelegen, und weil sie die Maletzke ist, hat sie halt wissen wollen, wem das gehört. Wenn das Handy eingeschaltet war, dann gut Nacht! Dann hat sie alle Nachrichten gelesen und die Fotos gecheckt und weiß jetzt sowieso, wem's gehört.

Aber mach dir keinen Kopf, was soll die depperte Kuh damit anfangen. Nix.

LG Babette

Im Heustadl ist Diskretion Ehrensache!

Brief von Alois und Berthilde Grünlich an Maja, 21. Juni

Sehr geehrte Frau Dr. Renz,
bezugnehmend auf die Mitteilung unseres Sohnes Ferdinand kommen meine Frau Berthilde und ich am Samstag, 25. Juni, nach Bad Argenried, um Ihnen einen Besuch abzustatten. Uns passt es um 15 Uhr zum Kaffee, was wir auch von Ihnen hoffen.

Hochachtungsvoll
Alois Grünlich

E-Mail von Adrian an Maja, 21. Juni, 15 Uhr

Meine liebe Maja,
ich habe eine Mail erhalten, die ich an dich weiterleite. Es kann sich nur um eine böswillige und rachsüchtige Verleumdung handeln.

Sie sollen wissen, dass die Maja Renz eine Affäre mit meinem Verlobten hat. Sie treffen sich immer in seiner Hütte im Wald. Mal bloß zu zweit, mal mit noch einem Weibsbild zu einem flotten Dreier. Ich habe Beweise.

Nehmen Sie das Luder an die Kandare oder es setzt was.

Lucy Maletzke

Ich kenne dich und mag Obiges nicht glauben, trotzdem hätte ich gerne deine Stellungnahme. Wie kam Frau Maletzke an meine Mail-Adresse?

Stets dein Adrian

SMS von Maja an Babette, 21. Juni, 15.10 Uhr

Babette,
warum gehst du nicht ans Handy? Bei mir ist die Sch… am Dampfen! Lies, was ich dir weiterleite, dann ruf mich an. Was um aller Welt soll ich Adrian antworten?

Maja

SMS von Babette an Maja, 21. Juni, drei Minuten später

Nix antwortest dem Adrian. Der ist selber schuld, wenn er dem Luder glaubt.
Babette

SMS von Maja an Babette, 21. Juni, fünf Minuten später

Babette, eine Frau wie die Maletzke ist Adrian völlig fremd. Ich muss ihm antworten!!!
Maja

SMS von Babette an Maja, 21. Juni, drei Minuten später

Du schreibst ihm nix, du rufst ihn höchstens an.
Babette

SMS von Maja an Babette, 21. Juni, zwei Minuten später

Und was sag ich??? Ich hab ja mit Winterstein geschlafen!
Maja

SMS von Babette an Maja, 21. Juni, drei Minuten später

Na und? Dir hat's gut getan. Der Adrian soll dich am Buckel küssen.
Babette

SMS von Maja an Babette, 21. Juni, vier Minuten später

Babette, Adrian ist nicht Winterstein, der sich mit jeder aufs Lager schmeißt. Für den ist Sex ohne Liebe undenkbar.
Maja

SMS von Babette an Maja, 21. Juni, drei Minuten später

Geh mir weg! Die, wo so heilig tun, sind die schlimmsten Mannsbilder überhaupt.

SMS von Maja an Babette, 21. Juni, drei Minuten später

Adrian ist anders! Von mir erwartet er Ehrlichkeit und Aufrichtigkeit, glaub mir das doch!

SMS von Babette an Maja, 21. Juni, vier Minuten später

Glauben ist's eine, wissen ganz was anderes. Weißt denn, was der so treibt unter der Woch? Keine Ahnung hast, Maja!
Babette

SMS von Maja an Babette, 21. Juni, zwei Minuten später

Adrian macht mir kein X für ein U vor.
Maja

SMS von Babette an Maja, 21. Juni, zwanzig Minuten später

Heilige Einfalt!
Du willst meinen Rat. Hier hast ihn: Entweder du beichtest ihm die kleine Affäre, dann wird er sie dir bis in alle Ewigkeit aufs Butterbrot schmieren. Obendrein musst ihm dankbar sein, wenn er dir den Ausrutscher verzeiht. Das willst net wollen, oder?

Kannst ihm aber auch sagen, die Maletzke sei halt ein hirnloses Miststück, für die sei ein Muckenschiss der Weltuntergang, und du wärst tief enttäuscht von dem lieben Adrian. Wie könnt er dir an Dreier zutrauen, eine bodenlose Schand sei das! A solche Triefnas hätt a Frau, wie du es bist, gar net verdient.

Verstehst? Da lügst net einmal. Das sagst ihm am Telefon und heulst a bissle, und dann ist Schluss mit der Sach.
Babette

SMS von Maja an Babette, 21. Juni, fünf Minuten später

Ich soll den Spieß umdrehen?
Maja

SMS von Babette an Maja, 21. Juni, zwei Minuten später

Bist recht naiv, Maja – genau das musst tun.
Babette

SMS von Maja an Babette, 21. Juni, drei Minuten später

Babette, am Telefon kann ich das nicht. Ich schick ihm eine Mail.
Maja

SMS von Babette an Maja, 21. Juni, sieben Minuten später

Wenn's dir leichter fällt, mach's so. Ich würd telefonieren. Da kannst hinterher immer noch behaupten, nie und nimmer hättest das gesagt, das hätt er vor Aufregung in den falschen Hals bekommen. Mach, was willst!!
Babette

E-Mail von Maja an Adrian, 21. Juni, 17.30 Uhr

Adrian,
ich bin hell empört! Ich begebe mich doch nicht auf das Niveau einer Frau Maletzke. Dein Misstrauen enttäuscht mich zutiefst. Es ist besser, wir halten eine Zeitlang Abstand.
Maja

E-Mail von Adrian an Maja, 21. Juni, kurz danach

Einverstanden. Ich leite das Handy-Foto von Frau Maletzke an dich weiter.

Adrian

SMS von Maja an Babette, 21. Juni, 17.45 Uhr

Babette,
die Maletzke muss sich zur Hütte geschlichen und uns, Winterstein und mich, mit ihrem Handy fotografiert haben. Sie hat es Adrian geschickt!

Maja

SMS von Babette an Maja, 21. Juni, zwei Minuten später

Wer liegt oben, wer unten? Sieht man dein Gesicht?

Babette

SMS von Maja an Babette, 21. Juni, fünf Minuten später

Nein. Nur die Beine. Aber auf dem Fußboden liegen mein Kleid und die Unterwäsche.

Maja

SMS von Babette an Maja, 21. Juni, drei Minuten später

Vergiss die Unterwäsche. Kennt Adrian das Kleid?

Babette

SMS von Maja an Babette, 21. Juni, zwei Minuten später

Glaub nicht. Ich trag ja fast nur Jeans.
Maja

SMS von Babette an Maja, 21. Juni, zehn Minuten später

Dann regst dich ab. Kannst dem Heiligen ja mailen, ob auf deinen Fußsohlen jemand deinen Namen gepinselt hat, oder wie er erkennt, dass ausgerechnet du unterm Winterstein liegen sollst.
Babette

SMS von Maja an Babette, 21. Juni, eine Minute später

Bist ein Genie, Babette!
Maja

SMS von Babette an Maja, 21. Juni, drei Minuten später

Danke. Ich sag nur: Escort-Service!

Vergiss net, das Kleid zu verbrennen! Kannst es auch herschenken.
Babette

E-Mail von Maja an Adrian, 21. Juni, früher Abend

Nachtrag: Bin das deiner Meinung nach ich auf dem Foto der Frau Maletzke? Oder gehören die Beine nicht doch einer anderen Person?
Maja

E-Mail von Maja an Babette, 21. Juni, abends

Babette,
hätte ich mein Handy nur nicht auf dem Tresen liegen lassen! Murphys Law hat zugeschlagen: Wenn was schiefgehen kann, geht es todsicher schief.

Folgendes ist passiert: Die Maletzke betritt den Heustadl zwecks Reparatur ihrer sonnengeschädigten Haut, das Sofferl kauft gerade Nusshörnchen, folglich ist der Tresen nicht besetzt, jedoch liegt mein Handy darauf. Es ist eingeschaltet. Neugierig, wie die Maletzke ist, fingert sie dran herum ... Meine Schussligkeit hat ihr das perfekte Werkzeug für ihre Rache geliefert. Das alles ist dir bekannt.

Doch weißt du, was sie sich noch hat einfallen lassen?

Nach ihrer Rückkehr hat sie Winterstein nicht im Haus angetroffen, worauf sie eins und eins zusammenzählte und zur Hütte fuhr. Bevor sie aber reinstürzte, hat sie wieder ein Foto gemacht, diesmal von Winterstein und Henriette. Beide sind nackt und in eindeutiger Position. Das Dumme ist, dass man Henriettes Gesicht genau erkennt.

Nun mailt mir die Maletzke, sie hätte Henriettes Nachnamen von Florian erfahren (warum sollte er den auch verheimlichen?), kenne demnach ihre Stuttgarter Adresse und würde das Foto ihrem Mann per Post schicken. Es sei denn, Henriette würde ihr hoch und heilig schwören, die Finger von Winterstein zu lassen.

Wir sind verzweifelt, Babette! Die Frau kennt keine Grenzen.

Deine Maja

PS: Henriettes Mann hat seit einem halben Jahr eine Affäre mit einer Studentin. Henriette überlegt sich gerade, ob sie sich scheiden lassen oder bei ihm bleiben soll. Das Foto käme also im ungeeignetsten Augenblick.

SMS von Babette an Maja, 21. Juni, spätabends

Ich kümmer mich drum.
Babette

E-Mail von Maja an Nicki, 22. Juni, morgens

Liebe Nicki, lieber Ferdinand,
Ferdi, deine Eltern haben sich für Samstag um 15 Uhr bei mir zum Kaffee eingeladen. Ich rechne mit eurem Kommen. Wollt ihr hier übernachten und euch am Sonntag die Kirche ansehen und mit Hochwürden die Trauung besprechen? Wir könnten auch im Hochgratblick zu Mittag essen, vorausgesetzt, Florian kann Titus Gesellschaft leisten.
Herzlichst
eure Maja

PS: Bei mir ist der Teufel los!

SMS von Maja an Babette, 25. Juni, morgens

Babette, heute ist Samstag und Henriette und ich haben noch nichts von dir gehört.
Maja

SMS von Babette an Maja, 25. Juni, zehn Minuten später

Geduld. Hab die ganze Zeit gschafft, bin jetzt unterwegs.
Babette

SMS von Maja an Babette, 25. Juni, eine Minute später

Wir drücken die Daumen!
Maja

SMS von Babette an Maja, 25. Juni, eine Minute später

Nicht nötig.
Babette

E-Mail von Maja an Nicki, 25. Juni, spätnachmittags

Meine liebe Nicki,
soeben sind Ferdinand sowie seine Eltern weggefahren. Es waren zwei anstrengende Stunden; es war klug, dass du auf der Mainau geblieben bist.

Zuerst haben wir uns taxiert und dabei die üblichen Sätze übers Wetter, den guten Kaffee, den Kuchen (selbst gebacken von der Resl-Bäckerin!) und so weiter gewechselt.

Wie es die Tradition will, ging es nach der zweiten Tasse und dem zweiten Stück Kirschkuchen zur Sache. Ferdi hatte wohl eine Andeutung gemacht, denn seine Eltern waren recht gefasst, als er ganz cool sagte, er müsse und wolle dich heiraten, da er dich von ganzen Herzen liebe und du obendrein schwanger wärst. Das war sehr geschickt formuliert.

Alois Grünlich hat genickt, aber seine Frau hat die Hosen an. Sofort wollte sie wissen, ob Geld da wäre, denn Ferdi würde ja so gut wie nichts verdienen. »Wenn kein Geld zur Tür reinkommt, fliegt die Lieb zum Fenster raus«, hat sie gesagt, und für die Hochzeit würden sie keinen Cent beisteuern, da könnten sie das Geld gleich verbrennen, denn von Scheidungskindern wisse man ja, dass deren Ehen auch nicht halten würden.

In diesem Stil ging es eine ganze Weile weiter. Mir wurde die Frau immer unsympathischer, dem Mann war's peinlich, aber er hat nicht aufgemuckt. Ferdi hat seiner Mutter die ganze Zeit ziemlich gelassen zugehört, nur sein linkes Auge hat hin und wieder gezuckt. Er hat sich für seine Mutter geschämt.

Ich habe ihn bewundert, Nicki. Zudem hat er seine Eltern richtig eingeschätzt: Es wäre besser gewesen, sie vor vollendete Tatsachen zu stellen!

Nachdem ich das erkannt hatte, haute ich mit der Faust auf den Tisch. »Das reicht!«, habe ich gesagt. »Ich fasse zusammen: Es ist ehrenwert, dass Ihr Sohn heiraten möchte (ich konnte ja schlecht sagen: Ich erwarte, dass Ihr Sohn meine Tochter heiratet, nachdem er sie geschwängert hat!). Entweder Sie tragen Ihren Teil für die Hochzeit sowie zum Unterhalt der jungen Familie bei oder ich verbiete meiner Tochter, dass sie jemals den Fuß über Ihre Schwelle setzt. Dasselbe gilt für das Kind. Und egal, wofür Sie sich entscheiden: Es wird schriftlich festgehalten.«

Dann bin ich aufgestanden, habe die Tür geöffnet und gesagt: »Falls ich Ihre Antwort bis spätestens kommenden Samstag nicht erhalten habe, werte ich das als ein Nein. Guten Tag.«

Nicki, noch nie hat jemand mit der Frau so geredet, das steht fest. Aber wo kommen wir hin, wenn uns ein Raffzahn diktieren will, wie wir die Welt zu sehen haben!

Ferdi ist ein feiner Junge; er hat die grobe Mutter (damit meine ich den Körperbau sowie das undifferenzierte Denken) wahrlich nicht verdient, von dem hasenfüßigen Vater ganz zu schweigen.

Überleg dir Folgendes: Heiratest du Ferdi, hast du automatisch seine Eltern am Bein. Und das zeit ihres Lebens. Schwiegereltern haben Rechte; sie können dir schlimmer zusetzen als die Zeugen Jehovas vor der Haustür.

Man kann auch unverheiratet bleiben und von einem Notar/Rechtsanwalt festlegen lassen, wem was gehört, wer was beizusteuern hat ... In diesem Fall hättest du eine wesentlich größere Freiheit den Grünlichs gegenüber, und heiraten könntet ihr immer noch.

Nicki, ich sag es nochmals: Dein Ferdi ist ein feiner Kerl. Gerade deshalb frage ich mich, ob er auf Dauer seinen Eltern standhalten kann. Und ob du ihm das überhaupt zumuten willst.

Noch ein Gedanke: Braucht er dich, um von seinen Eltern loszukommen? Ohne dass er bedingungslos hinter dir steht, ist eure Ehe zum Scheitern verurteilt.

Weißt du was? Du lässt Ferdi die Mail lesen. Das entlastet ihn und dich.

In großer Liebe
deine Mami

E-Mail von Ines an Maja, 25. Juni, abends

Liebe Maja,
kannst du morgen, Sonntag, bitte auf Florian verzichten? Wir möchten die neue Ausstellung in Basel besuchen, aber wenn deine Nicki unbedingt die Hochzeit organisieren will, verzichten wir. Obwohl uns das leidtäte – wir sind halt Gutmenschen.

Deine Ines

PS: Florian sagt, Adrian sei tatsächlich nicht gekommen. Mann, was für ein Loser – Affäre hin, Affäre her, aber beim ersten Windhauch eines Zweifels ist er beleidigt und macht die Fliege. Hätte ich nicht von ihm gedacht.

E-Mail von Maja an Ines, 25. Juni, abends

Liebste beste Freundin,
Ferdinand ist ohne Nicki gekommen, und das war gut so. Seine Eltern sind eine Heimsuchung sondergleichen. Seine Mutter ist mit der klaren Absicht hergereist, ihr Revier abzustecken und allen, den Jungen und auch mir, den Platz zuzuweisen, den wir ihrer Meinung nach einzunehmen haben – unterm Tisch oder hinterm Ofen (sozusagen) – plus der unausgesprochenen Drohung, ja keinen Mucks zu geben, sonst …

Ich habe Nicki gerade gemailt, sie solle sich die Heirat gut überlegen. Ich bin zwar gerne bereit, den beiden finanziell unter die Arme zu greifen, dies aber nur, wenn auch Ferdis Eltern einen vergleichbaren Beitrag leisten.

Alles in allem – genießt Basel! Ich kümmere mich um Titus.

Deine Maja

PS: Ganz ehrlich: Ich bin auch enttäuscht von Adrian.

PPS: Hast du von Babette gehört?

SMS von Babette an Maja, 26. Juni, morgens

Liebe Maja,
alles erledigt. War in der Nacht besoffen, konnt nimmer schreiben.

Babette

SMS von Maja an Babette, 26. Juni, morgens

Was hast du wie bei wem erledigt? Entweder kommst her oder du schreibst eine ausführliche Mail.

Maja und Henriette

E-Mail von Babette an Maja und Henriette, 26. Juni, abends

Liebe Maja, liebe Henriette,
so, jetzt funktioniert 's Hirn wieder, aber Herrschaftssechser, warum geht ihr Mädels net ans Telefon?

Ich hatte was gut beim Winterstein. Bin also gestern Abend zu ihm ins Haus, hab ihm die Fotos der Maletzke präsentiert und gesagt, wenn er der net endlich den Rost runtertut, geh ich mit den Fotos zum Bene. Das ist der Reporter von der Zeitung. Der freut sich drüber, weil damit hat er Stoff für a prima Story: »Ehrbarer Bürger und wichtigster Arbeitgeber von Argenried führt ein Lotterleben« – so was in der Art halt.

Der Winterstein hat sich aufgeregt wie net gescheit, hat geflucht und getobt, und wie er sich wieder beruhigt hat, hat er a Fläschle Wein geholt und dann noch ein zweites.

Fragt net, wie ich den Heimweg geschafft hab.

Vorhin hat der Winterstein angerufen. Gekündigt hat er der Lucy ja schon, jetzt hat er ihr 's Handy weggenommen und mit einer Anzeige wegen Ausspionieren und so gedroht, und so, wie er mir's erzählt hat, habt's ihr a Ruh von dem Malefizstück.

Für den Einsatz möcht ich was, dass das klar ist.

Eure Schulfreundin

Babette

Im Heustadl ist Diskretion Ehrensache!

E-Mail von Maja an Babette, 26. Juni, 30 Minuten später

Liebe Babette,
für deinen Einsatz den allerherzlichsten Dank von Henriette und mir, du hast uns das Leben gerettet. Wir überlegen uns, wie wir uns revanchieren können – mit einem tollen Essen im Hochgratblick? Oder was wünschst du dir?

Babette, den ganzen Tag haben wir aufgepasst, ob das Handy oder Telefon klingelt, gegen Abend kochten Henriette und ich eine Kleinigkeit in der Küche, und als wir mit Tellern und Schüsseln auf die Terrasse gingen, war Titus verschwunden. Bei dem schönen Wetter ist er im Garten herumgetappt oder im Liegestuhl gelegen, und kaum hatten wir ihn ein paar Minuten aus den Augen gelassen, war er weg! Du kannst dir unseren Schreck vorstellen.

Wir haben uns sofort auf die Suche gemacht (deshalb waren wir nicht am Telefon, als du angerufen hast) und dachten, so klapprig, wie er jetzt ist, könne er nicht weit gekommen sein. Henriette rannte in Richtung Argenrieder Fußgängerzone, ich hetzte die Argen entlang bis zum Kurpark.

Gefunden haben wir ihn schließlich auf dem Friedhof, wo er auf einer Bank saß und aufs Grab meiner Mutter starrte. Dass er die Strecke geschafft und auch noch das richtige Grab gefunden hat, grenzt an ein Wunder.

Wir setzten uns links und rechts neben ihn. Er lächelte uns an, deutete aufs Grab und sagte ganz deutlich: »Neben meiner lieben Renata will ich begraben werden.«

Babette, Florian und ich achten auf einen absolut geregelten Tagesablauf. Wir haben alle Stolperstellen im Haus beseitigt – so gut es eben möglich ist –, wir reden mit ihm, wir sind nicht enttäuscht, wenn er uns keine oder eine falsche Antwort gibt, wir lächeln, wenn er Vergangenes durcheinanderbringt, wir sorgen rund um die Uhr für ihn, wir beißen die Zähne zusammen, wenn er stundenlang hin und her tappt und uns nicht mehr erkennt. Ich habe mich damit abgefunden, dass er ein anderer geworden ist. Aber das Schlimmste ist, wenn er sich plötzlich »normal« verhält. Dann denkst du, du hast ihn die ganze Zeit falsch behandelt und hast ein rabenschwarzes Gewissen.

Aber Titus ist mein Problem.

Nochmals danke für deine Hilfe! Henriette möchte morgen zu dir in den Heustadl kommen: Gesichtsbehandlung und dann Massage beim Ansgar. Sie möchte dich auch fragen, was sie in der Sache »Mann plus Geliebte« unternehmen soll, und könntest du ihr bitte die Bodylotion mit dem Weizenkeimöl mitgeben? Danke.

Mit herzlichen Grüßen von deiner Maja

E-Mail von Nicki an Maja, 26. Juni, spätabends

Liebe Mama,
als Ferdi zurückgekommen ist, war er völlig fertig. Er wollte nicht mit mir reden, er hat nur gesagt, seine Mutter sei kalt

wie eine Hundeschnauze. Dann hat er sich vor den Fernseher gesetzt und Tatort geguckt, obwohl er abends immer an seiner Doktorarbeit schreibt.

Ich hab mich auf den Balkon gesetzt und darüber nachgedacht, was du geschrieben hast. Mama, ich liebe Ferdi. Weil aber das Baby nicht von ihm ist und seine Eltern nun mal sind, wie sie sind, überzeugt mich dein Vorschlag, mit der Hochzeit noch zu warten. Begründung: die Krankheit von Großvater Titus.

Deine Nicki, die froh ist,
keine Mutter wie die grässliche Berthilde zu haben!

PS: Weißt du etwas von Tommy?

E-Mail von Maja an Nicki, 26. Juni, kurz vor Mitternacht

Liebe Nicki,
ein schöneres Kompliment hättest du mir nicht machen können – tausend Dank!

Deine Entscheidung halte ich für absolut richtig. Die Begründung wird Ferdinand sowie seinen Eltern einleuchten. Es ist wahrhaftig keine Lüge, aber dir ist klar, dass dein Großvater noch Monate leben kann?

Von Tommy hab ich nichts gehört.

Für heute liebe Grüße von
deiner Mami

E-Mail von Henriette an Maja, 28. Juni, spätnachmittags

Liebe Maja,
ich bin ohne Stau in Stuttgart angekommen.

Ines hat mir mal gesagt, Babette sei eine schlechte Schülerin gewesen. Das mag ja sein, aber was Männer angeht, ist sie unschlagbar! Ich habe meinen Clemens exakt so behandelt, wie sie's mir geraten hat.

Als ich die Haustür aufschloss, drang mir schon mal ein widerlicher Geruch in die Nase. Trotz der Hitze hatte Clemens nicht gelüftet, die Spülmaschine war voll schmutzigem Geschirr und auch sonst ... Ich sag dir, die Küche war ein Saustall. Im Bad sah es nicht besser aus, der Wäschekorb quoll über, das Bett war nicht gemacht. Und meine Putzhilfe hatte eine Nachricht auf den AB gesprochen: »Hab Durchfall, kann nicht kommen.«

Ich hab sie gleich angerufen, sie sagte, sie wäre voraussichtlich erst nächste Woche wieder fit. Na ja ...

Ich hab dann für Ordnung gesorgt, aber nichts gekocht.

Als Clemens kam, sagte ich ihm auf den Kopf zu, er habe eine Geliebte: Name, Adresse, Alter ... Er stritt alles ab. Ich sagte: »Ich habe Beweise.«

Er lachte mich aus.

Ich blieb cool und ließ mir meine Wut nicht anmerken, ich sagte nur: »Du willst es ja nicht anders«, und präsentierte ihm die Fotos und den Bericht des Detektivs.

Nachdem er den Schock einigermaßen überwunden hatte, versetzte ich ihm mit der gesalzenen Rechnung den nächsten Schlag. Da verging ihm das blöde Lachen, er fiel fast in Ohnmacht.

Dann sagte ich: »Mein Lieber, du kannst für die Kleine gerne den ›sugar daddy‹ geben, aber dann bin ich weg. Die Rechnung des Detektivs ist nur ein Klacks, gemessen an dem, was du mir an Unterhalt bezahlen musst. Zusätzlich solltest du bedenken, dass die Studentin rund dreißig Jahre jünger ist als du. Glaubst du im Ernst, sie bleibt bei dir altem Knacker? Falls du dich aber entschließen kannst, die Affäre mit der Kleinen zu beenden, bin ich bereit, mit dir zu reden. Überschlaf mein Angebot. Ich gebe dir Zeit bis morgen Abend.«

Babette ist klug. Als ich ihr von Clemens' Affäre berichtete, lachte sie nur und meinte, für einen Mann von fünfzig plus sei eine Studentin so gut wie eine Bluttransfusion – eine kleine Auffrischung der lebensnotwendigen Säfte, mehr nicht. Eine erfolgreiche, intelligente und charmante Frau sei ein ganz anderes Kaliber, meinte sie. Aber Strafe müsse sein, schärfte Babette mir ein, ich solle mir etwas Sinnvolles, Teures überlegen, jedoch müsse es uns beiden zugutekommen.

Ich habe mir etwas Sinnvolles und Teures überlegt, Maja: Mein Garten wird neu angelegt und bepflanzt. (Teure Firma!) Gleichzeitig plane ich die Renovierung meiner Küche. Nach fast drei Jahrzehnten Ehe sind das gerechtfertigte Wünsche, und wenn Clemens die Ausgaben schmerzen, soll's mir recht sein. Hier ist das Geld besser angelegt als für seine Geliebte.

Du warst meine Rettung, Maja. In mehrfacher Hinsicht! Durch dich habe ich Winterstein getroffen; er ist zweifellos ein Womanizer. Ein solcher Mann taugt nur für kurze Abenteuer, aber durch ihn wurde mein Selbstbewusstsein gestärkt. Was sag ich! Die Affäre hat mir bewiesen, dass ich als Frau noch was wert bin – trotz fortgeschrittenem Alter und etlichen Falten! Außerdem habe ich jetzt Verständnis für Clemens' kleines Abenteuer, aber das muss er nicht wissen.

Wie gesagt: Babette ist unbezahlbar. Wie sie Winterstein benutzt hat, um die Maletzke beiseitezufegen! Du lieber Himmel, ich frag mich, ob ein Psychologe das so locker geschafft hätte. Ich überlege mir, was wir ihr Gutes tun können, habe aber noch keine zündende Idee. Wie steht's mit dir?

Wie geht es Titus?

Hast du etwas von Adrian gehört? Ich mag ihn sehr. Dass er nichts von sich hören lässt, passt nicht zu ihm.

Bitte grüße Ines und Florian sowie alle Heustadl-Leute.

Deine dankbare Henriette

PS: Nachdem die Arbeiter hier fertig sind, lasse ich deinen völlig verwilderten Garten auf Vordermann bringen. Keine Widerrede.

E-Mail von Maja an Henriette, 29. Juni, mittags

Liebe Henriette,
es ist jammerschade, dass du wieder in Stuttgart bist. Das Haus ist leer ohne dich. Trotzdem – deine Mail und dann das lange Gespräch am Telefon, als Titus seinen Mittagschlaf hielt, haben meine »Einsamkeit« gemildert.

Wegen Babettes »Lohn« habe ich noch keine Idee; vielleicht frage ich das Sofferl, was meinst du? Oder den Ansgar, der ist verschwiegener.

Nein, Adrian hat nichts von sich hören lassen. Könntest du bitte mal, so ganz zufällig natürlich, bei ihm vorbeischauen? Unauffälliger wäre es allerdings, wenn du am Samstagmorgen gegen zehn über den Wochenmarkt am Rathaus schlendern würdest. Da musst du ihm unweigerlich begegnen – der Einkauf ist ein Ritual, das zu seinem Samstag gehört. Gehörte, denn während der vergangenen Monate war er ja am Wochenende immer in Argenried.

Es ist wirklich komisch, Henriette, aber seitdem er nichts mehr von sich hören lässt, fehlt er mir. Ich verstehe auch nicht, weshalb ihn die dumme Mail der Lucy Maletzke völlig umgedreht hat – und das, wo auf dem Foto nur Beine zu sehen sind, die jeder Frau gehören könnten!

Mit Winterstein ging es mir wie dir. Er ist ein toller Liebhaber, er hat die Gabe, eine Frau in jeder Beziehung zu schätzen, und ich war wochenlang hin und weg von ihm. Außerdem wollte ich ihn der Maletzke nicht einfach so überlassen; sie zu ärgern war ein zusätzlicher Kick. Doch wie du sagst, ist er kein Mann für eine längere Zeit, deshalb haben mich Ines und Babette auch vor ihm gewarnt. Einmal sagte Babette, nur eine Frau wie die Lucy könne ihn an die Kandare nehmen, die ticke genauso wie er. Könnt ja sein, sie zerrt ihn doch noch vor den Altar!

Gestern war Dr. Semmering wieder mal hier. Er hat Florian und mich sehr gelobt (hat uns gefreut!) und meint, Titus'

Zustand habe sich stabilisiert – es sei enorm, wie gut es ihm in körperlicher Hinsicht gehe!

Besuch mich bald und bring deinen Clemens mit!

Deine Maja

PS: Bin sehr frustriert wegen Adrian.

E-Mail von Nicki an Maja, 3. Juli, spätnachmittags

Mama,
heute um 15 Uhr standen Ferdis Eltern vor der Tür! Mit Kuchen und geschlagener Sahne in Tupperschüsseln. Ich bin fast in Ohnmacht gefallen, ich kannte sie ja nicht und starrte die Frau mit dem komischen Hut auf den Dauerwellen einfach nur an. Ihr Mann stand hinter ihr, es sah aus, als verstecke er sich, und zuerst vermutete ich tatsächlich einen Überfall der Zeugen Jehovas, aber dazu hat der Kuchen nicht gepasst. Sie haben sich auch nicht vorgestellt, erst als Ferdi zur Tür kam – er wurde misstrauisch, weil er keine Stimmen hörte – und »Hallo Mama, hallo Papa, was führt euch denn hierher?« sagte, fiel bei mir der Groschen.

Wir haben uns auf den Balkon gesetzt. Ich habe Kaffee gekocht, Ferdi hat den Tisch gedeckt, und dann haben wir uns über unbedeutende Themen unterhalten, bis Ferdis Vater mit dem eigentlichen Anliegen des Besuchs rausrückte. Wir sollen heiraten, sagte er, das gehöre sich so.

Ich antwortete, das sei schwierig wegen Titus, und überhaupt hätte ich studiert und einen anständigen Beruf. Die Ehe sei für mich keine Versorgungsanstalt, heute würde niemand nur wegen eines Kindes heiraten.

Da ist Ferdis Mutter aber aufgewacht! Warum denn dann, wollte sie wissen.

Darauf hat Ferdi meine Hand genommen und ganz ernst gesagt: »Wir gehören zusammen.«

»Du bekommst von uns nicht mehr Geld als bisher«, sagte seine Mutter. »Wir können uns das nicht leisten, wir haben keine zwei Häuser wie die Frau Renz.«

»Das reicht«, sagte Ferdi. »Es ist besser, wenn ihr jetzt geht. Und den Rest des Kuchens nehmt ihr mit.«

Seine Mutter musste dann noch aufs Klo, und weil wir ewig auf sie warteten, hab ich sie gesucht. Sie stand in unserem Schlafzimmer vorm offenen Schrank und behauptete, sie habe sich verlaufen ... In einer Zwei-Zimmer-Wohnung! Ich bitte dich!

Es ist ein Wunder, dass aus Ferdi trotz dieser Mutter etwas geworden ist. Und nochmals danke für deine Mail von neulich!!!

Deine Nicki

E-Mail von Henriette an Maja, 3. Juli, früh am Abend

Liebe Maja,
eine geschlagene Stunde lang habe ich gestern auf dem Markt vorm Rathaus eingekauft. Weit und breit kein Adrian. Dann ging ich rüber zum Blumenmarkt vorm Alten Schloss. Wieder nichts. Schließlich trank ich einen Cappuccino vor der Alten Kanzlei. Kein Adrian.

Vielleicht ist er verreist?

Am Montag besuche ich ihn im Auktionshaus.

Deine Henriette

E-Mail von Maja an Henriette, 3. Juli, zehn Minuten später

Liebe Henriette,
ja, mach das bitte. Lass dich nicht von seiner Sekretärin abwimmeln, Frau Römer ist ein feuriger Drache, ein rechter Zerberus. Besucher, die keine Kunden sind, wimmelt sie gerne ab. Sie ist so alt wie Adrian, hat nie geheiratet und schwärmt für den Chef!

Maja

E-Mail von Maja an Kurt, 3. Juli, abends

Lieber Kurt,
geht's wieder mit dem Gehen? Ich wünsche es dir!

Ich nehme jetzt die Suche nach dem heiligen Georg wieder auf, denn bei mir sind ruhigere Zeiten eingekehrt:

Titus' Zustand ist stabil, Florian oder ich gehen täglich mit ihm spazieren, wir achten darauf, dass er genügend trinkt und isst, und alles in allem ist Dr. Semmering mit ihm sehr zufrieden. Meine Freundin ist abgereist, und die Hochzeit meiner Tochter haben wir verschoben.

Sobald ich etwas Neues herausgefunden habe, melde ich mich. Oder kannst du schon zu mir spazieren?

LG Maja

E-Mail von Maja an Ines und Babette, 4. Juli, vormittags

Liebe Ines, liebe Babette,
Florian geht mit Titus spazieren, ich muss den Kühl- und Vorratsschrank auffüllen. Könnten wir uns bei der Resl auf einen Kaffee treffen? Sprecht euch ab und gebt mir Bescheid.

Eure Maja

E-Mail von Maja an Henriette, 4. Juli, mittags

Liebe Henriette,
hast du was von Adrian gehört? Hast du ihn im Auktionshaus angetroffen?

Ich war so unruhig, dass ich mich unbedingt ablenken musste. Bin vormittags zum Einkaufen in den Ort und habe mich mit Babette und Ines auf drei Kaffees, einen Leberkäsweck (Babette), ein Nusshörnchen (Ines) sowie ein Stück Apfelkuchen mit Streuseln obenauf (ich) getroffen. Weil nicht nur bei dir, sondern auch bei uns im Allgäu die

Sonne scheint, standen wir draußen an einem der Stehtische. Und wer stolzierte hoch erhobenen Hauptes an uns vorüber? Winkte uns sogar zu?

Genau. Die Lucy Maletzke.

Sie verschwand in der Parfümerie, und bevor sich unser Herzschlag beruhigt hat, fährt ein Porsche durch die Fußgängerzone. Hält vor der Parfümerie, und wer steigt ein? Richtig.

Winterstein legte den Rückwärtsgang ein. Sah uns, winkte fröhlich, ließ die Scheibe herunter und brüllte: »Wenn ich nicht schon eine Verabredung hätte« – dabei deutete er mit dem Daumen auf die grinsende Lucy – »würde ich euch Gesellschaft leisten!«

»Dann müsstest uns noch einen Kaffee spendieren!«, rief Babette.

»Wenn ich nicht wollt?«

»Bekämst einen Tritt in den Allerwertesten!«

Babette ist eindeutig die Schlagfertigste von uns.

Mit dem Daumen deutete sie auf den sich entfernenden Porsche. »Was hab ich euch gesagt? Nur ein Mensch wie die Lucy ist dem Kerl gewachsen. Das gibt garantiert eine Hochzeit. Wetten?«

Henriette, was ist das nur für eine Frau! Ihr ist bewusst, dass Winterstein in den letzten Wochen mit zwei verschiedenen Frauen Affären hatte. Und dass sich ein Mann wie er nicht ändern kann – er ist, wie er nun mal ist. Trotzdem nimmt sie es mit ihm auf. Sie lässt nicht locker, sie will Frau Winterstein werden. Geht es ihr nur ums Geld und Ansehen?

Ich versteh das nicht. Ich dachte, wir Frauen wollten nicht mehr von einem Mann abhängig sein. Täusche ich mich? Hab ich was verpasst?

Noch etwas, Henriette. Es ist sehr bedauerlich, dass du nie Gelegenheit hattest, dir Wintersteins Haus anzusehen. Ich frage mich, ob er unterm Dach oder im Keller den heiligen

Georg (das Original) versteckt. Ich geb nicht auf. Irgendwann und irgendwie komme ich in sein Haus!

Sei umarmt von

deiner Maja

E-Mail von Henriette an Maja, 4. Juli, abends

Liebe Maja,

ich habe höchst interessante Nachrichten!

Wie versprochen fuhr ich heute zum Auktionshaus Hölzl. Stellte mein Auto auf den für dich reservierten Parkplatz, klopfte an die Tür seiner Sekretärin, dieser Frau Römer, und verlangte Dr. Adrian Hölzl zu sprechen.

Die Dame musterte mich durch die auf dem Nasenrücken sitzende Lesebrille und startete die übliche Fragerunde: »Haben Sie einen Termin?«

»Leider nein.«

»Das tut mir leid; Herr Dr. Hölzl ist nicht zu sprechen.«

»Warum denn nicht?«

»Er ist außer Haus.«

»Wann kommt er zurück?«

»Das kann ich Ihnen nicht sagen. Worum geht es denn?«

»Das kann nun ich Ihnen nicht sagen.« (Geht Sie einen feuchten Kehricht an ...)

Ich blieb gelassen und höflich, während sie immer nervöser wurde. Das wunderte mich.

Und dann hatte ich einen Geistesblitz. »Herr Hölzl ist doch nicht etwa krank?«

Plötzlich hatte die Frau Tränen in den Augen und schnüffelte ins Taschentuch.

»Er ist also krank«, kombinierte ich.

»Er hatte einen Unfall«, schluchzte Frau Römer.

Ich dachte schon, dein Adrian liege im Sterben, so theatralisch führte sie sich auf! Schließlich nahm sie sich zusammen – ich musste ihr mit einigen Tempotaschentüchern aushelfen.

O-Ton Frau Römer: »Üblicherweise ist Herr Dr. Hölzl die Ruhe und Gelassenheit selbst; wir alle schätzen das an ihm, es erleichtert die Zusammenarbeit ungemein, wie Sie sich denken können.«

Einfühlsam wie ich nun mal bin, konnte ich ihre Bewunderung verstehen, dies umso mehr, da sie voll Wehmut auf das Foto in einem Rahmen aus feinziseliertem Silber blickte – wusstest du, dass Hölzls Porträt auf ihrem Schreibtisch prangt?

»Dr. Hölzl hat sehr viel zu tun. Dazu kommt die Verantwortung, die seine Arbeit mit sich bringt.«

Sie schnüffelte. Die feine Dame hätte sich ordentlich schnäuzen sollen!

»Nun ja ... Zusätzlich zu der aufreibenden Arbeit nahm er an jedem Wochenende die lange Fahrt ins Allgäu auf sich, um einen alten, hochgradig an Demenz erkrankten Freund und Kollegen zu besuchen.«

Oha, dachte ich. Wer spricht jetzt von »altem Freund und Kollegen«? Frau Römer oder Adrian Hölzl?

»Natürlich habe ich ihn darauf hingewiesen, dass die lange Fahrt zusätzlich an seinen Kräften zehrt, aber davon wollte er nichts wissen.«

Klar, er hätte ja sagen müssen, dass er mitnichten einen alten Kollegen, sondern seine Angebetete besucht!

»Und wirklich!« Die Dame seufzte dramatisch. »Sein Altruismus wurde ihm zum Verhängnis. Ein LKW ...«

»Hat ihn überrollt?«

»Das nun nicht gerade!« Ein waidwunder Blick. »Es war ein Auffahrunfall. Unverschuldet natürlich. Doch mit Folgen, sehr schmerzhaften Folgen. Für ihn natürlich, aber auch für unser Haus.«

Ich hätte sie schütteln mögen – sie kam einfach nicht zum Punkt! »Was ist denn nun passiert?«

»Zur Zeit ist Dr. Hölzl arbeitsunfähig. Er befindet sich noch im Krankenhaus in Memmingen, hofft aber«, ein zärtlicher Blick Richtung Foto, »Anfang kommender Woche entlassen zu werden.«

Na bitte! Ging doch! Das hätte sie schon zehn Minuten früher sagen können.

»Mein Gott aber auch! Das tut mir ja ganz furchtbar leid. Ist der Unfall denn auf der Hin- oder auf der Rückfahrt vom Allgäu passiert?«

»Herr Dr. Hölzl hatte eine äußerst anstrengende Woche hinter sich, dazu kam, dass ihn die Sorge um den dementen Kollegen sehr belastete – es geschah auf der Hinfahrt.«

Das war interessant, Maja. Adrian war auf dem Weg zu dir!

»Sie haben selbstverständlich seine Angehörigen informiert, Frau Römer?«

»Dr. Hölzl ist Witwer. Kinderlos obendrein, der Arme. Es ist meine Pflicht, mich um ihn zu kümmern.«

Autsch! Weiß sie nichts von eurem Verhältnis, Maja?

»Ich bin sicher, Herr Dr. Hölzl weiß Ihre Hilfsbereitschaft zu würdigen, Frau Römer.«

Da leuchtete ihr Gesicht auf. »Zweifelsohne! Herr Dr. Hölzl weiß, was er an mir hat!«

Aber sicher, dachte ich und verabschiedete mich mit der Bitte, mich zu benachrichtigen, wenn dein Adrian wieder auf dem Posten ist. (So hab ich's aber nicht gesagt!)

So, nun weißt du, was du zu tun hast, Maja. Setz dich ins Auto und fahr nach Memmingen.

Ich warte auf deinen Anruf oder auf eine ausführliche Mail!

Deine Henriette

E-Mail von Maja an Henriette, 5. Juli, morgens

Liebe Henriette,
sei nicht so hart zu Frau Römer! Sie hat ein gutes Herz und ist keine Gefahr; auf ihre altjüngferliche Art verehrt sie eben ihren Chef. Was mich stutzig macht: Sie weiß von mir und Adrian. Weshalb hat sie mich nicht benachrichtigt? Sie ist nicht boshaft. Ich kann es mir nur so erklären, dass Adrian es ihr verboten hat.

Trotzdem danke für deine Mühe.

Wie geht es dir und Clemens?

Deine Maja

SMS von Henriette an Maja, 5. Juli, vormittags

Maja,
bist du dir sicher, dass Frau Römer nicht gegen dich intrigiert? So wie sie vom »alten dementen Kollegen« sprach, schien mir das etwas gezwungen zu sein. Spring über deinen Schatten, fahr nach Memmingen.

Deine Henriette

SMS von Maja an Henriette, 5. Juli, drei Minuten später

Blödsinn.

Maja

SMS von Henriette an Maja, 5. Juli, fünf Minuten später

Was bist du doch für ein sturer Esel! Du kaufst ein paar Blümchen und fährst ins Krankenhaus!

Henriette

SMS von Maja an Henriette, 5. Juli, sieben Minuten später

Mal sehen. Vielleicht.
Maja

E-Mail von Maja an Henriette, 6. Juli, morgens

Liebe Henriette,
auf deinen Rat hin bin ich gestern tatsächlich nach Memmingen gefahren. Es ist mir verdammt schwergefallen!

Adrian hatte großes Glück; außer einem verstauchten Handgelenk, einer gebrochenen Nase und ein paar Prellungen hat er keine äußeren Schäden erlitten. Wegen einer leichten Gehirnerschütterung und des Schocks, der seinen Kreislauf durcheinandergebracht hat, haben ihn die Ärzte noch nicht entlassen.

Er liegt in einem Einzelzimmer. Frau Römer hat sich intensiv um ihn gekümmert, hat ihm eine Menge Bücher und viele Blumensträuße (lachsfarbene Rosen!) gebracht, Schlafanzüge, Unterwäsche und alles, was man eben als Patient so braucht – sie muss in seiner Wohnung gewesen sein.

Ich wollte wissen, weshalb er mich nicht angerufen hat.

»Das hat doch Frau Römer erledigt«, sagte er.

»Hat sie nicht.«

»Sicher?«

»Todsicher. Ich habe weder einen Anruf noch eine Mail bekommen.«

»Woher wusstest du dann von meinem Unfall?«

Henriette, Frau Römer hat ihm nichts von deinem Besuch erzählt!

»Mir scheint, da gibt es einiges zu klären«, sagte ich, worauf er (infolge der Schwäche, nehme ich an) mit den Tränen kämpfte.

»Ich war ja so dumm«, sagte er. »Zuerst nahm ich die Mail dieser Frau Maletzke nicht ernst. Als sie mir dann aber auch noch das Foto schickte, war ich am Boden zerstört. Erst als du mir schriebst, ob denn die Beine tatsächlich dir gehören würden, wurde ich stutzig. Später, am Wochenende und nach einigen schlaflosen Nächten, wollte ich dich um Verzeihung bitten. Wie konnte ich dir nur so wenig vertrauen! Ich machte mir die größten Vorwürfe, setzte mich ins Auto, und dann, kurz vor Memmingen, passierte es. Ich war in Gedanken und fuhr auf den LKW auf.«

»Also hast du den Unfall verschuldet?«, hakte ich nach. »Frau Römer hat das anders dargestellt.«

»Sie meint es nur gut«, sagte er zu ihrer Verteidigung.

Da wurde ich sauer!

»Hat sie mich deshalb nicht benachrichtigt, weil sie es gut mit dir meint?«, fuhr ich ihn an. »Und warum hast eigentlich nicht du mich angerufen?«

»Frau Römer sagte, bei dem Unfall sei mein Handy kaputt gegangen. Das habe ich ihr natürlich geglaubt. Und nachdem sie mir versichert hatte, sie habe dich benachrichtigt ...«

»... hast du angenommen, ich wolle nichts mehr von dir wissen. Wegen der – angeblichen – Affäre mit Winterstein. Stimmt's?«

Genau so war es, Henriette; du hast Frau Römer richtig eingeschätzt: von wegen nur pflichtbewusste Sekretärin!

Adrian und ich haben uns ausgesprochen. Er ist erleichtert und hat ein schlechtes Gewissen, weil er mich zu Unrecht (!) verdächtigt hat. Ich fühle mich auch nicht gerade wohl in meiner Haut – fast hätte ich ihm die Affäre gebeichtet. Fast.

Aber wem hätte es genützt? Niemandem. Babette hatte recht: Mit Worten hätte Adrian mir verziehen, aber verstanden hätte er mich nicht.

Mein Glaube an das Gute im Menschen ist heftig erschüttert. Die Lucy Maletzke besteht aus purem Egoismus. Frau Römer schreckt vor keiner Lüge zurück. Die kleine Studentin lässt sich von Clemens, deinem Ehegespons, aushalten. Mein

Gott, ist ein Mann denn so wichtig? Herrscht zwischen Frauen null Solidarität? Ich kapier das nicht. Muss unbedingt mit Babette reden!

Deine Maja

PS: Damit das klar ist: Wenn Adrian entlassen wird, erholt er sich bei mir.

E-Mail von Henriette an Maja, 6. Juli, abends

Meine arme Maja,
man hüte sich vor alten Jungfern, die jeden Abend mutterseelenallein vor der Glotze hocken, während ihre Tränen ins Weinglas tröpfeln. Hab Mitleid mit ihnen!

Dito hüte man sich vor arbeitsscheuen, luxusliebenden jungen Damen. Dank ihrer überragenden Intelligenz erkennen sie das Wesentliche: jeden Euro, den der Mann nach Hause bringt, müssen sie nicht verdienen.

Vergiss auch nicht den Glückspilz von Mann, der zeit seines Erdenlebens dankbar sein muss, wenn er für ein süßes und niedliches Püppchen sorgen darf. Für Agatha Christie waren das verachtenswerte Schmarotzer.

Ach, das Leben ist ja so ungerecht!

Deine kluge Henriette

E-Mail von Tommy an Maja, 14. Juli, abends

Hi Mum,
wir sind im Regenwald. Das Gebiet macht seinem Namen alle Ehre. Es schüttet wie aus Kübeln, ununterbrochen, und das seit drei Tagen. Unser Zelt ist buchstäblich davongeschwommen. Wir haben jetzt ein Zimmer in einer Pension.

So wie das Haus aussieht, könnte es im Schwarzwald stehen. Die Einrichtung ist der Hit: überall Spitzendeckchen,

Kuckucksuhren, geschnitzte Möbel und Nippes. Zwei alte Damen mit weißen Löckchen sind die Vermieterinnen. Heute gab es einen Gugelhupf zum Frühstück, Rauchen im Haus ist verboten, die nächste Alkoholquelle ist einige Kilometer entfernt. Damit kommen Philipp und ich klar, aber nicht mit dem Kichern und Gucken, was wir gerade tun. Morgen ziehen wir weiter. Lieber ersaufen wir, als dass Trägerinnen von Spitzenhäubchen unserem jungen Leben mit Arsen ein Ende bereiten – so fühlt es sich für uns an. Echt gruselig!!!

LG Tommy

PS: Gut, dass Nicki zur Vernunft gekommen ist. Philipp und ich wussten es einfach – an der Sache ist was faul! Jetzt wisst ihr's. Ferdis Mutter ist eine Schreckschraube. Wär ja idiotisch, wenn sich meine Schwester von ihr das Leben zur Hölle machen ließe, oder?

E-Mail von Babette an Maja, 15. Juli, vormittags

Liebe Maja,
gerade war die Luitpolda im Heustadl zwecks der Hühneraugen, welche sie plagen.

Sie hat gesagt, ich soll dir sagen, dass ein alter Hochwürden gesagt hat, ihm wär noch was eingefallen. Du musst ihn besuchen, hat die Luitpolda gesagt, weil die Hitz allweil tät den Alten gar net gut, und bis Kempten rüber sei's ja net weit.

Die Resl hat jetzt einen super Eiskaffee im Angebot. Wann kommst? Über Mittag hätt i Zeit.

Deine Babette
Im Heustadl ist Diskretion Ehrensache!

E-Mail von Maja an Babette und Ines, 15. Juli, später Vormittag

Liebe Babette, liebe Ines,
heute 12.30 Uhr Eiskaffee bei der Resl.
Maja

E-Mail von Maja an Frau Ritter, 15. Juli, nachmittags

Liebe Frau Ritter,
ich bin Ihnen für Ihre Fürsorge und Hilfsbereitschaft außerordentlich dankbar, die Sie Dr. Hölzl angedeihen ließen.

Adrian wird kommenden Montag aus dem Memminger Krankenhaus entlassen und sich während des Sommers bei mir in Bad Argenried erholen. Deshalb fahre ich Montag früh nach Stuttgart, packe die erforderlichen Kleidungsstücke in einen Koffer, nehme auch den PC mit und hole Adrian auf dem Rückweg ab. Dies nur zu Ihrer Information.

Dr. Hölzl wird natürlich alles Geschäftliche mit Ihnen absprechen.

Mit besten Grüßen
Ihre Maja Renz

E-Mail von Maja an Henriette, 15. Juli, abends

Liebe Henriette,
Babette, Ines und ich haben bei der Resl einen Eiskaffee getrunken. Du hast uns gefehlt.

Babette lässt ausrichten, dass du die Sache mit deinem Clemens goldrichtig gemacht hättest. Die kleine Studentin wäre eine Scheidung nicht wert gewesen. Jetzt hättet ihr euch beide aufgefrischt, was gut sei, aber ihr wüsstet auch wieder, was ihr aneinander habt. Ich finde, sie hat völlig recht.

Ines ist ganz anderer Meinung. Ich soll dir sagen, dass sie den Florian hochkant aus dem Haus werfen würde, wenn er sich einen schnellen »sidestep« erlauben würde, so was wäre moralisch verwerflich.

Babette und ich haben sie niedergebügelt. Sie ist viel zu kurz mit Florian zusammen, als dass sie sich ein Urteil erlauben darf.

Ich ärgere mich, dass ich die Zeit mit dir nicht besser genutzt habe: Du hättest Winterstein in seinem Haus besuchen und unter einem Vorwand den Speicher oben und die Kellerräume unten durchsuchen müssen. Nachdem sich Titus' Befinden stabilisiert und Nicki die Hochzeit abgeblasen hat, kümmere ich mich nämlich wieder um den verschwundenen heiligen Georg.

Wir drei haben uns heute beim Eiskaffee gefragt, weshalb Winterstein seine Freundinnen nie in sein Haus mitnimmt. Hilde, die Nachbarin meiner Putzhilfe Alwine, macht bei ihm sauber. Von ihr weiß sie, dass das Haus tipptopp eingerichtet und gepflegt ist, dass er eine sehr gut bestückte Hausbar, einen beachtlichen Weinkeller und eine Hightech-Küche hat, die schwer zu putzen sei, weil man jeden Fingerabdruck sieht. Und Lucy Maletzke hat Babette mal verraten, dass er, weil er eben geschieden ist, auch seine Geschäftspartner und/oder Gemeinderäte ausschließlich im Hochgratblick bewirtet.

Wir sind felsenfest davon überzeugt, dass in Wintersteins Haus genau wie in Blaubarts Kammer ein Geheimnis schlummert, weshalb du das Gebaude hättest ausspionieren sollen, liebe Henriette.

Wir haben uns einiges überlegt – von der Bitte, du mögest nach Argenried fahren und Winterstein mit einem Wein überraschen, den er um der Erinnerungen an unvergessliche Stunden mit dir trinken möge, bis zur Idee, die Liebesnesthütte im Wald anzuzünden oder die Maletzke als Spionin anzuheuern ... Oder fällt dir eine Möglichkeit ein, wie ich, ohne direkt einzubrechen, ins Haus kommen könnte?

Titus scheint dich zu vermissen. Heute hat er immer wieder die Tür vom Gästezimmer geöffnet, eine Weile aufs abgezogene Bett gestarrt und den Kopf geschüttelt. Danach ging er wieder nach unten und setzte sich in seinen Sessel. Dann tappte er wieder die Treppe hoch …

Am Montag wird Adrian entlassen. Er ist überglücklich, dass er sich mindestens eine Woche bei mir erholen kann. Bin nur gespannt, wie er Frau Römer seinen Entschluss verkauft.

Liebe Grüße von Babette, Ines und mir!

Deine Maja

PS: Die Zeit des Verständnisses für Frauen aller Art ist restlos abgelaufen: Habe der armen Frau Ritter geschrieben, dass sich Adrian bei mir erholt.

E-Mail von Henriette an Maja, 16. Juli, morgens

Liebe Maja,
warum engagiert ihr nicht die Nachbarin der Alwine? Falls das nicht möglich ist, bin ich 007 und übernehme den Auftrag. Allerdings fliegen Clemens und ich nach Sylt. Zweiter »honeymoon« natürlich – schon den ersten wollten wir auf der Insel verbringen, aber damals konnten wir sie uns nicht leisten.

In ewiger Dankbarkeit
deine Henriette

PS: Melde mich spätestens nach meiner Rückkehr!

E-Mail von Maja an Henriette, 16. Juli, zehn Minuten später

Liebe Henriette,
das kannst du nicht machen! Flieg von mir aus nach Sylt, aber lass immer – ich betone: *immer!* – von dir hören!

Hilde, Alwines Nachbarin, ist eine Schnüffelnase, aber Winterstein ist ihre beste Einnahmequelle. Wir können nicht von ihr erwarten, dass sie die zuschüttet.

Deine Maja

E-Mail von Henriette an Maja, 16. Juli, eine halbe Stunde später

Maja,
verdammt, warum gehst du nicht ans Telefon?

War beim Friseur, Clemens hat den Rasen gemäht. Plötzlich steht eine Hochschwangere im Garten, stellt sich als Frau Renz Nummer zwei vor und will den Schlüssel zu deinem Haus: Trotz Nachsendeauftrag sei Post für ihren Mann in deinem Briefkasten gelandet. Ihr Mann sei leider verhindert, weshalb sie ihm trotz ihres Zustands den Gefallen tue, diese abzuholen. In der Eile habe sie die falschen Schlüssel eingesteckt. Sie wisse aber, dass wir als Nachbarn und Freunde einen hätten.

Clemens wusste zwar, dass, aber nicht weshalb das Schloss ausgewechselt wurde. Er hat ihr den Schlüssel gegeben.

Hoffentlich hat Frau Renz Nummer zwei nichts mitgehen lassen!

Deine Henriette

SMS von Maja an Henriette, 16. Juli, fünf Minuten später

Das hoffe ich auch! Ich komme Montag nach Stuttgart und geh durchs Haus.

Deine Maja

E-Mail von Maja an Tommy, 18. Juli, abends

Lieber Tommy,
ich fürchte, nach deiner Rückkehr wirst du dich ernsthaft mit deinem Vater auseinandersetzen müssen.

Ich hatte ja das Schloss unseres Stuttgarter Hauses auswechseln lassen. Davon habe ich dir berichtet. Am Wochenende hat sich aber die Frau deines Vaters unter einem Vorwand von Clemens, den neuen Schlüssel aushändigen lassen.

Zufällig war ich heute in Stuttgart und bin durchs Haus gegangen: Plattenspieler plus sämtliche Platten sind verschwunden. Abgesehen davon scheint nichts zu fehlen.

Wir sind in einer sehr unangenehmen Situation; wir können nur schlussfolgern, aber nichts beweisen. Da Henriette beim Friseur war und Clemens den Rasen hinterm Haus mähte, hat niemand beobachtet, ob sie tatsächlich mit dem Diebesgut unterm Arm aus dem Haus ging. Trotzdem – ich bin ganz außer mir!

Wütende Grüße von

deiner Mutter

PS: Was mich am meisten ärgert: Ein tüchtiger Anwalt (dein Vater kennt einige sehr fähige!) wird eine leichte Verwirrung infolge der »anderen Umstände« geltend machen, ich bin die rachsüchtige Ex-Ehefrau, die den Verlust des Mannes nicht verkraftet, und du bist derjenige, der aus Sohnesliebe der tief verletzten Mutter beisteht. Fazit des cleveren Anwalts: Ist doch lächerlich, wenn sich gebildete Menschen um alten Schrott zanken!

WhatsApp von Tommy an Maja, 18. Juli, spätabends

Hi Mum,
wie krass ist das denn? Ich kümmere mich darum.

Tommy

E-Mail von Axel an Maja, 20. Juli, nachmittags

Maja,
Tommy hat mir eine Mail geschickt, über deren Inhalt ich nur den Kopf schütteln kann. Ich werde auf seine Unterstellungen nicht eingehen; es ist undenkbar, dass meine Frau getan haben soll, was er ihr vorwirft.

Axel

E-Mail von Maja an Axel, 20. Juli, zwanzig Minuten später

Axel,
es ehrt dich, dass du deiner Frau gegenüber loyal bist; nichts anderes erwarte ich von dir. Aber auch Loyalität deinem Sohn gegenüber erwarte ich. Deshalb bitte ich dich, dich mit Clemens in Verbindung zu setzen; er wird dir darlegen, unter welchen Voraussetzungen deine Frau ihn am vergangenen Samstag um den Schlüssel bat und diesen auch erhielt.

Tatsache ist, dass ich diesen Montag durchs Haus ging, und: Ich vermisse den Plattenspieler samt Schallplatten. Ich rate dir, aufmerksam durch deine Wohnung zu gehen. Falls du das Diebesgut nicht findest, könnte es vorübergehend bei einer Freundin/Bekannten zwischengelagert sein.

Zuletzt erlaube ich mir, dich an deine gerne zitierten Worte als Vorsitzender Richter zu erinnern: Vertrauen ist gut. Kontrolle ist besser.

Maja

E-Mail von Henriette an Maja, 22. Juli, abends

Liebste Maja,
kannst du dir das vorstellen: strahlend blauer Himmel, kaum eine Wolke, eine angenehm warme Nordsee – die Hitze hängt über Sylt, jeder freut sich über ein kühles Lüftchen. Im

Bäckerladen, beim Fischhändler, sogar beim Fahrradverleiher wird nur über ein Thema diskutiert: Wird Sylt ein zweites Sizilien?

Maja, mein gegenwärtiger »honeymoon« hat gegenüber dem ersten etliche Vorzüge: Man kennt seinen Mann. Wenn er (wie jetzt mein Clemens) den bettgebundenen Anforderungen standhält, ist das sehr erfreulich. Man kennt auch sonst die Reaktionen seines Liebsten, was für eine gewisse Ruhe im Alltag sorgt. Früher, daran erinnere ich mich noch gut, bin ich immer ausgeflippt, wenn Clemens anders dachte, redete oder handelte, wie ich es erwartet hatte. Während der ersten Flitterwochen hat mich das so wütend gemacht, dass ich ihm (alles in allem) ein halbes Pfund Butter, einen Suppenteller (voll), einen Schlüsselbund sowie frittierte Tintenfischringe mit tüchtig Majo an den Kopf geworfen habe. Leider hat nur der Tintenfisch sein Ziel erreicht. Und die Majo natürlich, die landete in Clemens' Haaren.

Heute bin ich dankbar, dass wir nicht mehr jede Kleinigkeit »ausdiskutieren« müssen. Trotzdem. Es gibt sie noch, die Unterschiede! Neulich machten wir abends einen Strandspaziergang. Wir setzten uns dann auf ein Bänkchen, die Wellen schwappten ganz gemütlich auf den Sand, der abnehmende Mond warf eine silberne Bahn aufs Wasser, Clemens legte den Arm um meine Schultern, ich wähnte mich mitten im Finale eines Rosamunde-Pilcher-Rührstücks und dachte: Wie herrlich! So alt schon und in der Beziehung noch so viel Romantik!

Weißt du, was der Unselige da gesagt hat? Du ahnst es nicht.

Anstatt die wiedergefundene Zweisamkeit voll Glückseligkeit zu rühmen, runzelte er besorgt die Stirn. »Henriette«, sagte er leise, »der Kostenvoranschlag für die neue Küche erscheint mir irgendwie unrealistisch. Ich werde Posten für Posten durchgehen. Den Fehler entdecke ich, wetten?«

Was für ein unsensibler Klotz – früher hätte ich Clemens gesteinigt. An dem Abend neulich flüsterte ich ihm ins Ohr: »Natürlich wirst du den Fehler aufspüren. Die Differenz schenkst du dann mir, nicht wahr, Liebling?«

Da ich nichts von dir gehört habe und du auch keine Mails geschickt hast, nehme ich an, dass es dir und den Deinen gutgeht und du eine ruhige Zeit genießen kannst.

In Vorfreude auf unser baldiges Treffen

deine Henriette

PS: Warst du inzwischen in Wintersteins Haus?

E-Mail von Maja an Henriette, 23. Juli, vormittags

Liebe Henriette,

nein, ich war leider noch immer nicht in Blaubarts Haus! Ines, Babette und ich zermartern uns zwar das Hirn, aber unsere Ideen sind einfach zu verrückt und daher undurchführbar.

Titus geht es unverändert ordentlich, wofür Florian und ich dankbar sind. Die Hitze macht ihn schlapp, er läuft nicht mehr so oft ruhelos durchs Haus, er isst und trinkt auch brav, aber in Gedanken ist er eben in der Vergangenheit.

Adrian hat er wie einen alten Bekannten akzeptiert. Hat ihn immer wieder vors Pinnboard mit den Fotos aus seiner Kinder- und Jugendzeit und der Familie gezerrt und ihm wirre Geschichten erzählt, denen Adrian geduldig lauschte. Meist ist Titus danach, mitten in einem Satz, auf dem Stuhl eingeschlafen.

Nun zu Adrian. Zuerst fühlte er sich noch etwas matschig, jetzt ist er wieder absolut fit und unternehmungslustig. Jeden Tag wandert er in den Ort hinunter. Zuerst lässt er sich von Ansgar massieren, danach hält er mit Babette einen Schwatz. Sie findet ihn charmant und überhaupt nicht langweilig, was bei ihrer brunnentiefen Einsicht in die männliche Psyche ein nicht zu unterschätzendes Lob ist.

Nach dem Tête-à-tête mit Babette trinkt er bei der Resl einen Espresso, lauscht dem neuesten Klatsch, kauft eine Tüte Nusshörnchen fürs Sofferl und bestellt danach im Bücherwurm von Ines ein Buch, das er aus Zeitgründen doch nicht lesen kann. Sie hat schon ein kleines Vermögen verdient, denn Adrian kauft ja keine billigen Paperbacks. Sein Geschmack ist buchstäblich er»lesen«, die Bücher zu Kunst und/oder Antiquitäten sind richtig teuer.

Ich weiß nicht, ob ich früher blind, taub oder generell gefühllos war. Jedenfalls entdecke ich Seiten an ihm, die ich nie vermutet hätte – er kann sogar witzig sein! Und nicht nur das: Im Gegensatz zu deinem Clemens weiß er einen romantischen Abend zu nutzen.

Adrian ist ein schlauer alter Fuchs, Henriette! Er hat mich komplett überrumpelt, und ich Schlafmütze hab's erst bemerkt, als ich ihm in die Falle gegangen war. Da war's dann zu spät.

Das kam so: Vorgestern saßen wir abends auf der Terrasse. Florian war nach Hause gegangen, wir hatten gegessen, die Küche aufgeräumt, Titus unter die Dusche gestellt und zu Bett gebracht.

Es war heiß gewesen, nun wehte der Fallwind von den Bergen herunter, die Sonne sank hinter die Gipfel, von der Argen unten stieg leichter Nebel auf, die Glocken der Kühe bimmelten sacht und melodisch, Fledermäuse huschten über unsere Köpfe hinweg, und wenn Adrian auf der Bank neben mir gesessen wäre, hätte er, das vermute ich mal, wie Clemens seinen Arm um meine Schultern gelegt.

Stattdessen sagte er aus heiterem (Nacht)Himmel: »Frau Ritter freut sich mächtig auf ihren neuen Job.«

Ich träumte gerade vor mich hin, deshalb hakte ich ohne rechtes Interesse nach: »Welcher neue Job?«

»Sie wird deine Stelle als Provenienzforscherin übernehmen. Sie hat sich eingearbeitet, ich bin sicher, sie wird der Aufgabe gerecht.«

Da bin ich aber aufgewacht! Mein Gott, war ich wütend! »Und das sagst du mir einfach so, wo du hier meine Gastfreundschaft in Anspruch nimmst?«

»Du hast mich eingeladen. Ich war zu krank, um das Angebot abzulehnen«, entgegnete er in aller Ruhe und Gelassenheit.

Glaub mir, am liebsten hätte ich dem Kerl dein halbes Pfund Butter, den Suppenteller mit der heißen Suppe, den Schlüsselbund, die Tintenfischringe mit Majo plus meine halbvolle Flasche Wein samt Gläsern auf einmal an sein blödes Hirn geschmissen.

»Wenn das so ist«, entgegnete ich eisig, »packst du morgen deine Sachen und rufst ein Taxi.«

»Du regst dich doch nicht auf, oder?«, entgegnete er scheinheilig. »Ich sagte dir ja, dass ich dir mein Herz entziehen und dir kündigen werde, solltest du meinen Heiratsantrag nicht annehmen.«

»Aber doch nur, wenn ...«, fuhr ich ihn an.

»Ach? Du erinnerst dich?«, erwiderte er und seufzte ein bisschen. »Na, der Termin ist ja nun abgelaufen.«

Damals hatte er mir für meine Entscheidung eine Woche Zeit gegeben. »Was kann ich dafür, wenn du in einen Laster krachst?«, verteidigte ich mich.

»Was willst du damit sagen?«

»Nichts«, knurrte ich.

Er tat, als hätte er meine Antwort nicht gehört. »Du hättest also meine Bedingungen akzeptiert«, sagte er und trank sein Glas aus. »Damit musste ich leider rechnen. Und Frau Ritter«, fügte er wie so nebenbei hinzu, »bekommt endlich das, was sie sich so sehnlich wünscht. Ich gönne es ihr. Wirklich, Maja. Das siehst du doch auch so.«

Da, liebste Henriette, kippte ich Adrian den Wein aus meinem Glas ins Gesicht. »Der Ritter gönn ich nichts! Die kann ja noch nicht mal einen Cézanne von einem Lochbihler unterscheiden!«

»Wenn das so ist«, sagte Adrian und tupfte den Wein mit einem von meinen eigenen zarten Händen gebügelten Taschentuch vom Gesicht, »muss ich eine andere Lösung suchen. Hilfst du mir, eine zu finden, die uns beide zufriedenstellt?«

Ich schwör dir, Henriette, erst da habe ich gemerkt, dass Adrian mich höchst gekonnt manipuliert hatte! Wie das Gespräch ausging sowie die Fortsetzung des Abends wirst du dir denken können.

Du bist die Erste, die davon erfährt. Bitte behalte die Nachricht noch für dich. Wir wollen nichts überstürzen, auch die Kinder werde ich vorerst nicht benachrichtigen.

Eins wissen wir sicher: Das Haus im Allgäu wird unser Wochenend-, Ferien- und Alterssitz.

Deine glückliche Maja

PS: Da in Argenried ja nichts geheim bleibt, werden wir demnächst Ines, Florian, Alwine und das Heustadl-Team zum Essen im Hochgratblick einladen.

PPS: Adrian meinte, ich solle die Suche nach dem heiligen Georg einstellen.

Das werde ich *nicht*!

E-Mail von Henriette an Maja, 23. Juli, fünfzehn Minuten später

---

Willkommen im Club der Paare! Freue mich riesig für euch!!!

Bleiben wir Nachbarn?

Henriette

E-Mail von Maja an Henriette, 23. Juli, fünf Minuten später

Liebe Henriette,
sicher. Ich werde doch nicht in Adrians Wohnung ziehen, mein Haus vermieten und dich aus den Augen verlieren? Du bist mir so lieb wie Adrian.

Maja

E-Mail von Maja an Henriette, 24. Juli, abends

Liebe Henriette,
du weißt ja, wenn das Herz voll ist, läuft der Mund über! Ich muss dir schon wieder etwas Positives über Adrian schreiben.

Stell dir vor, heute, am Sonntagnachmittag Punkt 15 Uhr, standen die Grünlichs (du erinnerst dich? Das sind Ferdinands Eltern) vor der Tür. Unangemeldet natürlich.

Wir saßen auf der Terrasse, Adrian hatte Resls wunderbaren Zwetschgenkuchen mit Mandelsplittern und Streusel gekauft, gerade hatte ich Kaffee gekocht und Sahne geschlagen. Mir blieb also nichts anderes übrig, als Adrian vorzustellen und die Grünlichs an den Tisch zu bitten.

Frau Grünlich behielt wie schon beim ersten Besuch den Hut auf. Misstrauisch beäugte sie den Kuchen. »Ist der etwa gekauft? Bei mir kommt nur Selbstgebackenes auf den Tisch«, sagte sie und machte uns damit klar, in welche Richtung der Hase hoppeln würde.

Adrian schnitt gerade ein Stück Kuchen für Titus in kleine Häppchen, dann stopfte er ihm die Serviette in den Kragen, schob ihm den Teller zu und legte ihm die Gabel in die Hand. Du weißt, dass Titus seine Bewegungen nicht mehr so gut koordinieren kann; als er ein Häppchen aufspießen wollte, rutschte der Teller weg, doch Adrian hatte aufgepasst.

Auch Frau Grünlich hatte aufgepasst und sagte: »Warum stellen S' dem Alten keinen Plastikteller hin?« Dabei zeigte sie mit dem Finger (!) auf Titus.

Da faltete Adrian ganz langsam seine Serviette zusammen, legte sie neben den Teller und erkundigte sich höflich: »Dürfen wir den Grund Ihres Besuches erfahren?«

»Gehören Sie zur Familie?«, entgegnete Frau Grünlich – ihr Mann blieb stumm.

»Herr Dr. Hölzl ist ein langjähriger Freund«, erklärte ich, wobei ich den Doktor besonders betonte.

»Aha«, sagte da Frau Grünlich, »ein gschlamperts Verhältnis haben Sie. Und in so eine Familie will mein Sohn (nicht *unser* Sohn!) einheiraten? Ja mei ...«

»Ach, wissen Sie«, sagte Adrian höflich lächelnd, »unsereins weiß, was er seiner Familie schuldig ist. Selbstverständlich haben wir Nicki längst davon abgeraten, in eine mittellose Familie einzuheiraten. Meine Liebe, Sie werden doch nicht annehmen, dass wir Ihren Sohn auf unsere Kosten durchfüttern! Wir haben ihn zwar wahrhaftig ins Herz geschlossen, doch Sie als Schwiegermutter werden unserer Tochter das Leben schwermachen, Ihr Sohn wird zwischen allen Stühlen sitzen, und natürlich wünschen wir unserem Enkelkind zwei liebevolle Großeltern-Paare. Wir wissen auch nicht, wie es mit unserem lieben Titus weitergeht. Nun ja. Ich sehe, Ihnen schmeckt der gekaufte Kuchen nicht. Ich darf Sie zu Ihrem Auto bringen.«

Den Grünlichs hatte Resls Kuchen geschmeckt, aber was blieb ihnen übrig? Wie betäubt folgten sie Adrian.

Ich hab's bewundert, wie elegant Adrian die beiden in ihre Schranken verwiesen hat – ich hätte es nicht so gut gemacht. Als er zurückkam, habe ich ihm das gesagt. Er meinte, so ungehobelte Leute wie Grünlichs verstünden eben nur eine grobe Sprache.

Und ich dachte, Adrian sei langweilig! Gemessen an ihm ist das Verhalten von Winterstein vorhersehbar!

Deine Maja

SMS von Henriette an Maja, 25. Juli, morgens

Wir sind wieder zu Hause!

Du hast Adrian unterschätzt. Er ist ein Juwel!

Henriette

SMS von Henriette an Maja, 25. Juli, mittags

Maja, soeben hat ein Taxifahrer ein großes Paket abgeliefert. Aufschrift: *Zu Händen von Thomas Renz. Bitte abliefern.*

Was sollen wir damit?

Henriette

SMS von Maja an Henriette, 25. Juli, drei Minuten später

Bitte sofort öffnen!

Maja

SMS von Henriette an Maja, 25. Juli, zehn Minuten später

Paket geöffnet. Inhalt: ein weißer Plattenspieler der Firma Braun sowie etliche Schallplatten.

Henriette

SMS von Maja an Henriette, 25. Juli, zwei Minuten später

Liegt kein Zettel oder Brief bei?

Maja

SMS von Henriette an Maja, 25. Juli, sechs Minuten später

Doch. War an einer Seite hinuntergerutscht. Text: *Rückgabe an Thomas. Beste Grüße, Vater.* Was soll das?

Henriette

SMS von Maja an Henriette, 25. Juli, drei Minuten später

Ein kleines Wunder! Näheres am Telefon. Ruf mich an!
Maja

SMS von Henriette an Maja, 25. Juli, sieben Minuten später

Telefonieren geht gerade nicht. Wir haben nichts im Haus, brechen gerade auf, um bei Luigi zu Mittag zu essen. Schreib eine Mail!
Henriette

E-Mail von Maja an Henriette, 25. Juli, zwanzig Minuten später

---

Hab vor ein paar Tagen Axel gesagt, der Plattenspieler befinde sich definitiv nicht mehr im Haus, er möge doch mal mit offenen Augen durch seine Wohnung gehen.

Er hat also den Plattenspieler entdeckt. In der Haut seiner Frau möchte ich nicht stecken; bei Diebstahl hört für Axel der Spaß restlos auf. Er hätte sich aber im Namen seiner Frau entschuldigen können.
Maja

SMS von Henriette an Maja, 25. Juli, zwei Stunden später

Finde ich auch. Er ist doch Jurist, und Richter obendrein!
Henriette

WhatsApp von Maja an Tommy, 25. Juli, nachmittags

Lieber Tommy,
dein Vater hat den Plattenspieler samt Platten zurückgeschickt. Das (geöffnete!) Paket liegt noch bei Henriette und Clemens, ich werde es bei Gelegenheit abholen.

Möchtest du dich bedanken? Es wäre eine höfliche Geste.
Sei umarmt von
deiner Mami

WhatsApp von Tommy an Maja, 25. Juli, abends

Hi Mum,
die Sachen waren gestohlen! Soll ich mich bedanken, dass er mein Eigentum zurückgegeben hat? Das kannst du nicht erwarten.
LG Tommy

WhatsApp von Maja an Tommy, 25. Juli, zehn Minuten später

Tommy,
die Angelegenheit wird ihm schwer zugesetzt haben. Er musste einsehen, dass seine Frau (wie sagt man heute?) »ein kleines Problem« hat. Normalerweise hat er über solche Leute zu richten; jetzt hat er jemand von diesem Kaliber in den eigenen vier Wänden. Du vergibst dir nichts, wenn du großzügig bist.
Deine »Mum«

WhatsApp von Tommy an Maja, 25. Juli, fünf Minuten später

Okay, ich überleg's mir.

Wie geht es Nicki? Und Titus? Du hast schon lange keine ausführliche Mail mehr geschrieben. Muss ich mir Sorgen machen?

Uns geht es bestens.
LG Tommy

WhatsApp von Maja an Tommy, 25. Juli, zehn Minuten später

Titus' Befinden ist stabil. Von Nicki weiß ich nichts Neues. Adrian – du erinnerst dich an meinen Chef? – hatte einen Unfall, er hat sich bei uns in Argenried erholt und war hier, als uns Nickis »Schwiegereltern« einen zweiten, unangemeldeten Besuch abstatteten. Es sind ganz schreckliche Leute, ich war sehr froh, dass Adrian sie kurz, aber in aller Höflichkeit aus dem Haus geworfen hat.

Mami

WhatsApp von Tommy an Maja, 25. Juli, fünfzehn Minuten später

Und ausgerechnet du empfiehlst mir, großzügig zu sein?!

Ich fass es nicht!

Tommy

WhatsApp von Maja an Tommy, 25. Juli, zwei Minuten später

Ich bekenne mich schuldig!

M.

WhatsApp von Tommy an Maja, 25. Juli, fünf Minuten später

Entschuldigung angenommen. Warum antwortet Nicki nicht auf meine WhatsApps? Ich muss wissen, wie es ihr geht. Wann genau ist das Baby fällig?

Tommy

WhatsApp von Maja an Tommy, 25. Juli, sechs Minuten später

Ab Mitte/Ende August muss sie mit der Geburt rechnen, aber kaum ein Baby hält sich an den errechneten Termin. Also komm nicht zu spät. Schaffst du das?

M.

WhatsApp von Tommy an Maja, 25. Juli, fünf Minuten später

Geht klar. Holst du mich am Flughafen München ab? So allein will ich im Stuttgarter Haus nicht wohnen. Argenried wäre mir lieber, auch wegen der Nähe zu München.

Tommy

WhatsApp von Maja an Tommy, 25. Juli, acht Minuten später

Täusch dich nicht; von Argenried nach München fährst du vermutlich länger als von Stuttgart aus. Trotzdem: Natürlich wohnst du in Argenried! Kannst dann den alten Opel von Titus haben.

Benachrichtige mich rechtzeitig, ich will dir zu Ehren einen Kuchen backen!

M.

WhatsApp von Tommy an Maja, 25. Juli, sechs Minuten später

Freue mich auf dich, Titus, Argenried, Opel und Kuchen! Könntest ja Nicki (und Ferdinand?) einladen, falls sie noch reisefähig ist.

LG Tommy

WhatsApp von Maja an Tommy, 25. Juli, eine Minute später

Geht klar.

M.

E-Mail von Adrian an Maja, 26. Juli, abends

Meine über alles geliebte Maja,
du fehlst mir so sehr, dass ich mich nur mit größter Mühe auf meine Arbeit konzentrieren kann. Wie geht es dir? Und was macht Titus? Die Tage mit euch erscheinen mir wie ein schöner Traum.

Wir haben einen wunderbaren Sekretär hereinbekommen. Nussbaum, reines Biedermeier, sowie einen Jugendstil-Tisch mit sechs Stühlen. Von allen Objekten ist die Provenienz einwandfrei geklärt.

Maja, ich zähle die Stunden bis zum Wiedersehen!

Ich liebe dich von ganzem Herzen!

Dein Adrian

E-Mail von Maja an Adrian, 27. Juli, morgens

Geliebter Adrian,
bei uns geht alles seinen gewohnten Gang. Titus' Befinden ist nach wie vor stabil, allerdings hat er inzwischen das Interesse am Memory-Spiel verloren. Florian versucht es zwar immer wieder, doch er schaut nur mit leerem Blick auf die Kärtchen.

Weißt du, dass sich Florian zum Altenpfleger ausbilden lassen möchte? Ich habe ihm gesagt, er soll seine Beobachtungen aufschreiben und auch die Ideen, wie er Titus beschäftigt hat, denn jetzt, wo dieser recht pflegeleicht ist, hat er dazu Zeit. Er will nicht; er meint, dazu fehle ihm die Ruhe, außerdem gehe er lieber mit meinem Vater spazieren.

Da sich Florian um Titus kümmert und Alwine, meine Putzhilfe, wieder gesund ist, war mir's fast ein wenig langweilig. Zuerst habe ich im Garten die verblühten Rosen abgeschnitten und den Rasen gemäht. Danach bin ich nach Kempten gefahren und habe Donatus im Altersheim besucht. Luitpolda hatte mich nämlich wissen lassen, die Hitze setze ihm zu, und bei einem Mann in seinem Alter – er ist weit über 90 – wisse man nie ...

Im Gegensatz zu Titus ist Donatus kein bisschen dement. Er hat sich sehr über mein Kommen gefreut und bestand darauf, ein Gläschen Wein mit mir zu trinken. Er hat sogar Wilhelm Busch zitiert: »Rotwein ist für alte Knaben eine von den besten Gaben ...«

Er wollte wissen, ob der heilige Georg inzwischen auf seinem angestammten Platz stehe. Leider nein, sagte ich, und berichtete ihm, wie mein Großvater unser Grundstück zu einem Spottpreis erwarb, und dass infolge des mysteriösen Flugzeugabsturzes so gut wie alle Unterlagen aus der Zeit, als dessen Freund Georg Winterstein Bürgermeister von Argenried war, verbrannt sind.

Worauf er lächelte und meinte, es gehöre zum Charakter eines Verbrechers, dass er sich stets klüger dünke als seine Mitmenschen. Darauf schwieg er lange Minuten.

Ich dachte schon, er sei eingeschlafen, wollte gerade meine Tasche nehmen und mich leise zur Tür schleichen, als er sagte: »Die eigentlichen Antreiber waren der Münchner und der junge Victor Willand. Ihr Vater und Georg Winterstein waren willige Mitläufer, sie haben nach dem gegriffen, was sich ihnen bot.«

»Spricht sie das frei von Schuld?«

»Im Gegenteil. Sie machen sich doppelt schuldig: einmal, indem sie die Anstifter nicht hinderten, zum andern, dass sie sich deren Verfehlungen bedienten. Aber ich komme noch einmal darauf zurück, dass sich ein Verbrecher klüger wähnt als seine Mitmenschen. Sehen Sie, Maja Renz, auch der Volksmund spricht davon, dass der Krug eben nur so lange zum Brunnen geht, bis er bricht. Das bedeutet nichts anderes, als dass das Maß eben mal voll ist, und dass sich dann ein jeder für seine Taten verantworten muss. Der eine schon in dieser, der andere erst in der nächsten Welt. Was ist weniger schmerzhaft? Ich weiß es nicht.«

Es war sehr warm in der Stube. Der Wein hatte mich etwas benommen gemacht; Donatus hatte er die Zunge gelöst.

»Als es beim alten Winterstein, dem Georg, ans Sterben ging, hat man mich geholt.«

Schlagartig war ich hellwach, Adrian!

»Und?«

Donatus wackelte mit dem Kopf. »Beichtgeheimnis, liebe Frau Renz.« Er seufzte ein bisschen und hob den gichtgekrümmten Zeigefinger. »Ich würde mir wünschen, Sie würden dem jungen Winterstein auf die Finger schauen.« Daraufhin kicherte Donatus wie ein Kobold und fuhr in reinstem Allgäuer Dialekt fort: »Mei, ich mein halt allweil, so schwer dürft des net sein, ums Eck rum zu denken.«

»Ums Eck rum denken? Wie meinen Sie das? Einen kleinen Hinweis könnten Sie mir doch geben!«

»Des braucht's net«, sagte er, dann gähnte er herzhaft und ich wusste, die Audienz war zu Ende.

Adrian, du hast gemeint, ich solle die Suche nach dem heiligen Georg einstellen. Du begreifst aber, dass ich eine Verpflichtung Donatus gegenüber eingegangen bin. Ich muss die Statue finden! Nur: Um welche Ecke soll ich bloß denken?

Es ist so schade, dass du nicht hier bist!

Tausend Grüße von

deiner Maja

PS: Du hast kein Wörtchen über die liebe Frau Ritter verloren. Muss ich mir Sorgen machen?

E-Mail von Maja an Babette, 28. Juli, morgens

Liebe Babette,
beim Putzen ist Alwine das Fläschchen mit dem Gesichtswasser runtergefallen. Ich komme in deiner Mittagspause in den Heustadl, um ein neues zu besorgen. Hast du ein paar Minuten für mich Zeit?

Deine Maja

SMS von Babette an Maja, 28. Juli, zehn Minuten später

Bin auf dem Weg nach Lindau.

Komme heute Abend kurz bei dir vorbei.

LG Babette

SMS von Ines an Maja, 28. Juli, früher Vormittag

Liebe Maja,
weißt du schon das Allerneueste?

Lucy Maletzke hat ihre Wohnung gekündigt und ist bei Winterstein eingezogen. Kein Witz!

Ich weiß das aus sicherer Quelle.

LG Ines

SMS von Maja an Ines, 28. Juli, fünf Minuten später

Was die Maletzke betrifft, wundert mich gar nichts mehr!

Wie lautet der Name deiner Quelle?

Maja

SMS von Ines an Maja, 28. Juli, drei Minuten später

Verrate ich nicht. Komme aber heute Abend bei dir vorbei.

Ines

SMS von Maja an Ines, 28. Juli, vier Minuten später

Gut. Du wirst Babette treffen.
Weiß sie vom Einzug der Maletzke?
Maja

SMS von Ines an Maja, 28. Juli, drei Minuten später

Bin ich allwissend? Keine Ahnung. Könnt sein.
Ines

SMS von Maja an Ines, 28. Juli, zwei Minuten später

Könnte ich die Maletzke bitten, mich in Wintersteins Haus zu lassen?
Maja

SMS von Ines an Maja, 28. Juli, vier Minuten später

Bist du wahnsinnig? Wo sie so weit gekommen ist, wird sie doch nichts tun, was den Kerl verärgern könnte.
Ines

SMS von Maja an Ines, 28. Juli, drei Minuten später

Bin weder wahnsinnig noch naiv. Ich dachte an eine milde Form von Erpressung.
Maja

SMS von Ines an Maja, 28. Juli, eine Minute später

Erklär das mal.
Ines

SMS von Maja an Ines, 28. Juli, sechs Minuten später

Hab auf meinem Handy liebevolle SMS von Winterstein. Könnte mich von der Maletzke einladen lassen und sagen, die Mails dürften sie interessieren. Wir sitzen im Wohnzimmer, während du auf Socken durchs Haus huschst. Bist du dabei?

Maja

SMS von Ines an Maja, 28. Juli, zwei Minuten später

Nie im Leben! Ich hab einen Ruf zu verlieren. Was hat die Lucy davon? Nichts als Ärger.

Ines

SMS von Maja an Ines, 28. Juli, eine Minute später

Ich muss irgendwie in Wintersteins Haus gelangen!!!

Maja

SMS von Ines an Maja, 28. Juli, fünf Minuten später

Du lässt nicht locker, was? Hab eine Idee: Zünd den Schuppen hinten im Garten an, ruf die Feuerwehr, und während sie löscht, rennst du ins Haus.

Ines

SMS von Maja an Ines, 28. Juli, vier Minuten später

Blödsinn! Aber warum darf die Lucy ins Haus, warum durften wir, du, Henriette und ich, nur in die Hütte im Wald?

Maja

SMS von Ines an Maja, 28. Juli, zwei Minuten später

Während meiner Affäre mit Winterstein war ich oft in seinem Haus.
Ines

SMS von Maja an Ines, 28. Juli, eine Minute später

Überall?
Maja

SMS von Ines an Maja, 28. Juli, zwei Minuten später

Im Keller ja, aber warum hätte ich bis unters Dach gehen sollen?
Ines

SMS von Maja an Ines, 28. Juli, drei Minuten später

Ist dir im Keller etwas aufgefallen? Ein langes Paket etwa?
Maja

SMS von Ines an Maja, 28. Juli, drei Minuten später

Nein. Einmal im Monat wischt die Hilde alle Kellerräume aus. Da steht nichts herum.
Ines

SMS von Maja an Ines, 28. Juli, zwei Minuten später

Keiner der Wohn- oder Schlafräume war abgeschlossen?
Maja

SMS von Ines an Maja, 28. Juli, fünf Minuten später

Zu meiner Zeit nicht. Es gibt zwei Gästezimmer. In dem einen hatte ich meine Wäsche und Kleidung, im anderen waren die Läden geschlossen.

Ines

SMS von Maja an Ines, 28. Juli, zwei Minuten später

Warst du im Zimmer von Wintersteins Tochter?

Maja

SMS von Ines an Maja, 28. Juli, drei Minuten später

Klar. Tonnenweise Kleider und Schminkutensilien. Kein einziges Buch.

Ines

SMS von Maja an Ines, 28. Juli, fünf Minuten später

Also müsste ich mich nur auf dem Dachboden umsehen. Siehst du, du konntest dich doch an einiges erinnern. Mach weiter so!

Maja

SMS von Ines an Maja, 28. Juli, zehn Minuten später

Ich habe eine Menge Talente, vergiss das nicht! Da ist noch was, Maja: Es ist ein altes, verwinkeltes, mehrfach renoviertes Bauernhaus. Zum Beispiel wurde aus einer ehemaligen Kammer neben Wintersteins Schlafzimmer ein begehbarer Schrank. Wenn du das nicht weißt, siehst du die Tür nicht. Sie ist so tapeziert wie die Wände. Was ich damit sagen will: Nicht alle Nebenräume habe ich erforscht – warum auch?

Ines

SMS von Maja an Ines, 28. Juli, zwei Minuten später

Wolltest du nicht? Oder durftest du nicht?
Maja

SMS von Ines an Maja, 28. Juli, eine Minute später

Was soll die Frage?
Ines

SMS von Maja an Ines, 28. Juli, fünf Minuten später

Denk an Blaubart: Für alle Räume besaß die junge Frau den Schlüssel, nur eben nicht für die geheimnisvolle Kammer. Aber ich seh schon: Niemals hättest du aus bloßer Neugierde das Verbot übertreten.
Maja

SMS von Ines an Maja, 28. Juli, zwei Minuten später

Natürlich nicht! Dazu bin ich viel zu gut erzogen!
Ines

SMS von Maja an Ines, 28. Juli, eine Minute später

Ich pfeif auf deine Erziehung!
Maja

E-Mail von Adrian an Maja, 31. Juli, abends

Meine Liebste,
Frau Ritter hat ein Tränchen verdrückt und mir (nicht uns!) alles Gute gewünscht. Sie wird sich ändern müssen, ich bestehe darauf, dass sie künftig von Herrn und Frau Hölzl spricht.

In meiner Wohnung ist es unerträglich heiß. Maja, für zwei Bewohner ist sie nicht geeignet. Ich werde sie verkaufen.

Aber in dein Haus möchte ich auch nicht einziehen. Es würde mich immer an dein früheres Leben erinnern, außerdem käme ich mir wie ein Schmarotzer vor.

Wir beide beginnen etwas Neues, Eigenes, etwas, das nur uns betrifft. Wäre nicht auch eine von Erinnerungen freie Umgebung angebracht?

Lass es dir durch den Kopf gehen.

In großer Liebe

dein Adrian

E-Mail von Maja an Adrian, 1. August, abends

Liebster Adrian,

im Prinzip stimme ich dir zu, aber was ist mit Thomas? Was mit Nicki samt ihrer jungen Familie? Sie werden uns besuchen, brauchen also je ein Zimmer. Dazu kommt, dass ich Henriette nicht missen möchte. Falls du dich auf die Suche nach einem für uns geeigneten Objekt machst, muss es in Gehweite zu Henriette liegen; ruf sie an. Sie kennt viele Leute und erfährt manches unter der Hand.

Heute habe ich zufällig Hochwürden bei der Bäcker-Resl getroffen und auch etwas »unter der Hand« erfahren: Am 25. September findet hier ein großes Fest statt: 700 Jahre Argenrieder Kirche! Plus – halte dich fest – 60-Jahr-Jubiläum der Glocken.

Wie das kommt, habe ich Hochwürden gefragt. Dass so ungefähr vor 700 Jahren der Grundstein für unsere Kirche St. Georg und Florian gelegt wurde, verstehe ich ja, aber was soll das mit den Glocken?

Wir tranken einen Espresso, während er mir schilderte, dass im Krieg nicht nur Menschen starben; auch Glocken wurden vernichtet. Es begann während des Ersten Weltkriegs.

Schon im ersten Jahr machte sich der Mangel an Nahrungsmitteln und an Treibstoff sowie Metall bemerkbar, deshalb wurde die Bevölkerung bereits 1915 aufgefordert, sich von Haushaltsgegenständen aus Kupfer und Messing zu trennen – gegen eine Entschädigung, wohlgemerkt. Aus dem Metall wurden Granatzünder und Kanonen gegossen, doch das Material reichte hinten und vorne nicht. Daher beschlagnahmte ab dem 1. März 1917 die Heeresverwaltung alle Bronzeglocken unter zwanzig Zentnern. Das betraf vor allem die Kirchen, die auch den – sehr gefährlichen – Ausbau und Abtransport zu bezahlen hatten.

Die Empörung war so groß, dass darüber sogar im Berliner Reichstag verhandelt wurde. Ein Abgeordneter aus dem Allgäu deutete anklagend auf den zwei Tonnen schweren bronzenen Kronleuchter und die Figuren im Sitzungssaal des Reichstags – und errang einen Teilerfolg: Unter anderem sollten die Glocken mit hohem Kunstwert nicht beschlagnahmt und der schwierige Ausbau anderer von militärischen Spezialkommandos übernommen werden.

Nach dem Krieg hatten die Glockengießer Hochkonjunktur, die Kosten für neue Glocken wurden durch Spendengelder der Bevölkerung aufgebracht. So wurde zum Beispiel schon am 2. Juni 1922 die neue Glocke für die Sankt-Mang-Kirche in Kempten geweiht.

Im Zweiten Weltkrieg wiederholte sich das Elend. Ein Heimatpfleger beschreibt, wie doch etliche Glocken gerettet werden konnten, und er zitiert ein »altes Weible«: »Nemmet no die Glocke mit, wenns der Hitler gar so notig braucht. Mir wisset au ohne Glocke, wie viel's gschlage hot.«

Nebenbei: Ab Juni 1943 wurden an Kirchen und öffentlichen Gebäuden sogar die metallenen Türklinken abgeschraubt. So weit, so schlecht.

Nach dem Krieg lagerten allein in einer Hamburger Sammelstelle rund 13 000 unversehrte Glocken. Auf die Bitte nach einer Rückgabe entgegneten die Engländer, zuerst müssten die von den Nazis in den ehemals besetzten Gebieten geraubten Glocken ersetzt werden. Das waren viele. Allein in der Tschechei wurden über 9000 Glocken vermisst; die Holländer gaben an, die Deutschen hätten ihnen alle gestohlen. Also musste die Bevölkerung erneut spenden, und wieder kamen die Gelder rasch zusammen. Deshalb also, liebster Adrian, das Fest zum 700-jährigen Bestehen unserer Kirche Sankt Georg und Florian samt ihren 60 Jahre alten Glocken.

Hochwürden rechnet mit unserer Teilnahme. Ich habe fest zugesagt.

Alles Liebe dir!

Deine Maja

PS: Das Argenrieder Haus ist nicht verhandelbar!

PPS: Ich rechne täglich mit der Geburt unserer ersten Enkeltochter!

E-Mail von Adrian an Maja, 2. August, morgens

Geliebte,
du dachtest doch nicht, ich würde die Kinder und künftigen Enkel vergessen?!

Liebste, noch gestern Abend habe ich mit Henriette ein langes Gespräch am Telefon geführt, und was stellte sich heraus? Dass du, wie fast immer, den richtigen Riecher hattest. Vor Kurzem nämlich starb mit gesegneten 89 Jahren eine Frau Werner, wohnhaft in eurer Straße und demzufolge eine Fast-Nachbarin. Henriette meint, sie habe dir das sogar mitgeteilt, jedenfalls soll das Haus verkauft werden.

Wegen einer Mischung aus Aufregung und Erwartungsfreude schlief ich wenig, wachte sehr früh auf, fuhr hoch nach Degerloch und stand im hellen Morgenlicht vor dem Haus.

Maja, es muss renoviert werden, und der Garten ist eine Wildnis. Aber wenn das erledigt ist – dann! Dann!!

Henriette sah mein Auto am Straßenrand und bot mir (im sehr schicken Morgenmantel und hübsch verwuscheltem Haar!) an, mit ihr und Clemens zu frühstücken. Es wäre unhöflich und überaus ungeschickt gewesen, unseren (möglicherweise?) Nachbarn einen Korb zu geben. Henriettes Kaffee war nicht so gut wie deiner, aber trinkbar, die Brezeln hatte sie aufgebacken, die Marmelade – das Erdbeergsälz! – selbstgemacht.

Als Fan vom unglückseligen VfB Stuttgart sitzt Clemens in der Porsche-Arena neben dem Sohn der verstorbenen Hausbesitzerin. Er trifft sich auch außerhalb der Fußballsaison manchmal auf ein Bier mit ihm und wird ein gutes Wort für uns einlegen. Ich deutete an, dass ich nicht ganz mittellos und ein Verkauf ohne Makler für alle Seiten von Nutzen wäre – das solle er doch bitte nicht unerwähnt lassen. Worauf Henriette lachend meinte, für einen Schwaben seien das Worte so süß wie's Manna vom Himmel.

Ich hoffe, ich habe in deinem Sinn gehandelt, geliebte Maja. Jetzt darf ich nicht mehr an dich denken, jetzt muss ich mich ums Geschäft kümmern ...

In aller Liebe
dein Adrian

PS: Selbstverständlich besuchen wir gemeinsam das Argenrieder Kirchenfest!

E-Mail von Maja an Henriette, 2. August, abends

Liebe Henriette,
Nicki hat mich angerufen! Sie hatte Wehen, Ferdi fuhr sie ins Krankenhaus – falscher Alarm. Sie ist wieder zu Hause und ich bin immer noch nicht Großmutter.

Meine Liebe, du lässt gefälligst die Finger von meinem Zukünftigen! Ich kenne dich, du schreckst vor nichts und niemand zurück – sogar den Winterstein hast du auf die Knie gezwungen, und nun setzt du sogar ein neckisches Negligé ein, um meinen aufrechten Adrian zu fällen? Verdirb dir's nicht mit mir, ich warne dich!

Aber danke für den Tipp. Ja, du hattest mir in einer Mail vom Tod der alten Frau Werner berichtet und auch, dass ihr Haus verkauft werden soll. Das habe ich aber nicht gespeichert.

Weißt du was? Es wäre großartig, wenn wir es kaufen könnten! Wir blieben Nachbarinnen, und ich könnte dich vor Fehltritten bewahren. Mein eigenes Haus würde ich vermieten; es könnte ja sein, dass eins meiner Kinder mit der (künftigen) Familie mal einziehen möchte.

Alles in allem: fast zu gut, um wahr zu sein. Drück uns die Daumen, liebe Henriette!!!

Damit ich es nicht vergesse: Am 25. September wird in Argenried ein großes Fest gefeiert, wozu ich dich und Clemens im Namen unseres Hochwürden herzlich einlade: 700 Jahre Bestehen von Sankt Georg und Florian. Ihr müsst unbedingt kommen. Babette sagt, die Argenrieder Frauen buchen schon jetzt ihre Termine bei ihr, und man hört, in den angesagtesten Läden seien die Dirndl mit den herzförmigen Dekolletés ausverkauft – eine jede will halt die Allerschönste sein.

Noch etwas: Es wäre doch der absolute Knüller, wenn der heilige Georg beim Fest wieder auf dem Sockel stünde. Ich klemme mich dahinter, ich schwör's!

Titus geht es erstaunlich gut. Die Hitze macht ihm ein bisschen zu schaffen, er ist etwas matter als sonst, aber Dr. Semmering meint, abgesehen von der Demenz sei er ein lebendes Wunder. Hoffentlich bleibt es so noch ein Weilchen!

Herzlich
deine Maja

WhatsApp von Maja an Tommy, 3. August, morgens

Lieber Tommy,
beeil dich, buche deinen Flug. Wir rechnen täglich mit der Geburt deiner kleinen Nichte!

Deine Mum

E-Mail von Maja an Adrian, 3. August, abends

Liebster Adrian,
heute habe ich schlechte und sehr gute Nachrichten: Wie du weißt, ist eine Hitzewelle übers Allgäu geschwappt, tagelang fiel kein Tropfen Regen – das ist für die Gegend völlig untypisch. Gestern Abend nun sind dicke Wolken aufgezogen, in der Nacht gab es ein ganz furchtbares Gewitter, und ein Blitz hat die Scheuer und dann auch noch zwei Nebengebäude vom Schotthof in Brand gesetzt. Wegen des Sturms drohte das Feuer sogar aufs Wohnhaus überzugreifen. Die Feuerwehr konnte das glücklicherweise verhindern, aber der Schaden ist gewaltig. Das war die schlechte Nachricht.

Nun die gute: Du erinnerst dich an das Mädchen Irmi, die als junge Waise von den Schotts aufgenommen wurde? Der elterliche Hof ging an die Gemeinde, da der Bauer angeblich hoch verschuldet war. Der alte Winterstein hatte von der Witwe – sie verstarb nur wenige Monate nach dem Tod ihres Mannes – eine Viehweide gepachtet. Damals war das Mädchen zwölf Jahre alt. Winterstein brachte sie um ihr rechtmäßiges Erbe, da er gleich nach Kriegsende die Weide, die ihm gar nicht gehörte, meinem Großvater »verkaufte«. Irmi arbeitete eine paar Jahre als Magd auf dem Winterstein'schen Besitz. Sie wurde aufgrund merkwürdiger Beschuldigungen – denen nie nachgegangen wurde! – vom Hof gejagt.

Du erinnerst dich auch an die 100 000 Euro, die Titus angespart hat, um nachträglich unser Grundstück zu bezahlen?

Und du erinnerst dich ebenfalls an deinen Rat, nichts zu unternehmen, bis Titus nicht mehr bei uns ist? Da du über ein ausgezeichnetes Gedächtnis verfügst, wirst du nichts davon vergessen haben.

Ich habe beschlossen, nicht auf Titus' Tod zu warten; sein Geld soll schon jetzt den Schotts zugutekommen. Das wäre ganz im Sinne meines Vaters, Adrian. Irmi wurde Unrecht getan, großes Unrecht sogar; das kann niemand mehr ungeschehen machen. Die Einzigen, die ihr damals zu Seite standen, waren die Schotts. Wem, wenn nicht ihnen, soll für ihre Fürsorge gedankt werden? Damals brauchte Irmi Hilfe, jetzt sind die Schotts in Not geraten, jetzt muss ihnen geholfen werden.

Noch etwas: Es soll keine anonyme Spende werden. Ich werde Schotts den ganzen Sachverhalt schildern, werde ihnen vom miesen Deal meines Großvaters und des alten Winterstein berichten. Zwar ahnten damals die Schotts, dass Irmi zu Unrecht verdächtigt wurde, aber jetzt müssen sie es wissen! Ich denke, nur wenn ich so vorgehe, werden sie das Geld annehmen. Du bist doch einverstanden?

Deine Maja

E-Mail von Adrian an Maja, 4. August, morgens

Ich liebe dich, Maja!
Weißt du, dass die meisten Menschen das Geld ihrer Eltern für sich behalten oder es, im besten Fall, ihren Kindern zugutekommen lassen würden? Nicht so du, meine geliebte Maja. Selbstverständlich unterstütze ich deinen Entschluss.

Morgen sind wir wieder beieinander – ich kann's kaum erwarten.

Wie geht es Nicki, dem Kind und ihrem Ferdinand? Hat Thomas von sich hören lassen?

In großer Liebe
dein Adrian

E-Mail von Babette an Maja, 4. August, mittags

Liebe Maja,
die Lucy war beim Ansgar wegen seiner fabelhaften Kräuterstempelmassage. Jetzt hat der Ansgar uns gesagt, dass sich die Lucy mit dem Winterstein wirklich verlobt. Am Samstag, dem 13. August, werden s' im Hochgratblick feiern. Vom Heustadl ladt sie alle ein, aber ob du und die Ines mit ihrem Florian auch kommen dürfen, das weiß sie noch net.

Bloß dass's weißt, Maja, des mit der Verlobung glaub ich erst, wenn's in der Zeitung steht. Und a Verlobung ist noch lang net a Hochzeit. Aber die Lucy ist scho a Malefizmensch, gell!

Deine Babette
Im Heustadl ist Diskretion Ehrensache!

E-Mail von Maja an Henriette, 4. August, nachmittags

Liebe Henriette,
du ahnst nicht, was ich von Babette erfahren habe: Der Winterstein und die Lucy sollen am Samstag, 13. August, Verlobung feiern. Im Hochgratblick natürlich, aber ob ich eingeladen werde, ist ungewiss. Wenn ja – soll ich zusagen? Und würdest du mitkommen? Das wäre doch ein echter Hit, oder?

Deine Maja

PS: Hab noch immer keine Idee, wie ich in Wintersteins Haus gelangen könnte!

PPS: Noch ein Fest steht an: Meine Alwine feiert ihren Fünfundsechzigsten. Sie wünscht sich eine Flasche Eierlikör, aber es darf keine aus dem Supermarkt sein, der ist ihr zu lätschig, also nicht hochprozentig genug. Ich soll die Flasche unbedingt bei der Bäcker-Resl besorgen. Die macht den nämlich selbst mit Eigenbrand und Eiern vom eigenen Hof. Ich muss schauen, wie viel Prozent er hat!

E-Mail von Maja an Adrian, 12. August, morgens

Adrian,
ich mache mir Sorgen. Tommy beantwortet keine meiner Mails. Ich habe keine Ahnung, wo er gerade ist, wie es ihm geht und wann er nach Hause fliegen will. Was soll ich nur tun?

Gut, dass du heute Abend kommst. Ich brauche dich!

Deine Maja

E-Mail von Adrian an Maja, 12. August, zehn Minuten später

Liebste,
wenn deinem Sohn etwas passiert wäre, würdest du es längst erfahren haben. Ich vermute, er ist auf dem Weg nach Hause, hat keine Handyverbindung und ahnt gar nicht, dass du dich um ihn sorgst.

Übrigens: Ich kann mich morgen, Samstag, mit Herrn Werner, dem Eigentümer des Hauses (du weißt schon!) treffen, komme also erst später. Bitte versteh das: Es geht um uns, Maja!

Dein Adrian

E-Mail von Maja an Henriette, 14. August, kurz nach Mitternacht

Liebe Henriette,
wenn du diese Mail liest, darfst du um Himmels willen nicht denken, ich sei beschwipst! Ich bin noch nie so nüchtern und auch noch nie so wach gewesen wie gerade jetzt!

Aber der Reihe nach: Du weißt, dass sich Adrian heute – nein, es war ja gestern – mit dem Sohn der verstorbenen Frau Werner wegen des Hauses getroffen hat und deshalb erst heute, Sonntag, nach Argenried fährt. Er hat mich angerufen: Die Aussichten stehen nicht schlecht; grundsätzlich will Herr Werner verkaufen, es geht noch um den Preis, und Adrian will auch mit mir und einem Sachverständigen durchs Haus gehen.

Gestern feierte Winterstein Verlobung im Hochgratblick (wozu ich aber nicht eingeladen wurde!!!), und Alwine feierte ihren 65. Geburtstag.

Am Morgen fuhr ich gegen 11 Uhr zu Alwine, wollte ihr mein Geschenk, eine Flasche Eierlikör, überreichen und dann auf dem Markt den Einkauf fürs Wochenende erledigen. Bei Alwine war die Party in vollem Gang. Tochter, Enkel, Nachbarn, die Mitglieder vom Schützenverein und auch die Hilde, die beim Winterstein putzt, zutzelten Weißwürste mit süßem Senf, kauten die Seelen der Resl und gossen Hefeweizen hinterher. Nüchtern war da niemand. Natürlich sollte ich mich an den Tisch setzen, aber ich entschuldigte mich mit meinen Einkäufen und mit Titus. Das war ein bisschen gelogen, denn Florian war ausnahmsweise auf ein Stündchen gekommen.

Als ich gehen wollte, sah ich neben der Tür einen großen Korb mit gebügelter Wäsche. »Den muss die Hilde heut noch beim Winterstein abliefern«, sagte Alwine.

Ich dachte daran, dass Hilde das in ihrem beduselten Zustand nicht so locker erledigen könne, und sagte spontan: »Ich bin mit dem Auto gekommen. Soll ich den Korb abliefern? Das würde mir nichts ausmachen.«

Alwine ist mir fast um den Hals gefallen. Sie holte die Hilde, die fummelte die Schlüssel aus der Handtasche, sagte, ich müsse nach dem Aufschließen sofort die Alarmanlage links der Tür ausschalten, den Korb ins Schlafzimmer stellen, die Alarmanlage wieder einschalten und zuschließen. Und da,

Henriette, kapierte ich erst, was für ein Glück, welche Chance mir gerade in den Schoß gefallen war!!!

Winterstein feierte im Hochgratblick, und ich – ich hatte freien Zugang! Hatte Zeit! Konnte mich ungehindert im Haus umschauen und vielleicht ... vielleicht würde ich ja den Heiligen entdecken.

Ich parkte vor Wintersteins Haus, nahm Wäschekorb und Handy (!), schloss auf, schaltete die Alarmanlage aus, suchte und fand das Schlafzimmer und deponierte den Korb auf einer sehr hübschen Truhe aus dem 18. Jahrhundert. Dann machte ich mich mit gezücktem Handy auf die Suche.

Sicher bringt dich die Neugier fast um. Ich mach's also kurz: Der heilige Georg, ich spreche hier vom Original, steht in all seiner barocken Pracht und völlig unverhüllt in Wintersteins Arbeitszimmer. Mich hat fast der Schlag getroffen.

Als ich meiner Sinne wieder mächtig war, prüfte ich die Statue und schabte auch etwas Holz sowie Blattgold für eine genaue Analyse ab. Jedoch bin ich mir zu hundert Prozent sicher: Es ist das Original. In Wintersteins Büro steht die Kopie.

Ich bin dann zurückgegangen. Habe Fotos von der Eingangstür, der Diele, dem Wohnzimmer mit der offenen Tür zum Arbeitszimmer und schließlich vom Arbeitszimmer selbst geknipst. Und selbstverständlich auch Fotos vom Heiligen – von vorn, hinten und von jeder Seite. Habe Großaufnahmen und Aufnahmen von Details gemacht. Danach gönnte ich mir einen doppelten Espresso bei der Resl, kaufte ein paar Apfelschnitten und ging zu Ines in ihren Bücherwurm.

Sie hatte eine Menge Kundschaft, also fuhr ich mit meinen Schätzen nach Hause. Unterwegs gab ich Hilde den Schlüssel zurück. Sie war so besäuselt, dass sie das wohl gar nicht so recht mitbekam.

Henriette, ich war restlos erledigt. Wochen-, ja monatelang habe ich über den Zugang zu Wintersteins Haus nachgegrübelt. Und dann – einfach so – wurde mir die Möglichkeit präsentiert. Jetzt ist die Frage, wie ich Winterstein überreden kann, die Statue der Kirche zurückzugeben. Auch dafür werde ich eine Lösung finden, glaub mir das!

Danach saß ich auf der Terrasse, Titus dämmerte im Liegestuhl vor sich hin. Plötzlich wurde das Gartentor aufgemacht (du weißt ja, es quietscht immer), ich hörte Schritte, und dann – stand Tommy vor mir!

Ich wollt's nicht glauben! Ich hatte mir solche Sorgen gemacht, nun fiel er praktisch aus dem Nichts in meinen Garten! Das Hallo kannst du dir vorstellen.

Henriette, mein Sohn ist erwachsen geworden. Er ist nicht mehr so klapperdürr, aber das allein ist es nicht. Man sieht ihm die Reife an. Auch wie er das letzte Stück der Heimreise schilderte, war nicht mehr so flapsig wie früher: Während er im Münchner Flughafengebäude aufs Gepäck wartete, kam er ins Gespräch mit einem Mann. Es stellte sich heraus, dass dieser sein Auto im Parkhaus stehen hatte, nach Lindau fahren und Tommy gerne mitnehmen würde. In der Nähe von Kempten würde er ihn absetzen. Tatsächlich fuhr er ihn dann bis vor die Haustür.

Wir sind Titus' Zustand gewohnt. Tommy war hell entsetzt. Er nahm Titus' Hände in die seinen und wiederholte ständig: »Kennst mich nimmer, Opa? Ich bin doch dein Enkel, der Thomas.«

Titus hob den Kopf. Fast minutenlang starrte er mit aufgerissenen Augen und in höchster Anspannung Tommy an. Wir sahen, wie es hinter seiner Stirn arbeitete, wie verzweifelt er den Nebel, der sich da offensichtlich ausbreitet, zu durchdringen versuchte. Vergeblich. Völlig ermattet schloss er die Augen, und sein Kopf sank aufs Kissen zurück.

Es war herzzerreißend, Henriette. Mir liefen die Tränen übers Gesicht, und auch Tommy stand das Wasser in den Augen.

Später, als ich das Abendessen zubereitet hatte und mit Tommys Hilfe Titus aus dem Liegestuhl half, sagte dieser mit der zarten, zittrigen Stimme, die er bekommen hatte: »Danke, Renata.« Das war der Augenblick, in dem sich für Tommy das ganze Elend offenbarte.

Als Titus im Bett lag, saßen wir noch lange auf der Terrasse. Tommy berichtete von seiner Reise und wie es kam, dass er nun weiß, was er studieren will. Aber das ist eine andere Geschichte.

Es ist spät geworden, doch jetzt weißt du, wie glücklich ich bin. Mein Tommy ist gesund und gereift heimgekommen, und Winterstein besitzt den heiligen Georg: Es war ein Tag, wie er einem nur selten im Leben geschenkt wird.

Deine Maja

E-Mail von Babette an Maja, 15. August, morgens

Liebe Maja,
das Sofferl hat deinen Sohn getroffen. Hin und weg ist's von dem Bub, also pass auf, dass net in neun Monat a zweits Enkele bekommst. Net für ungut, aber dein Tommy schaut scho recht fesch aus.

Deine Schulfreundin
Babette
Im Heustadl ist Diskretion Ehrensache!

E-Mail von Maja an Henriette, Ines und Babette, 19. August, abends

---

Jetzt bin ich Großmutter!

53 cm, 3400 Gramm, schwarze Haare, Augenfarbe ungewiss.

Mutter und Kind wohlauf, Ferdi recht mitgenommen, ich überglücklich!

Eure Maja

PS: Name der Süßen: Renata

E-Mail von Maja an Adrian, 19. August, abends

Liebster,
nun bist du Opa!

Ferdi sagte, er habe dir sofort eine Mail mit den wichtigsten Angaben gemailt. Dir ist klar, dass wir morgen Kind, Mutter und Vater besuchen? Freue mich auf dein Kommen!

Deine Maja

E-Mail von Maja an Henriette, 21. August, abends

Liebe Henriette,
heute haben wir Nicki besucht. Die Kleine ist … ach, ich kann's dir gar nicht schildern. Es ist völlig anders, wenn man ein Enkelkind in den Armen hält – die ganze Furcht, die Zweifel, die Ängste fehlen, die man beim eigenen Kind hat. Es ist pure Freude und purer Genuss.

Babette hatte mir, vom Sofferl hübsch verpackt, ihre Rosencreme und das Gurkenwasser mitgegeben, Ansgar ein Säckchen mit getrockneten Kräutern für einen Tee, der den Milchfluss anregen soll, Tommy hat der Kleinen aus Chile ein gestricktes Püppchen mitgebracht – sehr bunt, sehr hübsch, und Adrian, wie könnte es anders sein, einen antiken Silberbecher mit den verschlungenen Lettern RR für Renata Renz sowie einen silbernen Beißring mit Elfenbein. Ferdis Eltern haben eine Glückwunschkarte geschickt – immerhin, das rechne ich ihnen hoch an.

Mutter und Kind hätte ich gerne nach Argenried geholt, aber Ferdi war absolut dagegen und beharrte darauf, dass sich Nicki auf der Mainau mindestens ebenso gut erholen könne – ganz offensichtlich hatten sich die beiden abgesprochen. Ich war etwas enttäuscht, muss ich zugeben, ich hatte mich riesig auf die Kleine gefreut. Aber dann nahm mich Adrian in die Arme: »Hättest du damals mit Nicki zu deinen Eltern gewollt?«

Damit war die Kuh vom Eis … Wann schaust du dir das Goldstück an?

Deine Maja

E-Mail von Maja an Ines, 30. August, mittags

Liebe Ines,
nachdem sich die ganze Aufregung über Renatas Geburt gelegt hat, muss ich mich unbedingt bei dir melden. Klar, das Wichtigste erfährst du von deinem Florian, doch wie wäre es, wenn wir und Babette mal wieder einen Schwatz auf der Terrasse halten würden, bevor die Abende zu kühl dafür werden? Tommy fährt morgen für ein paar Tage nach München, Titus wird schlafen – also wie wäre es?

Sprich dich mit Babette ab und maile mir dann, ob und wann ihr kommen könntet. Und was ihr gerne essen würdet!

Eure Maja

E-Mail von Maja an Kurt, 2. September, vormittags

Lieber Kurt,
ich hätte dir schon längst eine Mail schicken sollen, aber ich habe die beste aller Entschuldigungen: Ich bin Großmutter geworden!

Du kannst dir vorstellen, wie aufregend die vergangenen Tage für uns alle waren. Die Prioritäten verschieben sich, alles andere verliert an Wichtigkeit, deshalb … aber zuerst zu dir.

Kurt, ich habe dich gesehen: Du bewegst dich durch die Straßen Argenrieds wie ein junger Hirsch durchs Dickicht: elegant, fließend und fast geräuschlos, wenn da nicht noch das Tack-Tack deines Stocks wäre. Dein Physio hat beste Arbeit geleistet. Aber du wirst ihn nach Kräften unterstützt haben, da bin ich mir ganz sicher.

Lieber Kurt, am 6. können wir uns leider nicht treffen, da kommen Freundinnen zu Besuch. Wie wäre es am 7. oder 8. September? Und könntest du bitte den Bene mitbringen? Er ist der Mann, den wir brauchen.

Ich erklär's dir: Endlich habe ich den heiligen Georg entdeckt!!! Es handelt sich dabei eindeutig um das Original, ich habe etwas vom Holz sowie vom Blattgold analysieren lassen. Daraufhin bat ich Wintersteins Sekretärin um einen Termin, pilgerte in die Höhle des Löwen und sagte dem König von Argenried auf den Kopf zu, wo der Heilige zu finden ist und dass er ihn auf den Sockel zurückstellen muss.

Winterstein lachte mich aus. Das mit dem Georg sei eine alte Geschichte. Der Großvater selig habe die eingefädelt, heut gehe ihn die nix mehr an. Punkt. Ich appellierte an seine Pflicht als frommer Christ. An sein moralisches Gewissen, an sein Ehrgefühl ... kurz, ich versuchte, ihn weichzukochen. Ganz ist es mir nicht gelungen. Er versicherte mir nur, er würde die Geschichte überdenken.

Nun ist der Bene dran.

Deine alte Schulfreundin

Maja

E-Mail von Maja an Henriette, 8. September, spätabends

Liebe Henriette,
du ahnst ja nicht, was du in Argenried versäumst! Am Dienstagabend besuchten mich Ines und Babette. Unser Hauptthema war natürlich Wintersteins Verlobung. Es war eine kleine Feier, aber immerhin hatte Winterstein Babette und, in der zweiten Runde, mit Verspätung also, auch Ines eingeladen. Mich hat der Kerl – oder die Lucy? – mit Verachtung gestraft.

Die Maletzke hatte sich von Babette schminken lassen, trug ein für sie ungewöhnlich dezentes Kleid aus Seide in diesem angesagten tiefen Blau, hatte die Haare gekonnt unordentlich hochgetürmt. Kurz: Sie machte was her. Winterstein kam im Trachtenlook: lederne Kniebundhose, kompliziert gestrickte Strümpfe, Janker, Hemd aus feinem Leinen.

Das Essen war typisch Hochgratblick – reichlich und gut: Flädlessuppe, Hirschbraten mit Preiselbeeren und gedünsteten Birnen, dazu Spätzle oder Knödel mit viel Sauce. Als Nachtisch Bayrische Creme mit Himbeeren und Brombeeren.

Als Gäste waren gekommen: vier Gemeinderäte, davon zwei mit und zwei ohne Gattinnen, ein Geschäftsfreund mit schweigsamer Frau, Ines und Babette. Der Bürgermeister, wurde gesagt, käme erst zur Hochzeit.

Nach der Suppe hielt Winterstein eine kurze Rede. Die war wohl knackig und hatte es in sich, er verlor nämlich kein Wort über die liebe Lucy, er soll lediglich gesagt haben: »Weil wir schon eine Weile im Büro zusammenarbeiten, schaffen wir jetzt halt auch sonst zu zweit. Die Lucy kennt mich, ich kenne sie, wir zwei bleiben uns nichts schuldig. Meine Lieben, erhebt das Glas auf unsere fröhliche Zukunft!«

Ines sagte, vor Verlegenheit hätte sie in die Serviette gehustet. Babette fand die Rede voll okay. »Was habt's ihr denn? Der Winterstein war doch bloß ehrlich. Mit Schmäh hat die Lucy net gerechnet. Die will Frau Winterstein werden und basta.«

Einer der Gemeinderäte ohne Begleitung legte ständig seine fette Hand auf Babettes Schenkel, Ines versuchte vergeblich, der Schweigsamen ein Wort zu entlocken.

Nach dem Nachtisch wurden Schnäpse für die Herren und Liköre für die Damen serviert, und von da an war's aus mit der Zurückhaltung. Bevor das Ganze zum Besäufnis wurde, verabschiedeten sich unsere Freundinnen.

Heute haben mich Kurt und Bene besucht. Was wir da besprochen haben, verrate ich dir nicht. Lass dich überraschen!

Ich freue mich auf euer Kommen am 25. September. Glaubt mir, das Fest wird im wahren Sinne wunderbar werden!

Deine Maja

E-Mail von Maja an Kurt und Benedikt, 24. September, mittags

Hallo ihr beide,

Bene, dein Artikel in der heutigen Zeitung ist ein Meisterstück. Niemand hätte bessere Formulierungen finden können!

Ich zitiere: *Die um 1700 von einem unbekannten Künstler aus Lindenholz geschnitzte, fast mannshohe Statue umrahmte bis in die vierziger Jahre des vergangenen Jahrhunderts, zusammen mit dem heiligen Florian, unseren Altar. Doch als an einem schönen Morgen der Mesner die Kirche aufschloss, war der heilige Georg verschwunden. Ein Heiliger vollbringt Wunder; einem, der aus Holz geschnitzt wurde, traut man das nicht zu, weshalb von einem gemeinen Diebstahl ausgegangen wurde.*

Wegen der zu dieser Zeit herrschenden Kriegswirren konnte der Fall nicht weiterverfolgt werden. Umso mehr sind die Argenrieder heute einem Mitbürger – er möchte nicht genannt werden – zu Dank verpflichtet. Durch sein beherztes Einschreiten sowie seine uneigennützige Großzügigkeit wurde das vor so langer Zeit begangene Unrecht am Ende doch noch gesühnt. Für ganz Bad Argenried ist das ein Grund zur Freude, denn morgen, am Fest unserer Kirche Sankt Georg und Florian, steht für alle sichtbar der heilige Georg, Namenspatron unserer Kirche, wieder auf seinem Sockel.

Es bleibt noch anzumerken, dass alle Gläubigen zum morgigen Festgottesdienst, würdig umrahmt vom Kirchenchor und der Bläsergruppe, eingeladen sind.

So weit dein Artikel, Bene.

Was ihr nicht wissen könnt, ist, dass Winterstein gerade bei mir war.

»Das hab ich dir zu verdanken!«, brüllte er mich an. »Das ist Erpressung! Jetzt komm ich dem Hochwürden nimmer aus! Ich Depp, ich Rindvieh, ich Hornochs – ausgerechnet du hast mir das eingebrockt!«

»Ich hab's im Guten versucht«, sagte ich. »Ich hab mit dir geredet, ich hab mir gewünscht, du hättest ein Einsehen.«

»Vielleicht hätt ich's ja gehabt! Hättest mir halt noch ein bissle Zeit lassen müssen. Wie kannst du mir das nur antun, mir, der dich damische Rutschen …«

»… aus der Argen gefischt und das Leben gerettet hat. Wolltest du das sagen?«

Er nickte. »Und das ist jetzt der Dank!«

Damit ist er gegangen, der Jörg Winterstein.

Nun können wir nur das Beste hoffen. Falls er kneift, wird Hochwürden seine Nerven mit Messwein beruhigen müssen. Und ich muss mich dann zum ersten Mal in meinem Leben besaufen. Hoffentlich kommt's nicht so weit!!!

Eure Maja

E-Mail von Maja an Henriette, 26. September, abends

Liebste Henriette,
der Anruf deines Mannes vorgestern hat uns einen furchtbaren Schrecken eingejagt! Dem unachtsamen Autofahrer, der dich vom Rad gestoßen hat, könnte ich den Hals umdrehen! Natürlich verstehe ich, dass du dich mit dem gebrochenen Knöchel, den vielen Schrammen im Gesicht und den aufgeschürften Knien, Armen und Händen nicht in der Öffentlichkeit zeigen möchtest. Trotzdem: Es war jammerschade, dass ihr das Fest gestern nicht miterleben konntet!

Ich will versuchen, dir den Tag zu schildern. Ganz Argenried war gekommen. Die Frauen erschienen in farbenprächtigen Dirndln, die Männer hatten sich in Leder und Loden gehüllt. Wir waren, bis auf Titus natürlich, vollzählig und schritten gemeinsam zur Kirche: Adrian und ich, Tommy, Nicki und Ferdinand, der den Wagen mit der winzigen Renata vor sich herschob, und, nicht zu vergessen, Ines, die ja zu unserer erweiterten Familie gehört. Ihr Florian war nicht dabei, er hat auf Titus aufgepasst.

Die Landfrauen hatten den Altar mit Gladiolen, Astern und Dahlien, Hagebuttenzweigen und sonstigem Blattwerk geschmückt. Große, weiße Kerzen brannten, die Weihwasserbecken (ohne Rossbollen) waren randvoll, und während die 60-jährigen Glocken so wohltönend wie am ersten Tag die Gläubigen riefen, füllte sich die Kirche bis auf den letzten Platz. Auch unser Hochwürden war prächtig anzusehen. Er schwenkte so hingebungsvoll das Weihrauchgefäß, dass er inmitten der grauen Schwaden nur mehr schemenhaft zu erahnen war. Auch die jungen Messdiener liefen zur Höchstform auf, sie klingelten, knicksten und verneigten sich und benahmen sich ohne Fehl und Tadel.

Schließlich setzte Hochwürden zur Festtagspredigt an. Er schilderte den Bau und die ersten Jahrzehnte der Kirche, die Existenzkrisen während der Reformation und des Schwabenkriegs und wie im Jahr des Herrn 1631 der verheerende Brand die Stadt und das Kloster verwüstete, doch, gottlob, die Kirche verschonte.

»Beim Wiederaufbau schlug auch die Stunde der Statuen links und rechts des Altars. Der heilige Florian verschonte unsere Kirche vor der Feuersbrunst, der heilige Georg erschlug den Drachen namens Heimsuchung, als da sind Missernten, Hungersnot, Pest und Teuerungen. Und so war es wie eine göttliche Warnung«, donnerte Hochwürden weiter, »dass gerade während der schweren Zeit des letzten Kriegs der heilige Georg vom Sockel gestoßen wurde. Doch kein Unrecht bleibt auf ewig ungesühnt. Dank eines aufrechten Bürgers unserer Stadt ist heute, am Festtag unseres Gotteshauses, der Heilige zurückgekehrt und nimmt wieder wie in alten Zeiten den Kampf gegen den Drachen auf. Denn so spricht Gott, der Herr: Selig sind, die da geben und unrecht Gut nicht behalten!«

Dabei blickte er zur ersten Reihe hinüber, wo Winterstein mit der Lucy Platz genommen hatte. Hochwürden schwieg so lange, bis auch der Letzte den Hals reckte und den ungenannten Wohltäter erkannt hatte.

Mucksmäuschenstill war's in der Kirche gewesen, jeder hatte den Atem angehalten, doch nun wisperte und tuschelte es allenthalben, bis Hochwürden sagte: »So lasset uns nun singen: ›Lobet den Herren!‹«

Henriette, da blieb kein Auge trocken!

Auf dem Platz vor der Kirche war's dann mit der Heiligkeit vorbei. Jeder drängte sich um Winterstein, ein altes Weiblein wollte ihm sogar die Hand küssen ... Nicht die Kirche St. Georg und Florian, nicht die Glocken – Winterstein war der Star, der Held von Argenried! Er badete genüsslich und voll Wohlgefallen in seinem Ruhm, während seine Lucy wie ein Pfau mit ausgefahrenem Federschmuck neben ihrem Verlobten glänzte.

Als ich an Adrians Arm an den beiden vorbeigehen wollte, hielt mich Winterstein am Ärmel fest, zog mich an seine Brust und flüsterte mir ins Ohr: »Dich damische Rutschen hab ich aus der Argen gezogen! Mei, wenn ich gwusst hätt, was du mir antun wirst ... am End, dass ich's mir anders überlegt hätt! Dann wärst ersoffen.«

»Dann wärst du«, entgegnete ich, »heute nicht der umschwärmte Star! Winterstein, du wirst in die Annalen als Retter des Heiligen und als Wohltäter von Argenried eingehen. Das ist mein Dank für die Rettung vorm Ersaufen, verstehst das?«

Ja, so war's gewesen.

Wir hatten im Hochgratblick einen Tisch bestellt und feierten mit Benedikt und Kurt samt seiner Familie »unseren« Sieg. Titus hat uns gefehlt; im Grunde genommen hat ja er mich durch seine Briefe mit der Nase auf das alte Unrecht gestoßen: Auf die Machenschaften der Großväter während des

Kriegs und auf die verantwortungslose Einbindung der Söhne und des jungen Victor Willand.

Es war eine schwere Last, die mein Vater zu tragen hatte. Er hat darunter gelitten und mit seinen Mitteln versucht, sie zu sühnen. Warum musste ausgerechnet er an Demenz erkranken? Dass seine Ersparnisse an die richtige Stelle gelangten und der Georg wieder auf dem Sockel steht – er hätte sich so darüber gefreut!

Und natürlich auch über die Geburt seiner Enkelin! Nicki hat ihm die kleine Renata in den Schoß gelegt. Er hat sie mit unbeholfenen und zitternden Fingern gestreichelt, aber es war offensichtlich, dass er mit dem Kind nichts anfangen konnte. Es war ein einziger Jammer.

Wir haben dich und Clemens sehr vermisst und sagen dir für heute Servus!

Deine Maja mit Familie

Brief von Maja an Donatus Hiller, 28. September

Hochwürdiger Herr Pfarrer,
es ist mir gelungen, mein Versprechen wahrzumachen: Seit Sonntag befindet sich der heilige Georg wieder auf seinem Sockel in der Argenrieder Kirche St. Georg und Florian.

Sie werden sich fragen, wie das gelingen konnte: Ein Zufall führte mich in Jörg Wintersteins Haus, wo ich die Statue in dessen Arbeitszimmer entdeckte. Da ein Appell an seine moralische Verantwortung nicht fruchtete, griffen meine Freunde und ich zu einer List: Ein Argenrieder Journalist verfasste einen wohlformulierten Artikel. Darin rühmte er den Wohltäter, durch dessen Einschreiten der heilige Georg am Tag des Jubiläums der Kirche endlich wieder auf seinem Sockel stehen würde. Den Namen nannte er wohlweislich nicht; wir waren uns nicht sicher, ob sich Jörg Winterstein tatsächlich von seinem Besitz trennen würde.

Wir sind Hochwürden zu Dank verpflichtet. Er, das haben wir im Nachhinein erfahren, wusste Jörg Winterstein letztendlich zu überzeugen.

Mit den besten Grüßen bin ich

Ihre Maja Renz

E-Mail von Maja an Henriette, 2. Oktober, abends

Liebe Henriette,

Titus ist gestorben.

Während der vergangenen ein, zwei Wochen verweigerte er die kleinsten Häppchen, wurde von Tag zu Tag weniger, lag nur mehr reglos im Bett. Weil Dr. Semmering meinte, es gehe dem Ende zu, rief ich Tommy in München und Nicki auf der Mainau an. Alle, auch Ferdi mit der Kleinen, sind gekommen; Adrian war ohnehin hier.

Am Samstag wurde Titus unruhig. Er wollte aus dem Bett, strich dauernd mit den Händen über die Decke, als suche er etwas, er keuchte und stöhnte, warf den Kopf hin und her ... Etwas quälte ihn.

Als es dunkel wurde, störte ihn das Licht. Wir machten es aus, zündeten Kerzen an und setzten uns an sein Bett. Die Kleine wurde hungrig, sie krähte, Nicki hob sie aus dem Bettchen und legte sie an die Brust. Da hob Titus den Kopf etwas an, sein Mund öffnete sich, sein Blick wanderte von einem zum anderen – uns schien, als wäre seine Erinnerung für einen kurzen Augenblick zurückgekehrt.

Am Abend kam Hochwürden. Er hielt Titus' Hand, beugte sich über ihn und sagte: »Du hast einen guten Kampf gekämpft, Titus. Jetzt ist alles gut, du kannst heimgehen zu deinem Schöpfer.«

Da huschte ein Lächeln über das eingefallene Gesicht meines Vaters. Er streckte seine Glieder, seufzte und schlummerte ein.

Nichts, gar nichts mehr hat er gesagt, Henriette! Das ist schlimm.

Ich frage mich, ob ich mich nicht ausschließlicher um Titus hätte kümmern müssen. Ich weiß es nicht, ich denke, das muss jeder beim Tod eines nahen Angehörigen mit sich ausmachen.

Henriette, es waren aufregende Monate voller Hochs und Tiefs. Manchmal habe ich geflucht und gejammert, manchmal gelacht und mich gefreut. Ich habe mich in den Falschen verguckt und dann doch den Richtigen erkannt, ich bin Großmutter geworden und du hast hier die Weichen für dein weiteres Leben mit Clemens gestellt. Ines und ihr Florian sind uns zur Seite gestanden, und wie hat uns Babette mit ihren Escort-Service-Erfahrungen doch geholfen! Und auch das Sofferl, das sich so oft souverän über das Motto *Im Heustadl ist Diskrezion (!) Ehrensache!* hinweggesetzt hat.

Die Lucy Maletzke hat endlich den Verlobungsring am Finger, und dank des heiligen Georg (und Hochwürdens moralischer Unterstützung!) prangt Winterstein als leuchtender Stern am Argenrieder Heiligenhimmel. Wer hätte das für möglich gehalten …

Oft habe ich mir ruhigere Tage gewünscht; die letzten Monate mit meinem Vater haben uns allen viel abverlangt, aber missen, Henriette, missen möchte ich keinen einzigen Augenblick.

Tausend Grüße aus Bad Argenried, pfiat di und Servus für heute!

Deine alte und bald auch neue Nachbarin und Freundin

Maja

Nachwort

Das Heimtückegesetz hat es gegeben, es ist auch eine Tatsache, dass etliche Pfarrer im württembergischen Allgäu darunter zu leiden hatten. Bad Argenried allerdings sowie der alte Bürgermeister Winterstein samt seinen Spezln sind meiner Phantasie entsprungen. Sie haben keinerlei Ähnlichkeit mit verstorbenen oder noch lebenden Personen.